Amour post-mortem

Édition : BoD · Books on Demand,
31 avenue Saint-Rémy, 57600 Forbach,
bod@bod.fr
Impression : Libri Plureos GmbH,
Friedensallee 273, 22763 Hamburg
(Allemagne)
© 2023, Loïc Langlois
Tous droits réservés
ISBN : 978-2-3225-4021-1
Relecture : Frédérique Vibert
Illustration : Thierry Nicolson
Dépôt légal : Juin 2024

Amour post-mortem

Chapitre premier :
La rencontre

Nous sommes en 2016 à l'institut de recherche
en anatomie évolutive Max Planck de Leipzig, à
145 km au sud de Berlin.
Cet institut allemand étant financé par
le ministère de l'Intérieur en partenariat avec
la police fédérale allemande en charge
des affaires intérieures, la Bundespolizei
plus communément appelée B-Pol.

Je me présente, Zack Wolfhand, ancien élève
de la faculté d'Oxford, qui, après avoir obtenu
mon doctorat en médecine légale,
Je fus recruté par l'institut à la demande de leur
ancien médecin légiste, ce dernier partant à la
retraite à la fin du mois.
Ce même médecin légiste était venu me trouver
juste après la cérémonie de remise de diplômes
et m'avait proposé son poste
à l'institut Max Planck, en précisant
que mon référent, le professeur Maizel
avait elle-même appuyé mon affectation

là-bas.

Ne pouvant refuser un tel poste dans un institut aussi réputé que celui-ci, je partis sur-le-champ préparer mes valises pendant que le médecin légiste était parti régler les derniers détails de mon départ avec l'administration du campus.

Et c'est ainsi que, quelques jours plus tard, je me trouvais dans un avion privé à destination de Berlin.

Durant le vol, je pus mieux faire connaissance avec le médecin légiste qui venait de me proposer son poste :

- Excusez-moi, mais nous ne nous sommes toujours pas présentés .

- Oh désolé ! Je m'appelle Luke Stein.

- Zack Wolfhand. Lui répondis-je, dans une poignée de main.

- Enchanté de vous connaître me fit-il, avec un sourire.

- Pardon de vous demander cela, docteur, mais pourquoi m'avoir choisi ?

- Disons que votre professeur m'a fait parvenir votre dossier quand elle a su que je comptais prendre ma retraite .

- Je me demande pourquoi elle vous a parlé de moi ? Lui avouais-je, avant d'ajouter ; Il y a de bien meilleurs candidats que moi !

- Peut-être sur le plan social, en effet. Commença-t-il, avant de reprendre ;

Mais certainement pas aussi mature et rigoureux que vous … De plus, vous avez une approche pragmatique et un esprit ouvert, enfin d'après votre professeur.

- Si vous le dites . Lui répondis-je laconique.
- Je dois néanmoins avouer qu'elle ne m'avait pas dit que vous manquiez de confiance en vous-même !
- J'espère que vous ne voulez pas une liste de mes défauts, sinon on en a pour un moment.
- Justement, nous aurons encore deux à trois heures de route pour arriver à Leipzig, après notre atterrissage, cela me ferait passer le temps . Me répondit-il en riant.
- Et comment nous rendrons nous de l'aéroport à l'institut ?
- Nous emprunterons une voiture de location, bien entendu.
- Et pour mon logement ?
- Tout est prévu, l'institut vous fournit un appartement, le temps pour vous de trouver autre chose pour vous loger.
- C'est gentil de leur part.
- Oh ! Vous savez, ils font cela avec tous leurs nouveaux employés, mais je vous préviens, ce n'est guère mieux qu'une chambre de bonne.
- Cela ne me changera pas de ma chambre d'étudiant alors, lui fis-je en souriant.

Une fois arrivé à Leipzig, le docteur Stein insista

pour me montrer le chemin menant de mon appartement jusqu'à l'institut.

Puis, il m'aida à décharger mes affaires et à m'installer dans l'appartement, ce qui lui permit de me poser une question qui semblait lui trotter dans la tête depuis notre départ d'Oxford :

- Tu n'as vraiment pas grand-chose ?

- Comment cela ?

- Et bien, à part quelques vêtements, trois ou quatre livres et ton PC, tu n'as vraiment rien.

- En effet, je viens d'une famille modeste et je me contente du simple nécessaire ! Lui répondis-je sèchement.

- Je vois cela …. Mais j'espère que cela changera dans l'avenir.

- Au passage, vous commencez votre travail dès demain matin, m'annonça-t-il sans embardée.

- Vous plaisantez ?

- Je ne plaisante jamais. Pourquoi ?

- Disons que je viens d'arriver et que vous m'annoncez que mon contrat est déjà prêt et que je commence dès demain ?!

- En effet ! Me répondit-il impassible, avant d'ajouter ; Cela faisait déjà plusieurs mois que je cherchais un remplaçant quand votre professeur m'a parlé de vous .

- Mais pourquoi moi ? Vous deviez avoir de bien meilleurs candidats qu'un jeune diplômé ?

- Pour vous répondre, je suis un vieil ami du

professeur Maizel et je dois avouer que votre dossier m'a tout de suite séduit .

- Qu'est-ce qui vous a séduit en particulier, dans mon dossier ?

- Votre sens de l'observation et votre talent de raisonnement, mais c'est surtout votre caractère taciturne et solitaire qui ont attiré mon attention.

- Et pourquoi mon caractère taciturne et solitaire, vous a-t-il plu ?

- C'est plus votre professeur qui a attiré mon attention sur ces deux points, mais pour ma part, je pense qu'elle se trompe.

- Et donc vous avez préparé mon entrée à l'institut de façon à ce que je prenne le poste le plus rapidement possible !

- C'est cela ! Le directeur de l'institut compte vous faire signer votre contrat dès demain, avant de vous confier votre première affaire !

- Bien ! Je vous vois donc demain ?

- Non ! Moi, je vous laisse ! Je pars loin de tout cela !

- Bien ! J'espère vous revoir un de ces jours au moins ?

- On se reverra ! Faites-moi confiance !

- Docteur… Une dernière chose…

- Oui ?

- Désolé d'avoir élevé la voix tout à l'heure...

- Il n'y a pas de mal, ce n'est jamais simple de se faire remarquer un de ses défauts…Mais ne vous inquiétez pas, vous n'êtes pas le premier

et encore moins le dernier à le faire. Me répondit-il avec un sourire bienveillant.
- Sur ce, je vous laisse… Et n'oubliez pas, vous commencez à huit heures trente demain. Bonne soirée à vous.
- Merci… Bonne soirée à vous également.

Le lendemain, je me rendis donc à l'institut. Je fus reçu par le directeur de l'institut et docteur en paléo-anthropologie, le docteur James Phantomhive, un vieil homme, héritier d'une ancienne noblesse écossaise, qui, dans un premier temps, me fit remplir quelques papiers avant de me donner mon premier dossier d'enquête, qu'il me demanda d'étudier dans l'heure et de ne pas hésiter si j'avais des questions.
 - Je dois considérer cette autopsie comme une mise à l'épreuve ? Lui demandais-je de but en blanc.
- Je place mon entière confiance dans le choix du docteur Stein, mais vous n'y verrez aucun inconvénient à ce que je vérifie vos compétences ?
- Aucun en effet !
- Dans ce cas, trêves de formalité, je vous laisse travailler sur votre première affaire.

Puis, il m'accompagna jusqu'à mon nouveau

laboratoire où il m'expliqua l'agencement des salles et des laboratoires adjacents pour que je puisse me retrouver dans la structure.

Une fois cela fait, il me donna le dossier de l'autopsie que je devais pratiquer, celui d'une jeune inconnue retrouvée près de la rivière Warnow, morte dans des circonstances obscures.

Pendant ce temps, nous avons été rejoints par une personne que le directeur s'empressa de me présenter :

- Je vous présente l'officier de liaison entre notre institut et la B-Pol, le lieutenant Jack Kraus.

- Bienvenue dans notre unité criminologique ! Me fit cet homme au visage cuivré, les cheveux grisonnants, mais avec une certaine allure qui dégageait un air de professionnalisme militaire, en me serrant la main.

- Merci monsieur… Lui répondis-je, intimidé par ce dernier.

- Le lieutenant est à votre disposition pour tout ce qui concerne les forces de l'ordre et les questions juridiques. Il est également en charge de vos déplacements sur les éventuelles scènes de crimes. Me précisa le directeur, avant d'ajouter.

- Sur ce, je vous laisse….. La paperasse, l'administration…. La grande joie de la direction !

Après cela, Jack m'expliqua les circonstances de la découverte du corps, ainsi que divers petits détails, avant de me demander de but en blanc :

- Docteur Zack, je veux tout savoir sur cette victime dans cinq heures, cela est-il possible ?
- Ça ira monsieur . Lui ai-je répondu, rêveur.
- Bien, je compte sur vous alors . Termina-t-il avant de partir.

Par la suite, je me mis à rassembler le matériel dont j'aurais besoin, à le ranger avec soin sur le plateau d'inox posé sur un coin de la table d'autopsie, avant de passer aux examens superficiels du corps de la victime.

Je pris diverses photos du corps avant de commencer à noter mes premières observations, avant de commencer l'autopsie à proprement parler :

- Jeune femme d'environ vingt ans, taille et corpulence moyenne, retrouvée par des policiers voici deux jours …. Pas de contusions, ni de traumatismes visibles aux premiers abords….. Fis-je dans mon dictaphone ; Ah !! Si seulement tu pouvais parler, cela m'aiderait bien ! Soufflais-je dans le vide, après avoir éteint mon magnétophone.
- Mais je peux parler !
- Quoi ? Qui a parlé ? Ai-je demandé, plus que

surpris par cette voix venue de nulle part.

- C'est moi ! Répondit la voix, avant de reprendre ; Je suis celle que tu allais autopsier.

À ces mots, la silhouette de cette jeune inconnue apparue devant moi.

D'abord évanescente et argentée, elle devint de plus en plus nette à mesure que je la regardais.

Au point de devenir identique au corps sans vie qui se trouvait sur la table d'autopsie, quoique légèrement plus flou.

Cette apparition me fit chanceler au point de renverser le plateau posé sur le coin de la table d'autopsie.

- Pourquoi me parles-tu, alors que… tu es morte ! Lui demandais-je en pensant être devenu fou.

- Mon corps est mort, mais mon âme est toujours en vie !

- Qui es-tu, alors ?

- Je ne... Je ne me souviens de rien ... Avoua-t-elle en baissant la tête.

- Tu en es sûre ? Lui fis-je en reprenant peu à peu mes esprits.

- Oui, je ne me souviens d'absolument rien .

- Peux-tu nous aider d'une quelconque manière ? Lui demandais-je en parvenant à garder mon calme.

- Non ...

- Alors que peux-tu me dire sur toi ?

- Rien, je viens de te le dire… Mais je me sens

disparaître…

- Comme par hasard, tu ne te souviens de rien et tu ne peux pas nous aider, ça ne fait pas un peu trop ? Lui fis-je, en pensant être la victime d'un mauvais canular ou d'un de ces bizutages idiots que l'on réserve aux étudiants en médecine.

Outrée par ces mots, elle me mit une gifle qui me traversa le visage de part en part, en me traitant de Salaud, avant de s'asseoir en pleurant dans un coin de la morgue.

Sa réaction fut suffisante pour me convaincre qu'elle était bel et bien un fantôme, ou ce qui devait s'en rapprocher. Par la suite, je finis par m'asseoir près d'elle avant de lui demander :

- Que puis-je faire pour t'aider ?

- Me trouver un corps de substitution. Une sorte de réceptacle en quelque sorte ... Répliqua-t-elle en sanglotant, avant d'ajouter : enfin, je crois .

- Un réceptacle ? Comment sais-tu qu'il te faut un réceptacle d'ailleurs ? Fis-je songeur.

- Je ne sais pas, je le sens… Je… Je ne peux… Pas l'expliquer… Me fit-elle en sanglotant de plus belle.

- Là…. Ce n'est rien, je vais t'aider… Lui fis-je en essayant de me rappeler quelque chose qui pourrait m'être utile dans la situation actuelle. Puis, après quelques minutes de réflexion, un

détail me revint en tête :
- Mais oui, bien sûr !
- Quoi ? Me demanda-t-elle, surprise.
- Ne bouge pas d'ici je reviens .
Je remis le corps de l'inconnue dans la chambre froide, avant de partir discrètement en ville pour me rendre dans une petite échoppe devant laquelle j'étais passé le matin même, pour me rendre à l'institut et où il me semblait avoir vu d'étranges poupées anciennes.

En arrivant devant la porte du dit magasin, quelques minutes plus tard, je fus pris d'un frisson à l'idée d'entrer à l'intérieur.
En effet, rien que l'enseigne décrépie aurait suffit à rappeler l'ambiance d'un vieux film d'horreur, voire à vous y plonger, je pris donc mon courage à deux mains pour y entrer :
- Bonjour. Il y a quelqu'un ? Demandais-je en entrant. Mais l'endroit semblait désert, les seuls occupants des lieux semblaient être les araignées et, à en juger par la quantité de toiles amassées autour des diverses babioles, antiquités et autres objets en tout genre, cela devait faire un moment que personne n'avait fait de ménage, à croire même que le magasin était à l'abandon.
Après un petit tour du propriétaire, je fus surpris par une voix semblant venir de nulle part :
- Bienvenue, jeune visiteur, que puis-je pour

vous ?

En me retournant, la peur au ventre, je fis face à un homme au front dissimulé par des cheveux hirsutes, ses yeux ridés et rougis par le poids de son âge. Après un court instant, je pus lui demander :

- Je veux savoir si vous avez des marionnettes de taille humaine ?

- Que voulez-vous en faire ?

- Euh, j'ai un esprit à sauver... Lui fis-je, sans réfléchir.

- Hum ! Vous êtes bien jeune pour un nécromancien ?

Épouvanté par cette dernière phrase, je me mis à trembler.

- Non, je suis juste médecin légiste et pas un invocateur de mort.

- Je vois, suivez-moi s'il vous plaît, me fit-il en me coupant la parole. Et pourquoi souhaitez-vous sauver un esprit ? Me demanda t'il alors que je le suivais.

- Il s'agit de ma patiente, et elle peut nous aider à retrouver son meurtrier, tout en la sauvant, si j'ose dire...

- Je vois et qu'est-ce qui vous fait penser qu'il suffit d'un réceptacle pour la sauver ?

- Disons que j'ai beaucoup lus de livres sur le surnaturel et, qu'à force d'y trouver les mêmes choses, j'ai fini par me dire ,pourquoi ce ne serait pas possible ?

- En effet, la fiction reflète bien souvent la réalité ! Me répondit-il, avant d'ajouter presque comme une mise en garde; Mais sachez qu'un esprit est, avant tout, lié à son propre corps. Donc, il vous faudra garder une partie du corps original pour qu'elle puisse rester parmi nous.
- Une mèche de cheveux devrait suffire, si mes souvenirs sont bons ?
- Il s'agit même du meilleur moyen ou du moins, celui qui est le moins glauque…
- Mais dites-moi… Vous semblez bien connaître le sujet ?
- Disons que c'était un rêve d'enfant…
- Je vois. Me répondit-il en voyant que je ne lui répondais plus, perdu dans la contemplations des divers objets insolites et étrange m'entourant.

Et suite à notre petite conversation, il m'emmena dans l'arrière-boutique, qui ressemblait plus à une bibliothèque géante qu'à une salle de stockage.
Puis, il leva la main pour me montrer les poupées et marionnettes rangées sur une étagère métallique.
Après quelques longues minutes à les regarder, mon regard fut happé par une en particulier, représentant une jeune fille vêtue d'une robe rouge des années 50, son visage de céramique semblait plus vivant que celui de toutes les

autres :

- Je peux voir celle-ci ? Lui ai-je demandé en là pointant du doigt

- Elle ? Je suis désolé, mais elle n'est pas à vendre .

- Dommage ! C'était la seule qui lui ressemblait...

Et soudain, il se mit à monter à l'échelle pour la prendre, tout en grimpant, il me posa une étrange question :

- Que ressentez-vous pour cet esprit ?

Je lui répondis machinalement, en le regardant descendre, les bras encombrés par la marionnette ;

- Je ne sais pas vraiment ….

À ces mots, ses lèvres se marquèrent d'un léger sourire mi-sarcastique, mi-amical, avant de continuer :

- Bien, dans ce cas, prenez-la, je vous l'offre ! Me fit-il, en me mettant la marionnette dans les bras, avant de me raccompagnait vers l'entrée de l'échoppe.

- Mais je veux vous la payer ! Ai-je protesté avec insistance.

- Non, tant que vous revenez me consulter, vous ne me la paierez pas ! De plus, je vous ai dit qu'elle n'était pas à vendre. Déclara-t-il en me donnant la marionnette. Puis, il me poussa vers la sortie.

- Comment vous appelez vous alors ? Lui

demandais-je, avant de franchir le pas de la porte.

- Konrad . Me répondit-il, avant de fermer la porte derrière moi.

- Quel drôle de personnage ! Ai-je pensé à haute voix une fois sorti.

Chapitre 2 :
Retour à l'institut

Une fois de retour à l'institut, je me suis empressé de descendre la poupée à la morgue, tout en espérant que personne n'ait remarqué mon départ.

Une fois arrivé, je la déposais sur une table avant de sortir le corps de la chambre froide. Puis, je pris mes ciseaux afin de couper une mèche de cheveux sur le corps, avant de la mettre dans une des poches de la robe de la poupée. Après cela, je laissais l'inconnue entrer dans ce nouveau corps, avant de lui demander :
 - Ça va ?
- Oui, tout va bien. Mis à part que je suis morte !
- Tu peux bouger ? Lui fis-je pour éviter de sourire bêtement devant cette funeste ironie.
- Seulement les bras, regarde. Me fit-elle en levant les bras, et en remuant les doigts.
- Et tes jambes ?
- Non. Je ne peux pas les bouger .
- Bien, assieds-toi, je vais regarder si cela vient de la poupée.
- Tu penses pouvoir me remettre sur pied ?
- Je peux toujours essayer, ça ne doit pas être bien différent de l'architecture d'un corps humain.

- Tu peux m'aider à m'asseoir, je n'y arrive pas…
- Évidemment.
Elle réussit à s'asseoir sur le bord de la table, avec mon aide, et par la suite, je me mis à chercher pourquoi elle ne pouvait bouger ses jambes.

Je me trouvais en train de vérifier les ressorts et les câbles aux niveaux des hanches, quand soudain, j'entendis les portes de l'ascenseur s'ouvrir, et ne voulant prendre aucun risque, j'allongeai l'inconnu sur la table d'autopsie, en la couvrant par la suite d'une toile blanche, en lui intimant :
- Reste là et ne bouge pas !
Quelques secondes plus tard, Jack fit irruption dans la morgue :
- Zack ! Ça avance ? Le vieux loup attend .
- Que voulez-vous dire ? Répondis-je.
- Je disais que le directeur attend ton rapport.
- Dites-lui d'attendre ma démission plutôt que mon rapport…
- Et pourquoi ça Zack ? Me coupa Jack avec une sévérité qui semblait lui être chemisé au corps.
- Pour tout vous avouer, je n'ai pas fait cette autopsie, et je souhaite lui donner ma démission !
- Dès le premier jour ? C'est du jamais-vu ?! Se

moqua le jeune homme en costume impeccable qui venait d'entrer dans la morgue.

- Arrête ça, Max ! Commença Jack, avant d'ajouter : On sait ce qui s'est passé Zack, la seule chose que j'ignore encore, c'est pourquoi tu ne nous as rien dit ?

- Comment cela ?

- Tout le bâtiment est sous surveillance vidéo et l'entrée et sortie des véhicules de l'institut sont contrôlées ; ça te suffit comme explication ?

- De plus, Konrad a appelé le directeur après t'avoir vu monter dans une de nos voitures. Ajouta le dénommé Max.

Abasourdi par ces nouvelles, je me risquais à dire :

- Donc, vous savez tout ?

- En effet, d'ailleurs, on attend tous ton explication. Compléta Jack, avant d'ajouter : alors, je te prie de nous suivre, on doit te faire monter à la salle de conférence.

- Très bien, je vous suis dès que j'aurais remis le corps au frais.

- Prends ton temps… Me fit Jack.

Après un long et sans doute inutile détour à travers les laboratoires de l'institut, ils se sont décidés à m'ouvrir la porte de ce qui devait être la salle de conférence, où tous les membres du Département Criminologie de l'institut, s'étaient rassemblés pour une première présentation avec leur nouveau et probablement ancien médecin légiste.

Mais au lieu de commencer par les présentations, le directeur préféra éclaircir la présente situation :

- Donc, pour résumer, vous avez découvert que votre patiente nous est revenue sous la forme d'un fantôme, ce qui vous a conduit à ne pas faire le travail qui vous avait été demandé….. Commença-t-il, avant d'ajouter après une courte pause ; Mais, également à emprunter sans permission un des véhicules de l'institut, et à poursuivre une théorie, que je trouve folle, sans mon accord !?

- Oui, Monsieur le directeur… Lui répondis-je, honteux.

- Non seulement, vous avez caché des éléments d'enquête, mais vous avez aussi désobéi à votre devoir de médecin légiste, vous savez que je devrais vous licencier pour cela !

- Pff ! Dès son premier jour ! Se moqua à nouveau Max.

- Max ! Ferme là ! Lui intima Jack.

- J'en suis conscient monsieur. Répondis-je, aux directeur

- Mais... Vu que nous pouvons interroger ce témoin important, et, des plus inhabituels, je vais donc fermer les yeux sur cet instant d'égarement. Repris le directeur.

- Pardonnez-moi ? Mais personnes

n'est choqué par cette apparition ?
Leur demandais-je, surpris.
- Hum ! Disons que nous avons déjà eux affaire
à ce genre de phénomène . M'informa un des
membres de l'équipe.
- J'aimerais bien avoir quelques informations
sur ces fameux "autres phénomènes" ?
- C'est simple, j'ai déjà failli mourir de peur en
voyant un esprit sortir de son corps, plusieurs
fois d'ailleurs . Nous fit le docteur Stein en
entrant dans la pièce.
- Docteur Stein, je vois que vous êtes toujours
parmi nous ? Demanda le directeur, surpris par
la présence de l'ancien médecin légiste de
l'institut.
- J'avais des bricoles à récupérer dans mon
bureau et aussi des choses à expliquer au petit.
- Et que vouliez-vous m'expliquer ? Me suis-je
permis de lui demander.
- Et bien dans un premier temps....
- Assez de bavardages ! Vous prenez cette
enquête, oui ou non ? Me demanda le directeur
en coupant littéralement le docteur Stein.
- Je crains d'y être obliger. Lui répondis-je
laconique.
- Donc... Bienvenue parmi nous .
- Génial un p'tit bleu ! S'amusa max, aussitôt
repris par Jack.
- Max ! Ferme-la, tu veux !

Ce moment de plaisanterie passé commença la longue présentation de cette joyeuse bande de scientifiques avec qui j'allais commencer ma première et certainement ma plus importante affaire. Pendant ce temps, je vis le docteur Stein parler avec le directeur.

Ce fut la jeune anthropologue Rebecca Skando qui fut la première à venir se présenter, non sans un certain entrain :
- Bonjour je suis Rebecca, ravie de faire ta connaissance et bienvenue dans l'équipe . Me fit-elle avec un large sourire.
- Merci, moi aussi, je suis ravi de faire votre connaissance .
- Donc, comme cela, tu es notre nouveau médecin légiste ?
- Il semblerait… Et vous, vous êtes une anthropologue judiciaire ? La questionnais-je, légèrement mal à l'aise.
- En effet, et j'espère que nos professions pourront se compléter. Me répondit-elle, avec un clin d'œil.
- Je l'espère également… Lui fis-je, la voyant partir en remettant en place une de ses longues mèches rousse.

Par la suite, ce fut le professeur John Nisi, docteur en entomologie médico-légale, spécialisé dans l'étude des larves et des animaux venimeux, qui se présenta de façon fort accueillante, voir même, amicale :

- Salut p'tit gars, mon travail, c'est les vers et les asticots, donc si tu en trouves, je suis preneur !

- Je tâcherai de m'en souvenir. Lui répondis-je, quelque peu déconcerté par cette première approche.

Après quelques nouveaux échanges de civilité, je finis par comprendre qu'il était amoureux des insectes et des reptiles en tout genre, depuis sa plus tendre enfance dans une petite ville du Nevada.

Ensuite, ce fut Vincent Killy le profileur spécialisé en Psychologie-criminelle, et accessoirement, ancien psychologue de la B-Pol, qui engagea la conversation, me réservant un accueil beaucoup plus glacial :

- J'ai longuement étudié votre dossier, vous savez ! Me fit-il.

- Et alors ? Lui demandais-je, mi-ironique, mi-intrigué.

- Un élément solitaire, dépressif, mais avec de très grandes compétences .

- Donc, rien de négatif ?

- Vous avez été le disciple du professeur Maizel, il me semble ? Me répondit-il sans prêter attention à ma question.

- Cela pose-t-il un problème ? Lui demandais-je.

- Non, c'est juste que sa façon de penser n'est

pas très appréciée par la plupart de ses collègues, si ce n'est à la majorité des chercheurs en biologie, pour ne citer qu'une seule de ses spécialités.

- Sa tombe bien, je n'ai pas suivi ses cours de biologie .
- D'après votre dossier, il s'agit de la seule personne que vous considérez comme une amie .
- En effet, elle a fait beaucoup pour moi .
- Bien. Mais je vais vous avoir à l'œil !
- Je vous intéresse… Ou je vous fais peur ? Lui demandais-je avec sincérité.
- Vous m'intriguez. Fit-il, avec un sourire au coin de la bouche, me laissant aller parler avec le directeur.

Suite à ce long entretien avec lui, je pus faire la connaissance des derniers membres de l'équipe scientifique, notamment, Laurine, surnommée Lala et Maurine alias Mama. Deux jeunes jumelles, diplômées en polytechnique, informatique et autres spécialités, dont j'ignorais jusqu'à l'existence. Toutes deux se sont présentées spontanément, avec un air sympathique, en me posant tout un tas de questions, dont certaines n'ayant aucun rapport avec le travail :
- Êtes-vous célibataire ? Me demanda Lala, vite suivie d'une question de Mama.

- Avez-vous un frère ?
- Oui, je suis seul, et non, je n'ai pas de frère !
Leur répondis-je en souriant, légèrement gêné
par ces questions.
- Et vous acceptez les ménages à trois ? Lança
Lala.
- Pardon ? Répondis-je à cette question. Mais
leur seule réponse, fut un petit rire malicieux et
ce fut John qui finit par m'expliquer la raison de
leur hilarité.
- En fait, si tu sors avec une d'elles, tu dois
aussi sortir avec sa sœur !
- Ah ! C'est une sorte de promotion ? Fis-je sur
le ton de l'humour.
- Une achetée, la seconde aux frais de la
maison. C'est une bonne image ! Me répondit-il
en riant.
Et pour finir, les agents de la B-Pol, Jack Kraus
et Max, Maxime Apostolo, de son vrai nom, dont
j'avais fait la connaissance plus tôt dans la
journée :
- Je sais que tu es nouveau, mais ici, on
travaille en équipe…. Alors ne l'oublie pas. Me
rappela Jack.
- J'essaierai, mais trouvez-moi une seule
personne capable de raisonner normalement
après avoir vu un fantôme surgir devant lui ?!
- Tu marques un point, là.
Après ce court échange avec Jack, ce fut Max
qui engagea la conversation, changeant

radicalement de sujet :
- Je trouve que le directeur est bien bon à ne pas te renvoyer sur-le-champ ! Déclara-t-il, sans prendre de gants.
- C'est fou ce que je me sens soutenu avec vous ! Lui répondis-je tout aussi franchement.
- Ce n'est pas que je ne vous apprécie pas, on vient de se rencontrer après tout ; mais pour moi, une telle erreur mériterait d'être sanctionnée !
- Heureusement que vous n'êtes pas le directeur de cet institut ! Lui répondit le directeur avec sarcasme.
- Malheureusement, je préfère être un agent de terrain plutôt qu'un bureaucrate !
- Je tiens à vous rappeler que je suis archéologue avant d'être un bureaucrate comme vous dites . Lui fit le directeur.
- Veuillez m'excuser, monsieur. S'excusa Max.
Après ce petit incident, le directeur nous invita tous à fêter mon arrivée parmi l'équipe de recherche, dans un petit restaurant du centre-ville, connu sous le nom de "maison de la gaufre'', dont la réputation n'est plus à faire parmi ses habitués, c'est-à-dire les membres de l'institut.

Chapitre 3 :
Évolution

Après un repas copieux, ponctué d'anecdotes, de blagues et de quelques fous rires, tout le monde se dispersa pour retourner ses occupations, ou plus simplement regagner son logis.

En me voyant partir à pied, Rebecca insista pour me reconduire chez moi, l'heure tardive, mes connaissances limitées des rues de la ville et l'orage grondant au loin, me fit accepter sans hésiter sa généreuse proposition.

Après quelques minutes de route où nous n'avons pas échangé un seul mot, nous sommes arrivés devant mon appartement, en même temps que la pluie, ce qui la fit sortir de son silence ;

- Ça te dérange si je rentre prendre un café ?
- Non, bien sûr, mais je te préviens, c'est le souk...
- Ce sera comme chez moi alors. Répondit-elle en riant.

Une fois dans mon appartement, je me mis à fouiller dans mes cartons pour sortir la bouilloire et des tasses, afin de pouvoir lui servir un café. Une fois le tout sorti, nous nous sommes installés sur la table pour papoter et boire nos cafés, tandis que la pluie tombait de plus en plus contre la fenêtre.

Après avoir parlé pendant plusieurs heures de tout et de rien, Rebecca, fatiguée par sa journée de travail et entendant l'orage redoublé de violence au-dessus de nos têtes, fini par me demander, si elle pouvait rester dormir. Chose que je n'aurais pu lui refuser après m'avoir si gentiment raccompagnée :
- Si tu veux, tu peux prendre mon lit . Lui fis-je, en me levant de la table.
- Et toi, où dormiras-tu ? Me demanda-t-elle, inquiète.
- Je dormirai sur le canapé. Pourquoi ?
Elle me répondit qu'elle voulait simplement savoir où j'allais dormir, et après un court instant, nous nous sommes mis à rire.

Au petit matin, je fus réveillé par une agréable odeur de café ainsi que par le bruit de la douche.
En me levant du canapé, je fus surpris de voir Rebecca sortir de la salle de bain une serviette autour de la poitrine, les cheveux mouillés tombant en cascade dans son dos. En me frottant les yeux, je lui demandais si elle avait bien dormi :
- Oui , merci . Me répondit-elle en s'asseyant

sur une chaise.

- C'est quoi cette tenue ? Lui demandais-je par la suite.

- Oh ! Pardon, je me suis permis de prendre une douche, et je t'ai fait du café .

- Merci, mais ce n'était pas la peine de te lever à six heures du matin pour cela. Lui fis-je en regardant l'horloge.

- Non, ce n'est rien . Termina-t-elle, en allant dans ma chambre pour se rhabiller.

Pendant ce temps, je me servis un café, avant d'aller prendre une douche. Après m'être lavé et changé, je vis Rebecca sortir de ma chambre, vêtue d'un jean et d'un débardeur noir, le tout laissant transparaître ses formes, à la fois fines et ravissantes. Ce qui avec son visage fin, illuminé par ses yeux vert émeraude, faisaient d'elle une très charmante jeune femme. Sans parler de ses taches de rousseur qui la sublimait encore plus.

- Ferme la bouche, tu baves ! Dit-elle en me voyant la dévorer des yeux.

- Excuse-moi !

- Ce n'est rien.

- Tu ne portais pas cette tenue hier ? Lui fis-je en me rendant compte de cela.

- En effet, j'avoue que j'avais quelque peu préparé mon coup. Me répondit-elle, en passant son index sur ses lèvres.

Quelque temps après, je m'aperçus que la

poupée "possédée" par l'inconnue n'était plus là.

- Où est l'inconnue ? Fis-je en toute ignorance.
- Je ne sais pas. Me répondit Rebecca.

À cette réponse, je me rendis compte que je l'avais oubliée à l'institut, et ce, depuis ma convocation par le directeur.

Nous nous sommes donc empressés de retourner à l'institut, où une fois arrivés, je me suis précipité à la morgue, mais elle était déserte.

Nous avons donc remonté aussi vite que possible les escaliers, avant de là chercher dans l'ensemble de la section médico-légale de l'institut, et c'est en passant devant le laboratoire de John que je la vis, discutant avec lui, essoufflé, je leur demandai ce qu'ils faisaient :

- Je m'occupe de ton inconnue, que tu as bêtement oubliée hier soir . Me répondit John.
- Désolé John, je n'ai pas l'habitude de m'occuper de mes clients après mon travail et encore moins d'un fantôme.
- Je ne suis pas un fantôme ! Tu n'es qu'un idiot ! Se fâcha-t-elle, déçue que je l'aie oubliée.
- Tu l'as trouvé ce matin en arrivant ? Demandais-je à John.
- Heureusement que non ! John est revenu chercher ses clés de maison hier soir. Fit

l'inconnue avec colère, avant d'ajouter plus bas ; En plus, je n'aime pas les orages ...

- Calme-toi SAI, il ne l'a pas fait exprès . Lui dit John d'un ton conciliant.

- SAI ? Fit Rebecca, en arrivant dans mon dos.

Par la suite, John se mit à nous expliquer qu'après avoir passé une nuit avec elle, ils avaient fini par sympathiser. John lui avait donné ce surnom assez loufoque, pour faciliter la communication et surtout pour l'humaniser davantage.

Ils avaient si bien sympathisé que John lui révéla son passé tortueux, ce que SAI nous résuma en quelques phrases et qui surprit même Rebecca qui ne semblait pas connaître tous ces détails.

Diplômé de la faculté de Renzo au Nevada, puis guide de randonnées dans le Black Rock Désert dans sa jeunesse, ensuite professeur de biologie à Santa Cruz en Californie, arrêté en 1994 pour suspicion de meurtre sur sa femme puis innocenté en 1996, il quitta l'Amérique pour l'Europe avant d'entrer à l'institut Max Planck en tant qu'entomologiste en 2005.

Même si ce passé collait parfaitement avec son apparence de vieux détenu, son visage usé pour son âge, ses yeux bleu-gris délavé et sa barbe hirsute.

Rebecca, étonnée par cette révélation, lui

demanda :

- Je croyais qu'elle était morte en couches ?
- Il ne voulait pas parler de cette affaire sordide. Mais il a changé d'avis il y a peu, répondit SAI, avant de reprendre : Il ne craint plus d'être pris pour un meurtrier.
- John, on ne t'aurait pas jugé sur ton passé, même si tu étais coupable .
- Peut-être…. Continua-t-il avec un air rempli d'une infinie tristesse.
- Rebecca ? Je peux vous voir ? Demanda le directeur James en passant devant le laboratoire.
- Je vous suis . Lui répondit-elle en suivant le directeur, en nous faisant un rapide signe de la main.

Une fois arrivé dans le bureau du directeur, ce dernier demanda à la jeune femme de lui dire ce qu'elle pensait de moi, et aussi ce qu'elle avait pu apprendre sur moi. Elle commença par ses principales découvertes :

- J'ai appris qu'il avait une sœur cadette, morte il y a maintenant cinq ans, et qu'il était le disciple du professeur Maizel...
- D'accord, mais vous n'avez rien de plus concrets ? Coupa-t-il.
- Non ! Mais moi, j'approuve son affectation ici...
- Tant mieux ! Fit le directeur avant d'ajouter : Moi aussi, je trouve que, pour son premier jour,

il a fait montre d'une preuve intéressante de personnalité. De plus, il a su sympathiser avec certains membres de l'équipe, dirait-on ? Ajouta-t-il avec un ton ambigu, mais néanmoins paternel, qui fit rougir la jeune femme.

Pendant ce temps John, SAI et moi, parlions de nos passés respectifs, John de sa jeunesse passée dans le Black Rock Désert, moi de mes années de fac à Oxford. Quant à SAI, elle nous raconta sa première soirée de fantôme, une soirée en compagnie d'un entomologiste.
- Ce devait être génial de parcourir le désert ? Demandais-je à John, curieux.
- C'est un petit paradis, personne à des kilomètres à la ronde, une faune et une flore intrigante, un endroit calme et paisible.
- Moi, j'aimerais bien aller en
Amérique ! Déclara SAI avec curiosité.
- Nous y irons après l'enquête, si tu veux ? Lui ai-je proposé gentiment, elle s'empressa de me répondre tout excitée :
- C'est vrai, tu m'emmèneras là-bas ?
- Dès que nous aurons fini cette enquête, je te promets de t'emmener là-bas ; du moins je n'aurais pas à payer ton billet, sauf si tu ne passes pas à la douane . Plaisantai-je.
Ce qui donna à John, une bonne occasion de renchérir, avec quelques-unes de ces blagues sur ce sujet peu banal, ce qui nous fit rire

suffisamment fort pour intriguer le directeur devant son Earl Grey matinal.

- Bon, ce n'est pas tout, mais je dois faire cette fichue autopsie ! Réussis-je à dire, mort de rire, avant de prendre le chemin de la morgue.

- Zack…. Tu oublies quelqu'un ! Gronda John. Je fis donc demi-tour pour prendre SAI dans mes bras, avant de l'emporter comme une vulgaire poupée. Tandis que SAI se plaignit une nouvelle fois d'avoir été oubliée aussi facilement, ce qui fit rire John.

Quelques minutes plus tard, je la posai sur le bord de mon bureau, pour aller préparer le matériel. Puis, je sorti le corps de SAI du frigo, avant de me mettre à travailler, en jetant de temps en temps, de rapides coups d'œil à SAI, qui avait préféré regarder le mur plutôt que de me voir "charcuter" son corps.

Durant ces quelques heures, le temps sembla arrêter son cours, et les minutes semblaient des heures, mais le temps passa et cette autopsie fut finie près de deux heures après son commencement. Pour moi, elle me semblait avoir durée des jours entiers, SAI avait d'ailleurs fini par s'endormir sur mon bureau en ronflant bruyamment.

Chapitre 4 :
Intrigue et Earl Grey

Pendant ce temps, dans le bureau du directeur, Vincent venait faire son rapport sur moi, ainsi que sur ce qu'il avait pu voir dans mon dossier :

- Alors Vincent, quelle est votre première impression ? Lui demanda le directeur, assis dans son fauteuil de cuir noir, tout en posant sa tasse de thé sur son bureau, en attendant la réponse du profileur.

- Rien dans son dossier, ni dans son comportement ne montre qu'il put être un mauvais élément pour l'institut, mais peut-être est-il trop solitaire ? Lui répondit-il.

- Probablement, en effet ! C'est pour cela que je vais m'arranger, pour le loger plus près de l'institut !!

- Question ! Avec qui logera-t-il ? Le directeur n'eut pour seule réponse qu'un sourire plein de malice.

- Bon, j'ai compris ! Je vous l'envoie vers seize heures, cela vous convient ?

- Envoie-le-moi dès que tu peux et ce sera bien ! Termina-t-il en buvant une gorgée de thé.

Par la suite, Vincent partit pour son bureau, avec une tasse de thé en main, tasse qu'il s'empressa de verser dans le premier pot de fleurs qu'il croisa, qui visiblement était régulièrement arrosé, avant d'aller voir dans le bureau les deux sœurs, pour avoir leur impression sur moi.

Mais il ne fut pas surpris d'apprendre qu'elles me voyaient comme un ami, et cela, sans même me connaître. Ce qui, du point de vue de Vincent, était plus que prématuré.

- T'es vraiment dur avec le nouveau... Commença Laurine.

- T'as peur de quoi, à la fin ? Termina Maurine avec le même regard perplexe que sa sœur.

- Arrêtez votre cirque, on ne peut pas avoir confiance en quelqu'un qui a dissimulé des preuves sur une enquête ! S'énerva Vincent.

- Tu vois vraiment le mal partout toi.

- Je dirais plutôt que le mal est partout avec lui. Acheva Laurine, avant de reprendre ; De plus, il n'a rien dissimulé, il a juste agi sur une impulsion, dans l'espoir d'aider le fantôme !

- Une impulsion qui peut se révéler préjudiciable pour l'institut !

- Il n'a compromis aucune preuve...

- Ni enfreint aucune règle, du moins, aucune ayant une importance dans le bon déroulement de l'enquête.

- Bon, je vous laisse les fausses jumelles ! Fit-il, voyant qu'il n'aurait pas le dernier mot avec elles.

- Vincent ! Hurla Laurine.
- Pauvre con ! L'injuria Maurine, avant qu'il n'eût le temps de passer la porte.

Puis, ce fut le tour de Rebecca d'être questionnée à mon sujet.
Bien entendu, Vincent connaissait la réponse de la jeune femme, pour en avoir déjà parlé avec le directeur. Mais il préféra tout de même lui demander :
- Ce que je pense de Zack ? Ma foi ….. Je dirais qu'il est timide et réservé, mais sinon, c'est un jeune homme intéressant, voir même attirant ! Lui répondit la jeune femme, penchée sur un squelette afin de l'examiner.
- Tu n'as rien vu chez lui qui pourrait nous apprendre quelque chose de plus ?
- Rien, j'ai juste appris que sa sœur, était morte pendant qu'il était à Oxford ! À ces mots, Rebecca laissa couler une larme, avant d'ajouter ; elle n'avait que seize ans, c'est atroce !
- J'ai compris, je te laisse avec ton ami, je dois aller voir John !
Sur cela, il partit, tel un voleur, comme à son habitude, pour aller voir ce que faisait ce dernier.

Peu de temps après, il arriva dans le laboratoire de John :

- J'espère que je te dérange ? Commença Vincent avec son sourire habituel, ressemblant plus à un rictus maladroit qu'à un sourire.
- Comme toujours, tu déranges tout le monde !
- Que ce soit par ta présence ou par ton comportement. Ajouta John, à voix basse.
- Charmante pensée. Que suis-je en train d'interrompre par ma présence et mon comportement ?
- Tu interromps mon étude sur la salamandre rouge. Reprit-il en se levant de sa chaise.
- Encore une de tes saloperies venimeuses ?
- Tu veux quoi ? Demanda ce dernier sans se soucier de la question de Vincent.
- Tu peux demander à Zack d'aller voir le directeur ?
- Comme d'habitude, tu te débarrasses de tes corvées sur moi. Fit John en tournant la tête vers Vincent ; C'est bon, j'y vais ! Capitula-t-il en le voyant se pencher sur le vivarium des salamandres, menaçant de le renverser.
- Ça fait quatre-vingt-dix-neuf victoires pour zéro défaite ! Termina Vincent en repartant vers son bureau sans laisser à John le temps de lui répondre, ce qui, de toute façon n'aurait pas été agréable à entendre.

Pendant ce temps, je me trouvais en train de potasser mon rapport d'autopsie. Soudain, j'entendis la grille d'aération vibrée derrière moi.

Intrigué, je m'en approchais et après un moment d'hésitation, je finis par l'ouvrir. C'est là qu'une boule de poils hirsutes me sauta au visage, avant de s'enfuir dans le couloir en sifflant et en crachant, non sans me faire pousser un cri de peur :

- Ce n'est qu'un chat ! Finis-je par dire à haute voix.

- Il ce passe quoi ? Demanda SAI, qui venait de se réveiller en sursaut.

- Désolé de t'avoir réveillé. Lui fis-je, en lui expliquant par la suite, ce qui venait de se passer.

- Je ne savais pas que tu avais peur des chats ? Me taquina-t-elle, avec un large sourire ;

- En tout cas, il est bien plus effrayant que toi. Lui répondis-je tout aussi taquin.

- Une chose est sûre, c'est que je ne suis pas aussi méchante que lui ! Me dit-elle en pointant ma joue gauche du doigt.

En me regardant dans le miroir, je pus constater que j'avais une trace de griffure sur la joue.

- Un cadeau de bienvenu, je suppose.

- Drôle de cadeau .

- En effet, on ne peut pas appeler ça un cadeau. Mais au moins, ça me laisse un souvenir de notre rencontre.

- J'espère t'avoir laissé un meilleur souvenir…

Sur cela, John entra dans la morgue pour me

demander d'aller retrouver le directeur dans son bureau.

- Que me veut-il ?
- Ça, je ne sais pas, on m'a juste dit qu'il voulait te voir.
- D'accord… Tu peux garder SAI en attendant ?
- Pas de souci, mais n'oublie pas de venir la récupérer après.
- Pas comme hier soir ! Ajouta SAI.
- Je m'en souviendrai cette fois, lui répondis-je, avant de sortir de la morgue pour aller voir ce que me voulait le directeur.

Une fois arrivé devant l'imposante porte en bois, je frappais du poing avant d'entrer, et de lui demander, fort impoliment :
- Que me voulez-vous ?
- Veuillez reprendre poliment, je vous prie ! M'ordonna le directeur, sans même lever le nez du dossier qu'il était en train de lire.
- Pourquoi, m'avez-vous fait venir …
    Monsieur?! Repris-je.
- Bien ! Vous avez fini cette autopsie ?
- Oui, mais je ne pourrais vous affirmer la cause du décès, on peut même dire que sur le plan physique, elle n'est pas morte.
- Pas morte ? Répéta le directeur après avoir failli, s'étouffer avec une gorgée de thé.
- En effet. Rien ne me permet de dire qu'elle est

morte . Commençais-je, avant de reprendre ;
Ses organes n'ont rien, pas de contusion, ni de
plaie externe, encore moins de tumeur ou
d'arrêt cardiaque. Les examens toxicologiques
pourront nous en dire plus, mais il faudra
encore attendre . Lui expliquais-je, en ajoutant
par la suite ; De plus, il est fort peu probable
que ce soit une mort naturelle !
- Donc, vous n'avez pas trouvé la cause de la
mort ? Me demanda le directeur perplexe.
- Bien sûr que non, vu qu'elle ne devrait pas
être morte ! Lui fis-je en commençant à
m'énerver.
- Bon, dans ce cas, je vous mets à plein temps
sur cette affaire. Me lança-t-il en levant sa tasse
de thé.
- Je m'occuperai donc uniquement de cette
affaire ?
- Bien entendu, vous continuerez à travailler sur
d'autres affaires. Mais votre priorité restera
cette affaire-ci. Me répondit-il avant de changer
radicalement de sujet.
- Maintenant, allez faire vos bagages, je vous
envoie vivre chez Rebecca. Elle a accepté de
vous accueillir chez elle.
- Comment ? Et pourquoi ?
- Vincent trouve que vous rapprocher de
Rebecca peut être une bonne solution pour
vous intégrer plus rapidement à l'équipe . Me fit-
il.

- Merci monsieur. Mais je crois pouvoir me débrouiller seul ! Lui répondis-je. C'est alors qu'il se mit à lire les feuilles de papier posées devant lui.

- Élève insociable, timide et renfermé sur lui-même !

- Monsieur…

- Manquant de confiance en lui et envers les autres… Tout ceci figure dans votre dossier ! Et j'en passe ! Puis après une courte pause, il m'expliqua le fond de sa pensée ; Je souhaite juste vous rapprocher des membres de cet institut. C'est dans cette optique que j'ai demandé à Rebecca de vous accueillir chez elle .

- Bien, comme vous voulez. Mais pourquoi elle en particulier ?

- Pour plusieurs raisons… La première étant simplement que son logement lui permet de vous héberger, la seconde est que vous semblez bien vous entendre avec notre anthropologue ... M'expliqua-t-il sur un ton plein de sous-entendus, avant d'ajouter ; De toute façon, j'ai fait prévenir cette dernière, elle doit déjà préparer votre emménagement…

- En gros, je n'ai pas le choix.

- En effet, mais je vous rassure, je suis sûr que cela vous sera profitable …. Pour vous deux. Ajouta-t-il, a voix basse, après un court instant.

- Pour m'être profitable, je vous demanderais de

me débarrasser du chat qui traîne dans les laboratoires !

- Quel chat ? Me répondit-il, avec un large sourire.

- Celui qui m'a laissé ce petit souvenir ! Lui fis-je en lui montrant la marque de griffure sur ma joue.

- Un petit cadeau de bienvenue !

- J'aurais préféré des chocolats.

- Ça vous fait un souvenir plus durable, et plus diététique.

- Je reste sur ma préférence pour le chocolats ne m'en veuillez pas…

Chapitre 5 :
Déménagement mouvementé

Le soir même, Rebecca m'invita à passer la nuit chez elle, dans le but de me faire visiter et de me familiariser avec sa maison. Ce que SAI apprécia fort peu.
Et après plusieurs minutes passées à essayer de la convaincre de venir avec nous, elle préféra demander à John si elle pouvait rester avec lui à la place. Ce que ce dernier accepta un peu trop facilement à mon goût.

Mais cela me soulagea un peu de savoir SAI avec John et non pas toute seule dans l'appartement ou dans la morgue.
Après, j'avoue aussi être plus à l'aise à l'idée d'être seul avec Rebecca, surtout que je n'arrivais toujours pas à comprendre pourquoi le directeur m'avait envoyé vivre chez cette dernière.

Le soir venu, Rebecca passa me chercher à la morgue, tandis que John emmena SAI :
- Si tu permets, j'aimerais jeter un œil sur le mécanisme des jambes de SAI ? Me demanda John, avant d'ajouter ; Histoire de lui permettre de marcher par ses propres moyens.

- Si elle est d'accord pourquoi pas, mais je la soupçonne d'avoir pris goût à se faire transporter dans les bras …

- Même pas vrai ! Répondit cette dernière, en croisant les bras sur sa poitrine.

Ce qui fit rire John, qui en profita pour charrier SAI, en la prenant dans ses bras.

- Bon c'est pas tout, mais on y va, petite princesse.

- Je ne suis pas une petite princesse ! Se plaignit SAI, tandis qu'ils éloignaient dans le couloir.

Après avoir fait un coup de propre dans la morgue et fermer les lumières, je pus demander à Rebecca :

- Tu penses que ta maison sera assez grande pour deux personnes de plus ?

- Ne t'inquiète pas, il y a bien assez de place. Me répondit-elle avec un grand sourire.

- D'accord, mais...

- Mais rien du tout ! Tu verras toi-même quand tu y seras.

Ce fut en arrivant devant la grande grille en fer forgé, que je compris qu'il ne s'agissait pas d'une simple maison, mais d'un véritable manoir en forme de U de trois étages avec un jardin intérieur, le tout entouré par un domaine forestier.

Une fois garé devant l'entrée du manoir, je n'ai

pu m'empêcher de lui demander :

- Combien de personnes vivent ici ?

- Seulement moi. Me répondit-elle en souriant.

- Tu plaisantes ? Un si vaste manoir pour toi toute seule.

- Non . Me répondit-elle simplement, avant d'ajouter à voix basse ; Mais il n'en a pas toujours été ainsi !

- Pardon ? Lui demandais-je, n'ayant pas entendu ce qu'elle avait dit.

- Non rien.

- Et combien y a-t-il de pièces ? Lui demandais-je pour ne plus parler de ce sujet semblant la gêner ;

- Il y a une douzaine de chambres, dont une dans l'arbre du jardin intérieur, une grande salle de bains, une bibliothèque faisant aussi office de bureaux, une cuisine aménagée, ainsi qu'un grand salon. Elle fit une courte pause, avant d'ajouter : sans oublier plusieurs autres pièces vacantes, un garage et une cave.

- Eh bien ! Je vais vraiment m'y perdre. Lui dis-je en plaisantant.

- Mais non ! Me rassura-t-elle en riant.

- Et combien de temps te faut-il pour faire le ménage ?

- Ce sera moins long, maintenant que tu es là pour m'aider ! Me répondit-elle en riant de plus belle, avant d'ajoutai; Viens, je vais te faire visiter, cela t'évitera de dire des bêtises !

Elle me prit par le bras et commença par me faire visiter le rez-de-chaussée, principalement occupé par la cuisine, les deux grands salons et plusieurs pièces inutilisées, mais disposant de grandes baies vitrées tournées vers le jardin intérieur.

Puis, elle me montra le premier étage et ses deux grandes ailes de chambre, rappelant celles d'un pensionnat ou d'un orphelinat et au bout de chaque extrémité des deux ailes de cet étage se trouvaient deux grandes pièces servant respectivement de bibliothèque pour l'aile sud et d'une grande salle de bain dans celle du nord.

Par la suite, elle me fit visiter rapidement le second étage. Uniquement composé de chambres, légèrement plus petites que celles du premier, mais relativement grandes pour de simples chambres.

Il nous fallut plus d'une heure au final, pour visiter les différentes pièces des trois étages de ce manoir. Sans oublier que nous n'avions toujours pas été dans le jardin intérieur, ni dans le garage.

Comme le soleil commençait déjà à décliner, Rebecca me proposa de manger quelque chose avant d'aller nous coucher.

De toute façon, le directeur nous avait donné

notre week-end à tous les deux pour faciliter mon déménagement et aussi, pour me permettre de mieux faire connaissance avec Rebecca, qui pour le moment, était occupée à cuisiner notre dîner, un gratin de pâtes, d'après ce que je pus voir en mettant la table.

Après avoir fini mon assiette, je me permis de lui demander, après m'être rappelais subitement de la multitude de chambres du manoir:
- Laquelle de ces chambres est la tienne ?
- Je te laisse le découvrir… Répondit-elle, avant d'ajouter, avec un air faussement innocent ; Pourquoi me demandes-tu cela ?
- Juste pour ne pas me retrouver dans ta chambre par erreur ! Même si c'est statistiquement peu probable. Lui répondis-je en souriant.
- Ce n'est peut-être pas un problème non plus ! Me fit-elle, en souriant également.
- Bon, si tu le permets, je prends la chambre dans le jardin.
- J'espère que tu aimes l'escalade . Me répondit-elle en me prenant par la main et en m'entraînant vers l'extérieur.
Une fois arrivé devant le majestueux chêne trônant au centre du jardin interne, je compris de quoi elle parlait quand elle m'avait demandé si j'aimais l'escalade.
En effet, ce chêne devait faire dans les quinze

mètres de hauteur, avec dissimulée dans le feuillage, une petite cabane, ayant pour seul accès un escalier en colimaçon serpentant le long du tronc jusqu'à une petite plate-forme en bois, permettant d'entrer dans la cabane.

Une fois à l'intérieur, je découvris une vaste pièce, aux vitres ouvertes sur le ciel étoilé, la partie la plus éloignée de la grande baie vitrée, donnant sur un lit à même le plancher, séparé du reste de la cabane par un simple rideau de toile. Devant la beauté de cette chambre, je ne pus réprimer un soupir d'admiration :
- Waouh !
- C'est merveilleux, n'est-ce pas ? Me demanda Rebecca.
- Je connais des dizaines de personnes qui tueraient pour vivre ici. Lui avouais-je.
- Et moi, je connais deux personnes prêtes à y dormir. Me fit Rebecca avec un sourire complice.
- Si c'est une invitation à rester avec toi...
- Ce n'est pas une invitation, mais une obligation ! Me répondit-elle en me coupant la parole.
- Je crois que je vais aller préparer mes cartons. Lui répondis-je mal à l'aise.
Sur cela, elle ne me laissa pas le temps de dire quoi que ce soit d'autre et elle m'entraîna sur le lit et m'y fit m'allonger avant de se blottir contre

moi.

Le lendemain matin, Rebecca me réveilla d'un baiser sur la joue, avant de me demander :
- Tu as bien dormi ?
- Très bien même, mais j'avoue ne pas être très à l'aise…
- Tant que tu n'es pas gêné
- Il se pourrait…. Si tu veux bien, je vais aller prendre une douche.
- Va-vite te refroidir pendant que je prépare le déjeuner ! Me fit-elle en sortant du lit.

Après avoir pris un petit-déjeuner, Rebecca me fit visiter la cave, qui avait semble-t-il été réaménagée pour accueillir une salle de sport. Elle comprenait plusieurs appareils de musculation, une piscine d'intérieur et une petite salle au sol couvert de tatami, ressemblant à un dojo.
Puis la visite continua par le garage attenant, ce dernier pouvant accueillir au moins quatre voitures, avec même un espace dédié aux motos.
- Pourquoi j'ai l'impression d'être dans un centre d'entraînement des forces spéciales ?
- Il y a des choses que tu devras découvrir tout seul. Me fit-elle avec un sourire, avant d'ajouter ; c'est plus drôle comme cela, non ?
- Mouais, j'imagine… Et sinon, où est l'entrée

de la bat cave ? Cette question la fit rire.

Après cela, elle m'emmena faire une promenade dans le domaine forestier, me montrant au passage plusieurs petits chemins de randonnée serpentant entre les arbres :
- On est toujours dans la propriété ? Finis-je par lui demander.
- Oui, pourquoi ?
- C'est tellement grand.
- Et encore, tu n'as pas vu les cours de tennis et le terrain de foot, sans parler du minigolf.
- Sérieusement ?
- Non, c'était une blague. Me répondit-elle, avant d'ajouter ; Il y a plus de quatre hectares de forêt sur le domaine, avec quelques clairières aménagées en bosquet de fleurs.
- Ça doit être chouette pour faire des balades.
- J'adorais me promener dans le parc quand j'étais petite, je prenais toujours le même chemin, avant d'aller m'installer sous un grand saule pleureur au bord de la mare.
Me raconta-t-elle avec nostalgie.
- On pourrait y manger ce midi, si tu veux ?
- Tu ne perds pas de temps dis donc . Me fit-elle, avec un large sourire.
- Pas plus que toi . Lui fis-je avec un sourire tout aussi large.

Au début de l'après-midi, nous nous sommes

enfin mis en route pour aller à mon appartement pour récupérer mes affaires. Ce qui ne nous prit que peu de temps, car je n'avais toujours rien déballé, mis à part quelques vêtements et ustensiles de cuisine.

Après avoir remis en carton ce que j'avais déjà déballé et tout chargé dans la camionnette que l'institut avait mis à notre disposition, nous avons fait un détour par la maison de John pour récupérer SAI, qui ne cessa de ronchonner tout le long du trajet de retour.

Une fois arrivé, Rebecca me conseilla de prendre la chambre au fond de l'aile droite du premier étage, puis elle me laissa m'installer, préférant vaquer à ses occupations pour ne pas me déranger, et surtout pour ne pas avoir à supporter les jérémiades de SAI :
- Tu me feras visiter le manoir après ? Fini par me demander SAI, assise sur le bord du lit.
- Si tu veux. Lui répondis-je, en rangeant mes vêtements dans un des tiroirs du placard.
- Et est-ce que je pourrai avoir une chambre pour moi ?
- Il faudra le demander à Rebecca avant. Mais je ne pense pas que cela posera un problème. Lui fis-je, avant d'ajouter ; Il faudrait déjà que tu puisses te déplacer toute seule.
- Merci d'être aussi méchant avec moi ! Me

répondit-elle, avant de me dire ; Tu sais que je peux déjà me déplacer toute seule ?

- Et comment ? Lui demandais-je, intrigué.

Et, sans plus attendre, elle sortit de la marionnette, qui tomba inanimée sur le lit. Tandis qu'ayant repris sa forme fantomatique, elle se mit à flotter au-dessus du sol, avant d'effectuer quelques acrobaties aériennes.

Je ne pus m'empêcher de lui faire remarquer un détail qu'elle avait oublié :

- Euh SAI... Tu sais que tu es toute nue ?

Elle regarda son corps, avant de réintégrer la marionnette à vitesse grand V, tout en me fusillant du regard.

- Tu as tout vu ? Demanda-t-elle, gênée.

- N'oublie pas que j'ai fait l'autopsie de ton corps. Lui rappelais-je, avant d'ajouter ; Par conséquent, je t'ai déjà vu nue… Ce qui la fit rougir encore plus. Et, histoire d'en rajouter encore, je lui fis remarquer que la première fois qu'elle m'était apparu, elle était tout aussi nue.

- Tu aurais pu me le dire !

- Tu sais, on ne pense pas à ce genre de détail lorsque l'on rencontre un fantôme.

- C'est pas faux…

- Et pendant que j'y pense... Depuis quand es-tu capable de faire ça ?

- J'ai réussi à le faire tout à l'heure pendant que John essayait de réparer mes jambes. Il a failli avoir une crise cardiaque.

- Je le comprends. Mais il aurait pu me prévenir ! Fis-je à voix basse, avant de demander à SAI ; Et il n'a pas trouvé pourquoi tes jambes sont bloquées ?

- Il a dit qu'il n'avait rien trouvé.Me répondit-elle, avant d'avouer par la suite ; Et c'est moi qui lui ai dit de ne rien te dire, je voulais te faire la surprise.

- Je ne sais pas si c'est une bonne surprise…

Quand je finis par sortir de ma chambre, quelques minutes plus tard, je fus attiré par un bruit en passant devant la porte grande ouverte de la chambre voisine. Par pure curiosité, je me permis d'y entrer.

Je compris bien vite qu'il s'agissait de celle de Rebecca, et force est de l'admettre que la décoration était d'une sobriété déconcertante. Simple et fonctionnelle, seuls quelques vêtements négligemment posés sur le lit, confirmaient la présence de la jeune femme dans la pièce.

Je fus d'ailleurs bien vite rappelé à l'ordre par une tape sur l'épaule de la part de Rebecca.

- Ce n'est pas bien d'entrer dans la chambre des autres sans y être invité. Me fit-elle en enfilant son tee-shirt posé sur le lit.

- Excuse-moi ! Lui répondis-je, ne sachant quoi dire.

- Je plaisante. Fit-elle en me décoiffant et en

ajoutant ; Je ne vais pas te mettre à la porte, juste parce que tu es rentré dans ma chambre pendant que je me douchais .

- Tu as une douche dans ta chambre ? Fis-je étonné.

- Dans la tienne aussi ! Me répondit-elle, et devant mon air surpris, elle précisa ; Toutes les chambres, du premier étage, ont une petite salle de douche et un dressing.

- Je ne l'avais même pas remarqué ! Lui avouais-je.

- Mais si tu préfères, tu as la grande salle de bain dans l'aile nord. M'indiqua-t-elle.

- Merci.

- Par contre, il y a un gage pour ceux qui entre dans ma chambre...

- Et quel est ce gage ? Lui demandais-je, inquiet.

- Tu prépareras le dîner et tu feras la vaisselle pendant un mois !

Cette réponse me soulagea, mais ne m'empêcha pas de répliquer :

- Tu plaisantes ?

- Non ! Dit-elle en souriant, avant de me demander ; Où est SAI ?

- Elle est restée dans la chambre, elle voulait se reposer, et elle voulait aussi te demander, si elle pouvait prendre une chambre pour elle ?

- Elle peut prendre la chambre voisine, à moins qu'elle ne préfère en prendre une autre…. Elle a l'embarras du choix.

- Il faudrait mieux la laisser proche de nous pour le moment, elle ne peut pas encore marcher toute seule ….. Enfin, elle ne peut pas se déplacer avec la marionnette.

- Tu n'as qu'à demander aux jumelles, elles devraient pouvoir t'aider à réparer ces jambes.

- Je n'y avais pas pensé, et autant te prévenir, il semble que SAI puisse reprendre sa forme "spectrale", mais elle reste nue sous cette forme ….

- Je vois. Après, je dois encore avoir des vêtements à sa taille dans le grenier si tu veux !

- Je ne pense pas que ça marche sur sa forme "spectrale"...

- Au moins, elle aura des vêtements pour sa marionnette.

- Tu ne vas pas jouer à la poupée avec SAI tout de même ?

- Ce serait amusant ! Me fit-elle en souriant.

- J'imagine déjà sa tête. Lui fis-je, amusé, en imaginant Rebecca jouant à la poupée avec SAI.

Chapitre 6 :
Impasse

Une semaine après mon déménagement, l'affaire SAI se trouvait toujours au point mort. Malgré tout nos efforts, nous n'avions toujours pas trouvé de preuves nous permettant d'identifier SAI, ni découvert la cause du décès et encore moins récupérer des indices sur le ou les possibles coupables.

Je finis même par croire que nous n'arriverions jamais à boucler cette affaire. Surtout avec Vincent qui me confiait de plus en plus d'affaires à m'occuper. D'ailleurs, ce fut pendant que je travaillais sur l'une des affaires, qu'une idée me vint à l'esprit.

Après avoir fini mon travail, je me suis rendu à la boutique de Konrad, afin de lui poser des questions sur les fantômes.
En entrant dans son magasin, il leva la tête et me reconnut immédiatement :
- Bonjour . Que puis-je pour vous aujourd'hui ?
- Que savez-vous sur les fantômes ? Lui ai-je demandé sans détours.
- Quelques petites anecdotes, mais peu de choses en réalité.

- Et qu'est-ce qui pourrait en faire apparaître ?
- Les fantômes sont des âmes vagabondes qui se manifestent généralement après des morts tragiques ou violentes, mais dans la plupart des cas, il s'agit plus d'un choix.
- Que voulez-vous dire par un choix ?
- Disons pour faire simple, que ces âmes choisissent de rester parmi nous, afin de protéger ceux qui leur sont chers, ou simplement pour leur réclamer vengeance .
- Mais comment font-ils pour rester sans avoir besoin de réceptacle ?
- Il suffit que leurs âmes se soient liées avec un objet appartenant à la personne affectionnée ou qui avait une certaine valeur à leurs yeux.
- Et je suppose qu'il peut s'agir de n'importe quel genre d'objet ?
- En effet, j'ai déjà vu des fantômes liés à des objets pour le moins incongrus, voire insolites… Comme, par exemple, un homme qui s'est lié avec la balle qui l'a tué, un cas extrêmement amusant.
- Peut-on créer des fantômes en se servant de ce principe ?
- Ce n'est pas une chose aisée à faire, mais oui, on peut créer un fantôme.
- Comment fait-on ?
- On peut devenir un fantôme suite à une mort extrêmement violente et faire en sorte que l'âme de la victime s'attache à l'instrument qui a servi

à la tuer …..

- Ça fait un peu horcruxe dit comme cela.

- Ça y ressemble, mais là, nous parlons de créer un fantôme, non une sauvegarde de son âme pour survivre.

- Bien et qui peut avoir l'utilité de créer des fantômes ?

- Je ne sais pas…. Mais je pense qu'il est possible de leur trouver une utilité. Sinon pourquoi se donner tant de mal pour créer des fantômes…

- Tout cela soulève plus de mystères que de réponses. Dis-je à haute voix, essayant de réfléchir, avant que Konrad n'intervienne.

- Après, l'hypothèse d'une ancienne secte, agissant dans l'ombre, reste une possibilité.

- Que chercheraient-ils en faisant cela ?

- Juste à s'enrichir par tous les moyens possibles et imaginables, y compris des moyens surnaturels . Me répondit-il, avant d'ajouter toujours aussi calme et impassible ; D'ailleurs, les meurtres et les assassinats discrets ont toujours été les moyens de prédilection des sectes et autres sociétés secrètes !

- Ce qui expliquerait pourquoi ils créent des fantômes… Qui a-t-il de plus discret et efficace qu'un fantôme pour commettre un assassinat ?

- En effet, après, ils ne doivent pas faire plus de quelques morts par an.

- Et ça ne vous fait rien ?

- Pas grand-chose en effet. Ce n'est pas comme pendant la Grande Guerre ou encore la peste…

- La peste ! Mais ça s'est passé, il y a plus de trois cents ans !

- Ah ! C'était le bon temps !

Ces propos furent plus que perturbants pour moi. Bien plus perturbant que de parler de sectes sataniques et de fantômes. Mais, parler avec quelqu'un qui aime les épidémies de peste et surtout qui en parlait comme s'y il les avait vécues...

- Ce n'est pas possible ! Ai-je crié à haute voix, sans le vouloir.

Soudain, la porte de la boutique s'ouvrit et une voix familière résonna dans le magasin.

- Papa, tu es là ?

- Rebecca ! C'est ton père ? Me suis-je mis à crier, abasourdi par cette nouvelle.

- Rebecca, tu connais ce jeune homme ? La questionna Konrad.

Elle acquiesça d'un signe de la tête, avant de se pencher pour chuchoter quelque chose à l'oreille de son père, qui se releva et acquiesça à son tour.

- Zack... Sais-tu garder un secret ? Me demanda-t-elle par la suite.

Cette question était plus que surprenante

venant de sa part.
- Oui, du moins, je crois. Lui fis-je tout de
même.

Elle s'approcha de moi et me reposa la
question, cette fois-ci, je lui répondis en hochant
la tête, elle s'approcha de nouveau et me
souffla à l'oreille :
- Mon père est un vampire ! À cet instant, mon
cœur cessa de battre, mes doigts se crispèrent.
Puis, je fis face à Rebecca, avant de partir
précipitamment de la boutique sans rien dire.
- Zack ! Cria Rebecca dans mon dos. Mais au
lieu de me retourner, je continuais à courir sans
même regarder où j'allais, je courus jusqu'à ce
que je n'en puisse plus.

Plus tard, en reprenant mes esprits, je
m'aperçus que je m'étais égaré dans les bas-
fonds de Leipzig, encore sous le choc de ce
que je venais d'apprendre, je me mis à marcher
sans but dans les ruelles de plus en plus
étroites.
Je finis par arriver sur une petite place
circulaire, où se trouvait une voiture garée dans
une rue voisine. Je restais longuement à
regarder cette voiture, étrangement garée.
Soudain, les vitres volèrent en éclats et une
longue rafale de balles vint frapper le mur
derrière moi.

D'instinct, je plongeai au sol pour me protéger, mais il était déjà trop tard, une violente douleur me traversait déjà tout le corps, puis ce fut le trou noir, plus de bruit. Quelques images au ralenti, un ciel bleu, des nuages blancs, tout était flou, je me sentais comme en chute libre. Ensuite, j'entendis le vent souffler, d'abord, je crus qu'il s'agissait d'une voix céleste, parlant dans une langue oubliée, douce et fluide comme la brise soufflant dans l'air des sous-bois. Mais, avant que je ne puisse l'identifier, ce fut un flash, une vive lumière me tira de ce rêve éveillé.

Juste après ce flash, je me suis réveillé dans un lit d'hôpital, sous assistance respiratoire. Sur les écrans, mon rythme cardiaque défilait au son des bips du moniteur.
En serrant la main droite, je sentis que mon corps était comme engourdi. Je ne sentais plus rien, pour être franc, je n'arrivais même plus à bouger l'autre bras.
Quelques minutes plus tard, un médecin m'expliqua :
- Vous nous revenez de loin, vous avez eu beaucoup de chance... Commença-t-il, avant de reprendre plus en détails ; Les deux balles retrouvées dans votre thorax ont été déviées par vos côtes qui ne semblent pas présenter de

dommages. Pour ce qui est de votre bras… Il s'agit d'une autre histoire.

- Pourquoi je ne peux plus le bouger ?

- Une balle vous a sectionné plusieurs nerfs, et je vous prie de croire qu'il n'est pas dans mes habitudes de dire cela… Mais vous avez très peu de chances de retrouver l'entier usage de votre bras… J'en suis navré.

- Quel degré de récupération, je peux m'attendre à retrouver ? Lui demandais-je franchement.

- Même en étant optimiste... Peut-être qu'avec de la chance, vous pourrez retrouver un peu de mobilité. Mais je crains fort que vous ayez perdu définitivement toute forme de sensibilité au niveau de votre bras. Me répondit-il, abattu.

- Et depuis combien de temps je suis ici ?

- Quand on vous a déposé, vous avez été conduit directement au bloc. Vous avez perdu beaucoup de sang. Mon équipe a passée plus de trois heures pour extraire les balles et vous recoudre, puis vous êtes resté trois jours dans le coma…

- Combien de temps, avant d'espérer sortir ?

- Vu l'état de votre corps, vous ne pourrez pas sortir d'ici avant un bon moment, je le crains… Bien entendu, vous pouvez avoir des visites si vous le désirez. Ajouta-t-il précipitamment en me voyant lever les yeux en l'air.

- Merci bien, j'aimerais rester seul pour le

moment !

- À votre guise ! Dit-il en sortant de la chambre.

Durant les douze jours suivants, les médecins ont diminué progressivement le dosage de morphine, laissant mes nerfs se réveiller petit à petit, me poignardant d'une vive et intense douleur à chacun de mes mouvements.

De plus, la rééducation pour ma main fut une véritable torture, chaque mouvements devenant de plus en plus douloureux, le simple fait de lever le bras étant un véritable supplice.

À plusieurs reprises, les médecins voulurent me faire arrêter la rééducation, mais malgré la douleur, je refusais catégoriquement d'abandonner.

Les membres de l'équipe étaient venus me voir régulièrement et me donnaient des nouvelles les uns des autres. Notamment John, qui passa presque chaque jour pour me remonter le moral.

Au bout du treizième jour de rééducation, mon bras gauche avait retrouvé une grande partie de sa mobilité, ce qui étonnait au plus haut point tous les médecins du service.

En effet, maintenant, je pouvais remuer les doigts presque normalement, et même attraper de petits objets, mais je n'avais toujours aucune sensation dans la main.

À la fin de mon rendez-vous avec le médecin, le soir même, je ne pensais plus qu'à retourner voir Konrad et également à aller manger un vrai repas, malgré l'interdiction de quitter l'hôpital tant que mes blessures n'étaient pas totalement et correctement soignées.

C'est pour cela qu'au matin du quatorzième jour, je décidai de m'échapper de la chambre d'hôpital.
Mon plan étant tout simplement de piquer une tenue dans le casier d'un infirmier, avant de sortir de l'hôpital en profitant du changement de service, ce qui s'avéra plus simple encore que je ne l'avais prévu.
Une fois sorti de l'hôpital, je décidais d'aller à la boutique de Konrad pour y trouver les réponses à toutes les questions qui m'étaient venues à l'esprit, et après un dernier moment d'hésitation devant la porte du magasin, je finis par y entrer et me présentais devant lui :
- Vous êtes déjà sorti de l'hôpital ? Pas mal, surtout avec un bras en moins ! Commença-t-il avec un sourire ;
- Mon bras va très bien, mais j'ai avant tout une question à vous poser !
- C'est ce que vous dites. Me fit il, avant d'ajouter ; Mais posez votre question, je vous écoute.

- Rebecca est votre fille biologique, ou une enfant que vous avez épargnée ? Lui demandais-je de but en blanc.

- Il s'agit d'une orpheline que je considère comme ma propre fille. Répondit-il, avant de reprendre sur un ton plus léger ; Comme bien d'autres .

- Que voulez-vous dire par là ? Mais il évita la question en me demandant.

- Vous aviez d'autres questions ?

- En effet… Vous êtes bien un vampire ?

- Bien entendu ! Et je peux le prouver. Me fit-il en me montrant ses deux crocs.

- D'accord, dans ce cas comment faites-vous pour vous nourrir ? Quel âge avez-vous ? Comment pouvez-vous sortir de jour sans brûler ?

- Houla... Doucement mon garçon…

D'une part, sache que mon âge me permet de résister à la soif de sang et pour ainsi dire, je n'ai besoin de boire du sang frais qu'une à deux fois par an… De plus, le sang animal me suffit amplement…

- D'accord, donc, vous n'êtes pas obligé de boire du sang humain, mais quels sont vos points faibles alors ?

- Le crucifix, l'ail et toute cette quincaillerie ?

- Réellement ? Lui fis-je, n'ayant pas compris son sarcasme.

- Le crucifix et l'ail sont des histoires pour

rassurer la populace. Pour ce qui est de la lumière solaire, c'est juste que nous avons tendance à avoir des coups de soleil et des insolations plus rapidement.

- Et pour le pieu dans le cœur ?

- Qui n'en mourrait pas ? Me répondit-il tout simplement, avant d'ajouter ; C'est juste une ancienne superstition qui voulait que, pour éviter qu'un mort ne revienne à la vie, il fallait le clouer dans son cercueil.

- D'accord et niveau pouvoir, vous pouvez vous changer en animal ?

- Non, enfin certains vampires le peuvent, mais ils sont très rares. Ce qui n'est pas un mal, croyez-moi.

- D'accord, alors quels pouvoirs avez-vous ?

- Nous pouvons parler avec toutes les créatures de la nuit, léviter à volonté, sans parler de notre vue extrêmement bien développée.

- Votre vue ?

- Oui. Nous pouvons voir une veine palpiter à cent mètres.

- Logique… Fis-je, tandis que mon estomac gargouillait.

- Vous voulez manger quelque chose ?

- Je vois que vous connaissez la nourriture des hôpitaux.

- Pas vraiment, mais je ne suis pas sourd et votre estomac crie famine.

- En effet, je tuerais pour un bon repas !

- Bien, mais avant d'aller manger, mettez ça !
Me conseilla-t-il, en me donnant des vêtements.
- Vous n'avez rien de moins voyant ?
- Vous préférez y aller habillé comme un
infirmier ?
- Presque ! Je me sens mal à l'aise là-dedans !
Lui avouais-je, après avoir enfilé la chemise et
le pantalon en lin, qu'il venait de me donner.
- Ne vous inquiétez pas, cela vous va à ravir.
Maintenant, suivez-moi !
- Je persiste à dire que cet accoutrement ne me
va pas, dis-je à voix basse.

Après quelques minutes de marche dans les
rues de Leipzig, nous sommes arrivés devant la
"maison de la gaufre", le même restaurant dans
lequel le directeur nous avait invité le jour de
mon arrivée à l'institut.
Konrad entra sans bruit, dégagea littéralement
les clients installés à la table numéro cinq, sans
ménagement, avant de s'y installer et de me
faire signe de venir le rejoindre.
Une fois assis, une serveuse vint nous voir en
nous demandant :
- Vous voulez quoi ?
- Comme d'habitude Dolorès. Commença
Konrad.
- Et vous, jeune homme ?
- Un steak avec des frites et de la sauce au

poivre, merci. Lui ai-je répondu.

- Je vous apporte ça ! Répliqua-t-elle sur un ton froid, avant de partir.

- Vous êtes sûr de pouvoir manger autant ?

- Je sors d'un accident, pas d'une maladie…

- En effet, mais ne vous jetez pas dessus comme un affamé, je vous prie.

- Pour cela, je ne vous garantis rien. Lui fis-je sur le ton de la plaisanterie.

Quelque temps après, le bruit du plateau contre la table me fit sursauter, la serveuse déposa, sans ménagement, mon assiette, avant de poser la théière. Puis, ce fut avec une douceur infinie qu'elle déposa l'addition sur la table avant de repartir.

- Elle est toujours comme ça ? Dis-je, en la regardant s'éloigner.

- Seulement quand elle est de bonne humeur. Ironisa-t-il.

- Et pendant que j'y pense, que vouliez-vous me dire la dernière fois, avant que Rebecca n'arrive ?

- Oui. Fit-il en s'éclaircissant la gorge ; j'ai peut-être un ami qui pourrait vous aider. Luis Serra, un ancien flic de Madrid, il a déjà travaillé sur ce genre de cas, du moins, pourra-t-il vous renseigner sur les fantômes.

- Et où pourrais-je le rencontrer ?

- À l'institut des recherches de Barcelone, il y

enseigne la médecine légale, mais je peux tenter de le faire venir ici, ce serait plus pratique pour vous.

- Comment cela ?

- Vous avez beau essayer de la cacher, mais ça ne marche pas avec moi…. Puis, après une courte pause, il ajouta ; Vous n'avez plus de sensibilité dans votre main !

- Comment avez-vous compris ?

- Vous évitez au maximum de vous servir de votre main et vous tremblez dès que vous l'utilisez.

- La plupart des nerfs de ma main ont été rompus….. Je vous prierais de ne le dire à personne. Ai-je ajouté par la suite .

- Je serai aussi muet qu'une tombe, ne vous en faites pas. Me dit-il, avant d'ajouter sur un ton plus paternel ; Si ça peut vous rassurer, je pense que vous retrouverez bien vite l'entier usage de votre main .

- Ce n'est pas l'avis des médecins !

- Et qu'en pensaient-ils au début ?

- Là, vous marquez un point.

- Cela n'est peut-être que temporaire, pour moi, vous retrouverez bien vite votre sens du toucher. Me fit-il avec un sourire, avant de reprendre ; Et pour revenir à notre conversation du début, vous voulez que je demande à mon ami de venir à l'institut ?

- Non, ce serait impoli de ma part ! Même si je

suis arrivé il y a peu de temps, je devrais pouvoir m'arranger pour poser des congés par anticipation. Je devrais encore avoir droit à quelques jours pour cette... Cette blessure…

- Vous trouverez un moyen . Me dit-il avec assurance ; De plus, quelques jours de repos vous feront du bien .

Après presque deux heures de discussions sur différents sujets, Konrad finit par me proposer de me ramener à l'institut, proposition que j'acceptai avec joie.

Une fois arrivés devant l'institut, nous avons croisé John qui revenait sans doute de chez lui ou d'un restaurant. Dès que ce dernier me vit, il me demanda :

- Alors, tu te sauves des hôpitaux.
- Je déteste les hôpitaux ! Lui répondis-je.
- Je te comprends.
- Je vous le laisse, je dois repartir. Nous fit Konrad, en arrivant devant le hall d'entrée.
- Merci de nous l'avoir ramené Konrad. Lui fit John, en lui serrant la main.
- Merci pour le repas et à bientôt. Ajoutais-je.
- Quand vous voulez. Nous fit Konrad en repartant.
- Où est SAI ? Ai-je demandé à John, une fois entré à proprement parler dans l'institut.
- Elle doit être avec les sœurettes, elles devaient s'en occuper aujourd'hui .

- Elle n'est pas restée avec Rebecca ?
- Si, mais comme Rebecca ne pouvait pas toujours s'en occuper, on s'est tous relayés pour la garder et l'occuper.
- Elle ne peut toujours pas se déplacer toute seule ?
- Va voir les filles, elles préparent quelque chose à ce sujet. Reprit John, avant de me laisser pour aller dans son bureau.

Il ne me restait donc plus qu'à aller voir Laurine et Maurine. Après avoir descendu l'escalier menant aux laboratoires, et avoir failli tomber à cause de ce satané chat qui, déboulant d'un des couloirs, me fila entre les jambes dans un miaulement strident, je finis par entrer dans le laboratoire des sœurs, qui cachaient visiblement quelque chose, car SAI vint me trouver juste à l'entrée, sous sa forme spectrale bien entendu.
- Tu es revenu ! Me demanda-t-elle méfiante, tout en lévitant, les jambes repliées à presque un mètre du sol.
- Je sais, je me suis enfui de l'hôpital ! Tu ne vas pas me le reprocher, toi aussi ?
- Non... Mais je croyais t'avoir perdu ! Ajouta-t-elle en tentant de me prendre dans ses bras. Mais ce fut en vain, ses bras passant au travers de mon corps à chacune de ses tentatives.
- Toi aussi, tu m'as manqué ! Lui fis-je, en

tentant à mon tour de l'enlacer. Mais avec le même résultat, ce qui la fit rire.

- Tiens que fais-tu ici ? Me demanda Maurine, avec un ton, mi-figue, mi-raisin.

- On m'a dit que vous prépariez quelque chose.

- On lui dit ? Demanda-t-elle à SAI.

- Vas-y. Lui répondit SAI en haussant les épaules, avant d'ajouter ; De toute façon, il l'aurait vite remarqué.

- Bien ! Dans ce cas ! Commença Maurine, qui fut vite coupée par sa sœur, un tournevis entre les dents.

- Nous chommes en drain de vabriquer un touveau chorps pour chai !

- Et sans le tournevis, ça donne quoi ? Lui fis-je, n'ayant rien compris.

- Nous fabriquons un corps synthétique pour SAI ! Reprit-elle, après avoir enlevé le tournevis de sa bouche.

- Comment ça, un corps synthétique ? Leur demandais-je, étonné.

- Elles ne peuvent pas réparer les jambes de la poupée, précisa SAI, avant d'ajouter ; donc, elles ont préféré me créer un nouveau corps de substitution !

- Il s'agit juste d'une ossature en carbone, entourée de polymère et de nanocomposants. Le tout enveloppé par de la peau de synthèse, faite dans un composé souple à base de latex et de lycra. M'expliqua Maurine.

- En clair, c'est un androïde ! Compléta Laurine.
- Et vous venez de créer un tel androïde en seulement deux semaines ? Leur demandais-je.
- En fait, il s'agit d'un de nos sujets de doctorat. Me fit Laurine.
- On y travaille depuis l'âge de 17 ans ! Ajouta Maurine.
- Il ne leur manquait plus qu'un moyen de propulsion fiable, pour que ça marche. M'expliqua SAI.
- Donc, si j'ai bien suivi, SAI vous sert de batterie pour faire fonctionner cet androïde ? Demandais-je, pour être sûr d'avoir tout compris ;
- C'est cela ! Fit SAI, pleine d'enthousiasme.
- Il comprend vite, le petit légiste, me souffla Laurine.
- Elle nous sert aussi de processeur ou pour une image plus claire, de cerveaux pour contrôler l'ensemble . Ajouta Maurine.
- Mais pourtant ça existe déjà des micros processeurs pour robot, et une simple batterie n'aurait-elle pas suffi ? Leurs demandais-je, intrigué par ce qu'elles venaient de me répondre.
- Oui, mais notre androïde est beaucoup plus poussé, notamment au niveau de la mobilité…
- Une plus grande souplesse dans les mouvements, des réactions spontanées, et surtout des mouvements bien plus réaliste et

proche de ceux d'un véritable corps humain ! La coupa Laurine en reprenant son bricolage, en allant sous l'androïde allongé entre deux tréteaux.

- De plus, SAI est une source d'énergie quasi-inépuisable. Compléta Maurine

- Et comment avez-vous découvert cela, ou même comment est-il possible qu'un fantôme produise de l'énergie ? Leurs demandais-je.

- On a découvert que SAI produisait de l'énergie quand elle est passée au travers de mon spectromètre, qui a rendu l'âme, au passage ! Renchérie Maurine.

- Quoi ?

- Il a grillé... Me fit SAI, en rougissant.

- Bref, en cherchant le pourquoi du comment, on a remarqué que SAI dégageait de l'énergie, et on est parti de là pour arriver à cela ! Me répondit Maurine en me montrant l'androïde.

- Cha à éché une aupaine ! Nous fit Laurine qui s'était remise à bidouiller dans les rouages de l'androïde.

- Et pourquoi les fantômes produisent-ils de l'énergie ?

- Aucune idée sur le sujet . Me répondit Maurine.

- Ne me regarde pas, je n'en sais rien, non plus ! Me fit SAI.

- Ch'est un frais bystère. Ajouta Laurine toujours allongée sous l'androïde.

- Lâche ton tournevis pour parler ! Avons-nous tous crié à l'unisson ;

- Ch'est pon, cha fa ! Nous répondit-elle, en accentuant davantage son accent dû au tournevis.

- Tu sais que tu es lourde par moment !

- Je ne te permets pas de parler de mon poids !

- Laurine…

- Maurine…

- Vous n'allez pas vous entre-tuer ? Leur demandai-je, tandis que SAI riait de bon cœur.

Après cette courte querelle, les deux sœurs se sont, par la suite, amusées à m'expliquer, en gros, le fonctionnement du nouveau corps artificiel de SAI. Comment elles avaient fait pour reproduire aussi fidèlement les traits de SAI sur la plastique de cet androïde, qui lui ressemblait à s'y m'éprendre.

Le tout, en passant bien entendu, par les méthodes employées pour rendre toute la flexibilité du corps humain.

Nous étions d'ailleurs en plein débat sur le réalisme de la peau, quand Rebecca arriva dans le laboratoire des jumelles :

- Rebecca !? Comment vas-tu ? Me suis-je risqué à lui demander, en la voyant arriver vers moi, avec un regard noir.

Mais, pour toute réponse, elle m'empoigna par

le col et en moins de cinq minutes, je fus assis sur une table en acier inoxydable, torse-nu, tandis que Rebecca commença à m'examiner, comme si, je n'étais qu'un de ces vulgaires sacs d'os, dont elle s'occupait habituellement.

Soudain, le directeur M. James entra dans le labo, mais surpris par ce spectacle, il tourna les talons avant de refermer la porte.
- C'est bon ! Décréta finalement Rebecca quelques minutes plus tard. Tu peux te relever ! Finit-elle par ajouter, en voyant que je ne réagissais pas.
- Tu fais quoi là, au juste ? Lui demanda Laurine suspicieuse.
- Rien. Je veux voir comment sont ses plaies !
- Tu aurais pu tout simplement relever un pan de ma chemise, pas la peine de me déshabiller, ni de m'installer sur une table d'autopsie. Lui fis-je remarquer.
- J'ai toujours rêvé de faire cela ! Ajouta-t-elle sur le ton de l'ironie.
- Vous avez toujours voulu pratiquer une autopsie sur une personne vivante ou le voir torse-nu ? Demanda SAI, intriguée.
- Un peu des deux. Mais je dois avouer que je l'ai déjà vu torse-nue. Répondit-elle.
- Pardon ? Firent à l'unisson les jumelles.
- Comment ? S'écria SAI, outrée.
- Comment as-tu pu me voir torse-nu? Lui

demandais-je par la suite.

Pour toute réponse, elle me fit un sourire avant de me donner une petite boîte de gélules.

- Tiens, tu en auras besoin ! Ajouta-t-elle par la suite, en me voyant intrigué.

- Des analgésiques ?! Fis-je septique.

- Bon, on vous laisse ! Décréta Laurine en faisant signe à SAI et sa sœur de la suivre pour sortir de la pièce.

Après quelques secondes d'un silence pesant, Rebecca finit par se retourner et m'embrassa avec une telle fougue que, quand John entra dans la pièce, il referma la porte sur le champ. Elle s'éloigna de moi, les joues empourprées, et ajouta :

- Moi aussi, j'ai cru te perdre !

- Crois-tu que je vais vous quitter comme cela !?

Pour toute réponse, ses joues s'enflammèrent, ainsi que les miennes, mais ce moment de bonheur fut néanmoins interrompu par l'arrivée de Max, qui insista pour que je regagne mon laboratoire, déclarant qu'un nouveau corps venait d'arriver pour moi, et c'est à contrecœur que je dus quitter la douce compagnie de Rebecca.

Une fois dans mon laboratoire, je fus surpris de trouver Jack assit sur un coin de mon bureau. En me voyant arriver, il se leva et commença par ouvrir le sac mortuaire dans lequel se trouvait le corps dont m'avait parlé Max.

Encore une jeune femme, mais cette fois, le corps était accompagné d'un mot que Jack commença à me lire à haute voix.

« Ce message s'adresse au légiste en charge de cette affaire, veuillez cesser immédiatement toutes vos recherches où vous en subirez les conséquences !!»

Puis, après une courte pause, il finit par reprendre :

- Êtes-vous sûr de vouloir continuer ?
- Après qu'ils aient tenté de me tuer… Maintenant, c'est trop tard pour faire marche arrière !

Cette réponse fit sourire Jack, qui, par la suite, me lança :

- C'est pour cela que la B-Pol a décidé de vous envoyer, SAI et toi, dans un lieu sécurisé !
- Où veulent-ils m'emmener ? Lui demandais-je. En ajoutant après un bref silence ; Et pour l'affaire ?
- Vous partirez avec SAI pour Berlin. Reprit-il, avant d'ajouter ; Pour l'enquête, nous avons d'autres médecins légistes qui peuvent vous remplacer. D'ailleurs, nous avons fait appel à quelqu'un que vous connaissez !
- Vous avez demandé au docteur Stein de revenir ? Lui demandais-je.
- En effet, et croyez-moi quand je te dis que

cela n'a pas été une mince affaire pour le faire revenir !

- Je veux bien vous croire.

- Quoi qu'il en soit, demain, je dois me rendre à Berlin pour savoir où la B-Pol veut vous installer.

- Puis-je proposer tout simplement de me retirer de l'affaire pour me rendre à Barcelone ? Lui ai-je proposé, ne voulant pas me retrouver dans une des prisons dorées de la B-Pol.

- Pourquoi voulez-vous aller là-bas ? M'interrogea Jack.

- Disons que j'y serais en sécurité et que je pourrais continuer à travailler sur cette affaire, sans intervenir directement dans son déroulement.

- On peut toujours essayer. Finit-il par dire, après y avoir réfléchie quelques minutes.

- Et d'ici combien de temps le docteur Stein arrivera-t-il ?

- Il devrait arriver d'ici trois ou quatre jours, tout dépend du temps qu'il mettra à revenir, mais pourquoi me demandez-vous cela ?

- J'aimerais le voir avant de partir …. Notamment pour lui donner mes notes en mains propres .

- Eh bien, vous pouvez le faire maintenant, comme cela, j'aurais de la lecture pour la nuit ! Fit une voix derrière nous.

- Docteur Stein ? Fis-je en voyant l'ancien

médecin légiste entrer dans le laboratoire.

- Luke …. Tu es déjà arrivé ? Ajouta Jack.

- Je n'étais pas très loin. Vous vous en sortez ? Me demanda-t-il.

- Pour une première affaire, j'aurais préféré qu'elle soit plus simple. Mais je suis bien entouré.

- Bon ! Donnez-moi vos notes et laissez-moi gérer le poulailler !

- Merci de me prendre pour un simple poulet. Lui fit Jack.

- Toi, tu es le renard !

- Charmant !

- Cela ne vous dérange pas de reprendre le poste ? Lui demandais-je, pour couper court à la conversation.

- J'aurais préféré organiser tranquillement ma retraite. Me fit-il, avant d'ajouter ; Mais pour être franc, je commençais déjà à m'ennuyer !

- Chassez le naturel, il revient au galop. Lui fis-je en lui donnant mes rapports.

- Vous verrez quand vous aurez mon âge. M'assura-t-il.

- Bon et pour en revenir à ton départ ? Me fit Jack, pour changer de sujet.

- Ah oui, c'est vrai… Quand auras-tu la réponse pour que je parte en Espagne ?

- Si je le demande ce soir… D'ici deux, trois jours. Mais après, tu gagneras ton temps en passant par le directeur de l'institut.

- OK, je vais de ce pas lui demander ! Lui répondis-je en me précipitant dans le couloir.
- Ah ! La jeunesse. Souffla le docteur Stein.
- Et sinon qu'avez-vous prévu de faire durant votre retraite ?
- J'avais prévu d'aller pêcher. Répondit-il, avant d'ajouter avec un brin d'humour.
- Et vous que voulez-vous faire pour votre retraite ?
- Oh ! J'ai encore le temps pour cela.
- Le temps passe vite, mon vieux ! Surtout pour les anciens comme nous !
- Une fois de plus, je suis charmé par ta vision des choses…

Après être monté dans le bureau du directeur, je me mis à lui expliquer rapidement la situation, avant de lui demander de me muter auprès de l'institut de Barcelone, en lui précisant ce que Konrad m'avait indiqué. Ce à quoi, il me répondit :
- Vous savez que la B-Pol a déjà prévu de vous envoyer à Berlin ?
- En effet, Jack m'en a averti, mais je pense pouvoir continuer à travailler sur cette affaire en travaillant auprès du professeur Serra. De plus, Jack est d'accord avec moi. ajoutais-je par la suite, histoire d'être sûr de convaincre le directeur.
- Jack est d'accord avec vous ?

- Du moins, sur l'idée que je serais sûrement plus en sécurité à l'étranger qu'ici…
- Ce qui semble logique, en effet…
- Et j'ajouterais aussi que, n'ayant plus la charge de travail donnée par Vincent, je pourrais peut-être avancer sur cette affaire !
- Tout cela ne change rien… J'allais dire oui… Commença le directeur, avant d'ajouter ; D'autant que Konrad m'a prévenu de vos intentions, et qu'il a même appuyé votre demande.
- Comment peut-il appuyer ma demande ?
- Disons qu'avec plus d'un million d'euros de subventions annuelles, on achète toutes les bonnes volontés !
- Donc, Konrad est un de vos mécènes ?
- Il finance l'ensemble de votre section de recherche depuis plus de dix ans. De plus, il nous a déjà fait quelques dons d'objets d'une grande rareté…..
- J'ai compris ! Lui fis-je en lui coupant la parole, avant de lui demander ; Donc je peux partir, oui ou non ?
- Je ne peux refuser une demande venant de notre principal mécène.
- Bien et pour mon remplacement ? Vous êtes au courant que le professeur Stein est revenu ?
- Disons que je me doutais qu'il ne tarderai pas à revenir.
- Ah ! Une dernière chose monsieur.

- Oui ?

- Je devrais emmener SAI avec moi.

- Il me semble de plus en plus dur de vous séparer de toute façon… Mais pourquoi voulez-vous emmener notre seul témoin ? Ajouta-t-il par la suite.

- Je vous rappelle qu'elle ne se souvient de rien.

- Très juste ! Me répondit-il, avant d'ajouter, après une nouvelle gorgée de thé ; Dans ce cas, je vous laisse l'emmener avec vous.

- Merci bien. Lui fis-je, avant de lui poser une dernière question.

- Ça vous dérange si je pars dès demain ?

- Laissez-moi le temps de faire un peu de paperasse et de prévenir l'institut de Barcelone aux moins. Mais je ferai de mon mieux pour que vous partiez au plus vite ! Me répondit-il dans un clin d'oeil.

Chapitre 7 :
Redrum

Barcelone, grande ville espagnole de la Costa brava, lieu de " vacances" que j'avais choisi afin de pouvoir continuer à travailler sur l'enquête tout en n'étant plus directement affilié à cette dernière et accessoirement pour pouvoir rencontrer le professeur Serra, qui, d'après Konrad, pouvait disposer d'informations susceptibles de faire avancer cette enquête.

Malheureusement, je n'étais pas le seul à faire partis de ce voyage. Rebecca avait impérieusement tenu à nous accompagner, d'autant plus que SAI n'avait pas arrêté de la narguer depuis qu'elle savait qu'elle venait avec moi à Barcelone.
Après une courte visite de la ville, je me permis de demander à SAI :
- Alors comment trouves-tu cette ville ?
- Magnifique. Certes, ce n'est pas l'Amérique, mais c'est génial de pouvoir se promener avec un vrai corps ! Me répondit-elle, en remuant les doigts, avec un grand sourire.
- Je l'avoue, on jurerait qu'il s'agit d'un véritable corps humain. La complimentais-je.
- Et en plus, je peux mettre les vêtements qui

me plaisent ! Ajouta-t-elle, en tournant sur elle pour me montrer son short et son tee-shirt. L'ensemble lui donnant un air de baroudeuse en road trip.

- Tu les as piqués à Rebecca ?
- Non… Je lui ai donné ! Répondit cette dernière.
- Je n'ai pas d'autres vêtements que ceux que m'a laissés Laurine. Et Rebecca m'a proposé de m'en donner. M'expliqua timidement SAI.
- Et ceux que Rebecca avait descendu du grenier ?
- Oh, ils sont bien pour mettre sur la poupée, mais ils ne me vont pas… Hésita SAI, mal à l'aise.
- Elle est bien plus grande et grosse que la poupée, voyons Zack ! Ajouta Rebecca, avant de se faire reprendre par SAI.
- Le « grosse » est de trop. Mais oui, je ne pouvais pas entrer dans ces vêtements d'enfant.
- Je ne savais pas que tu avais des vêtements à sa taille ? Dis-je à Rebecca.
- Tu insinues quoi par là ?
- Rien du tout… Je pensais simplement que SAI mettait des vêtements plus petits.
- Merci du compliment ! Me fit SAI. Puis, elle ajouta avant que Rebecca n'ait eu le temps de l'en empêcher ; Et je te signale que j'ai eu du mal à enfiler ses sous-vêtements !

- J'aurais pourtant parié le contraire. Lui avouais-je, sans réfléchir.
- Bon et si au lieu de visiter la ville et parler chiffons, on allait directement rejoindre le professeur Serra ! Proposa Rebecca, un brin énervée.

Nous sommes donc partis pour l'institut de recherche de Barcelone, où nous avions rendez-vous avec le professeur Luis Serra. Ce dernier nous attendait devant l'entrée du hall pour se présenter plus officiellement que lors de notre entretien téléphonique :
- Bonjour, Luis Serra. Je suis le responsable de la section médico-légale de ce centre.
- Enchanté de faire votre connaissance. Lui fis-je, en lui serrant la main.
- Je vois que vous êtes venu en charmante compagnie. Me répondit-il.
- En effet, je vous présente le docteur Skando qui…
- Très chère, cela faisait longtemps que l'on ne s'était pas vus. Me coupa Luis, en allant serrer la main de Rebecca qu'il connaissait visiblement déjà.
- Depuis ma dernière formation. Il y a quatre ans, il me semble ! Lui répondit-elle en souriant.
- Vous vous connaissez ? Leur demanda SAI, me coupant l'herbe sous le pied.
- En effet, Rebecca venait suivre mes cours

d'anthropologie, avant sa titularisation à l'institut Max Planck. Répondit le professeur.

- J'ignorais que vous vous connaissiez déjà ?

- D'où mon père connaît Luis d'après toi. Me fit Rebecca.

- En effet, je n'y avais pas pensé. Répondis-je, ce qui fit sourire Luis, qui par la suite, se tourna vers SAI pour lui demander :

- Et vous ?

- Je m'appelle SAI, et je suis leur principal témoin. Répondit-elle, avec un large sourire.

- Il s'agit d'un fantôme... Et accessoirement, la victime de l'affaire dont nous avons parlé au téléphone. Précisais-je, devant le regard étonné de Luis.

- Bien, et si nous passions à la visite du centre maintenant ? Nous proposa-t-il, sans même broncher devant ma déclaration.

Après nous avoir fait visiter le centre de recherche il nous présenta à son équipe. Dans l'ordre des présentations, nous avons donc fait la connaissance de Lorena, une jeune fille aux cheveux courts, teints en rouge, encadrant un visage ovale aux traits fins.

Puis Robert, un jeune homme grand, dégingandé, une tignasse brune et tellement ébouriffée qu'elle n'avait jamais du voir de peigne, tous deux, occupés à terminer un rapport d'autopsie.

Par la suite, il nous présenta Alexia, une jeune femme de toute beauté, assez intimidante, au visage entouré d'une longue chevelure sombre et soyeuse, et enfin, Chris, un jeune homme grand, à la limite de l'anorexie, portant des rangers sûrement aussi lourdes que lui. Ils se trouvaient être les élèves en anthropologie de Luis, mais, pour l'instant, ils étaient plus occupés à se bécoter dans un coin de la salle qu'à suivre l'autopsie.

Ce qui me choqua le plus chez eux, ce fut leur âge. En effet, ils ne semblaient guère avoir plus d'une vingtaine d'années, si ce n'est moins, ce qui m'amena à leur demander :
- Quel âge avez-vous ?
- Pourquoi cette question ? Me fit Robert, en levant le nez.
- Sans être indiscret, vous me semblez bien jeune pour être des pratiquants.
- En réalité, nous sommes encore étudiants. M'expliqua Lorena, avant d'être elle-même reprise par Alexia.
- Nous en sommes à notre deuxième année de doctorat.
- Et vous travaillez déjà sur des cas pratiques ?

Mais vue l'heure tardive, Luis préféra couper court à la discussion, avant de nous inviter à prendre place dans notre chambre, plutôt que d'engager un débat sur ce genre de détail, ou encore de commencer l'étude des dossiers médico-légaux, ayant un rapport avec notre affaire.

Il chargea donc Robert de nous conduire à nos chambres, ce que le jeune homme fit sans tarder, non sans chuchoter quelques mots à Lorena avant de nous emmener.

Une fois arrivé dans la chambre, je fus vite surpris de n'y trouver qu'un seul lit, Robert nous annonça que Konrad lui avait demandé de nous réserver cette chambre.

Je me retournai vers lui pour lui demander :

- Avez-vous d'autres chambres ?

- La chambre ne vous convient pas ?

- Ce n'est pas ça. Ma chambre à Oxford était bien plus petite, mais je doute que nous puissions dormir à trois dans ce lit.

- Il y a un futon prévu à cet effet dans le bas de l'armoire, sa ne vous dérange pas de dormir sur un futon ? Demanda-t-il à SAI.

- Pardon ? Répondit-elle, surprise de ne pas pouvoir dormir dans le lit.

- Futon ou pas, la question n'est pas là ! Alors avez-vous une autre chambre à disposition ?

- Malheureusement non ! C'est notre dernière chambre de disponible. Toutes les autres sont prises, soit par des étudiants, soit par les employés de l'institut. De plus, il s'agit de ma chambre en théorie.

- Et où allez-vous dormir alors ? Lui demanda SAI.

- J'irai dormir avec Lorena, ce qui, d'après le professeur Serra, ne changera pas de d'habitude.

- Je peux dormir dans un de vos laboratoires ? Lui demandais-je sans détours.

- Dormir ? Me demanda-t-il, surprit.

- Oui ! Ai-je insisté.

- Si vous voulez, vous pouvez prendre mon bureau. Comme ça, vous pourrez commencer votre travail, si vous le désirez.

- Merci ! Lui ai-je répondu en lui emboîtant le pas après avoir pris le futon avec moi, tandis que SAI protesta dans mon dos, mais je préférais ignorer ses jérémiades.

Le laboratoire de Robert, avouons-le, lui ressemblait bien. Vaste, simple, ordonné, et presque inquiétant, avec toutes ces radiographies d'os brisés, colorées de couleurs vives, accrochées aux murs, en guise de décoration.

- Cela ira ? Me demanda-t-il, en me voyant intrigué par sa décoration personnelle.

- Oui ! Ça change de voir une morgue personnalisée.

- Je n'ai jamais aimé les morgues stériles et

silencieuses !

- Je suis entièrement d'accord avec vous, comme Rebecca, je suppose. Lui répondis-je, en me souvenant de la décoration du bureau de cette dernière.

- L'idée de la déco vient d'elle en effet, même si je doute qu'elle ait fait de même.

- J'en conclus que vous avez suivi les cours de Luis ensemble ?

- Quelques-uns, d'ailleurs, nous faisons une sortie ce soir, si vous voulez vous joindre à nous ?

- Une sortie ?

- Rebecca nous a prévenu de son arrivée et nous avons prévu de nous faire une petite soirée à cette occasion. Ce sera le moment de mieux faire connaissance et, peut-être, oublier vos a priori sur notre jeune âge...

- Où allez-vous ?

- Dans une petite boite de nuit du coin. Un endroit sympa et cool. Ajouta-t-il, devant mon air surpris.

- Je vois que vous avez tout organisé avec soin... Mais je suis fatigué, et je ne pense pas avoir envie d'aller dans ce genre d'endroit.

- Si vous changez d'avis et que vous voulez venir, l'heure et le lieu de rendez-vous sont notés sur le tableau qui me sert de mémo au-dessus du bureau. Me fit-il visiblement vexé. Non sans ajouter, avant de sortir, en claquant la porte derrière lui ; Il faut savoir profiter de la vie par moment...

Je ne pris pas en compte son conseil, préférant passer la nuit sur les dossiers des trois cas similaires, sur lesquels Luis et son équipe avaient travaillé. Cas, dont le professeur Serra m'avait gentiment envoyé les rapports avant ma venue.

Après avoir lu les rapports, je pus en conclure que tous ces cas avaient le même point commun. Une cause de la mort indéterminée, sauf qu'ici, leur matériel pouvait justifier leur manque de résultats.
En effet, leurs instruments étaient, depuis quelques années déjà, devenus obsolètes si on peut dire, mais malgré ce désavantage sur nous, Robert avait trouvé bien plus d'informations que moi.

Notamment, des informations sur d'étranges phénomènes paranormaux pouvant être rattachés autour de notre affaire, ainsi que diverses disparitions non expliquées, il avait même fini par émettre l'hypothèse que ces décès étaient probablement des formes de sacrifices, voir de rituels...

Après un long moment, la fatigue finit par se faire sentir, ce qui parait logique, après avoir lu près de mille pages d'observations, de notes et de commentaires. De plus, le fait de passer de l'écran d'un ordinateur aux rapports écrits, surtout s'ils sont écrits dans un mélange d'écriture calligraphique et de lettres gothiques, fatigue bien plus encore.
Et après avoir bâillé pour la énième fois, je finis par regarder ma montre qui indiquait déjà une heure du matin.

Fatigué, je m'installais sur la table d'autopsie, avant de m'y allonger avec pour oreiller un simple rouleau de papier essuie-main.
Il ne me fallut que peu de temps pour m'endormir d'un sommeil sans rêve ni cauchemar, pour une fois.

Je fus réveillé le lendemain, par un Robert encore plus décoiffé que la veille.
Après un moment passé par nous observer mutuellement, il commença à me questionner sur la raison de ma présence sur la table d'autopsie :
- Une vieille habitude que j'avais à Oxford ! Lui ai-je répondu encore dans les vapes.
- Oxford !! Vous venez d'Oxford ?
- Six longues années d'études, avant d'intégrer l'institut Max Planck.

- Pas mal, j'aurais aimé tenter l'expérience, mais j'ai préféré rester étudier ici avec mes amis !

- Moi, je suis parti pour échapper à ma famille.

- Dernière question ? Pourquoi n'êtes-vous pas venu hier soir ?

- La vérité, ou une excuse ? Lui demandais-je avec une pointe d'ironie.

- Les deux Zack !

- En vérité, je n'avais pas envie, de plus le j'étais fatigué. Et comme excuse, je dirais simplement que je devais étudier vos rapports d'autopsie.

- Très bonne excuse ! Mais, si tu veux un conseil, évite de le dire aux filles !

- Les filles ?

- Rebecca voulait mieux te présenter au groupe, mais comme tu n'es pas venu… Et SAI semblait furieuse aussi, heureusement que Mirta était là.

- Vous vous connaissez depuis longtemps toi et Rebecca ?

- Nous nous connaissons depuis maintenant trois ans. Elle venait suivre des cours d'anthropologie médico-légale. Commença-t-il.

- Et les autres ? Depuis combien de temps vous connaissez-vous ?

- Moi, Alexia et Lorena, on se connaît depuis que nous avons cinq ans, tandis que nous avons connu Chris au lycée. M'expliqua-t-il avant de reprendre sur un ton plus triste ; Pour ce qui est de Mirta, nous avons ignoré son existence jusqu'à notre petit incident à Highgate !

- Highgate ? Le cimetière Highgate ?

- Oui ...

Et sur cela, il se mit à me raconter ce qui les avait amené à leur petite virée au cimetière d'Highgate.

En effet, après avoir passé leur BAC, ils avaient tous décidé de faire un tour des endroits hantés d'Europe durant leurs vacances d'été. Ce tour avait fini par les mener jusqu'au cimetière, cimetière où ils avaient été attaqués par un déséquilibré, qui blessa Mirta dans le dos, lui laissant une profonde cicatrice.

- Bien ! Et qui est Mirta ? Demandais-je à Robert, n'ayant toujours pas pu mettre un visage sur ce prénom.

- Il s'agit de la petite sœur d'Alexia.

- Et elle ne vous l'avait jamais présenté avant ? Lui demandais-je en tentant de comprendre.

- Pour une raison que nous ignorons encore, elle ne nous en avait jamais parlé. Pourtant, nous vivions pratiquement ensemble depuis plus de treize ans à l'époque. M'expliqua Robert.

- Vous vivez donc ici ?

- Oui, nous sommes sous la tutelle de Luis.

- Mais où viviez-vous avant ? Et vos parents ?

- Lorena, Alexia et moi-même, sommes des

orphelins… Commença-t-il, avant de m'expliquer plus en détails; Alexia a perdu ses parents très jeune. La mère de Lorena est morte quand elle était bébé. Son père ne l'a jamais reconnu et moi, j'ai été abandonné à la naissance !

- Désolé...

- Ce n'est rien, tu ne pouvais pas le savoir.

- Et pour Mirta ?

- Les foyers d'adoption ont du mal à prendre à leur charge deux sœurs et je crois qu'elles devaient être séparées quand Alexia a été adoptée par Luis. Mais je ne suis sûr de rien.

- Je pense comprendre ! Lui fis-je.

- Je peux entendre ta théorie ? Me demanda-t-il, intrigué.

- Luis retrouve la sœur d'Alexia, arrive à en avoir la garde, mais le fossé était déjà trop profond entre les deux sœur.

- Donc, Alexia refuse de s'occuper de sa sœur, mais aussi de nous la présenter, car elle a peur de notre réaction ? Déduisit Robert.

- Je pense plutôt qu'Alexia, n'ayant pas vraiment connu sa sœur, a refusé de considérer Mirta comme telle. Lui fis-je, tout en repensant à ma propre sœur ; Et il a fallu cet incident pour qu'elle comprenne !

- Qu'elle comprenne quoi ? Me demanda Robert, intrigué.

- Que sa sœur était importante pour elle ! Lui

répondis-je, avant d'ajouter pour couper court sur le sujet ; et Chris alors ?

- On s'est connu au lycée, il a tout de suite tapé dans l'œil d'Alexia, et de fil en aiguille, il a fini par demander à Luis d'intégrer le centre de recherche.

- Bon, dernière question… Que veut dire le mot Redrum ? Lui demandai-je.

- Redrum ! C'est le nom que nous avions trouvé étant jeune pour désigner notre groupe d'amis. C'est en réalité l'anagramme du mot anglais…

- Murder ! J'avais déjà fait le rapprochement, je voulais juste en être sûr !

- Mais où as-tu vu ce nom ?

- Il est écrit sur chaque bas de page, dans tes carnets.

- Petite habitude de jeunesse…

- Je ne dirais rien, j'avais pour habitude d'illustrer mes fiches de cours avec des dessins.

- Au moins, ce devait être décoratif. Me fit-il en riant.

- Si on veut…

Après cela, notre conversation changea radicalement de sujet pour revenir sur l'affaire, Robert m'indiqua l'origine de ses sources et de ses découvertes externes à leurs enquêtes. La plupart de ces découvertes ayant été faites sur de simples forums.

Puis, il s'arrêta longuement sur une présentation plus approfondie de Mirta, m'apprenant que, contrairement à eux, elle avait préféré suivre des cours de botanique et d'art au lieu de rentrer dans la police criminelle.

- Donc, elle fait partie de votre groupe sans y participer, c'est bien cela ?
- Yep ! Mais elle vient souvent enquêter ici avec nous. Elle aime bien tout le côté détective, énigme et interprétation de preuves.
- Bref, tout ce qui fait appel à la déduction, la logique et l'imagination. Lui fis-je avec un grand sourire.
- D'ailleurs, je ne sais pas ce qu'il s'est passé hier soir, mais elle s'est tout de suite liée d'amitié avec ton… Avec votre fantôme. M'apprit-il.
- SAI…
- C'est ça. Tu aurais dû les voir hier, pire que des sœurs siamoises.
- Cela ne m'étonne pas ! Lui répondis-je ironique ; SAI est un vrai pot de colle quand elle se prend d'affection pour quelqu'un.
- D'ailleurs, Mirta lui a proposé de s'installer dans sa chambre, ça vous fera plus d'intimité ! Me fit-il sur un ton plein de sous-entendu.
- C'est gentil, mais je crois que je vais continuer de dormir à la morgue. Lui fis-je en voyant où il voulait en venir.
- Comme tu veux, mais la prochaine fois, mets

le futon avant de t'allonger sur la table, ce sera plus confortable et tu pourrai même l'installer dans la chambre...

- Merci, j'avais totalement oublié que je l'avais pris avec moi en descendant.

- Robert, tu fais quoi ? Demanda Chris, visiblement agacé, en entrant dans le laboratoire.

- J'arrive ! Répondit ce dernier.

- Vous allez où ?

- Nous allons sur un site archéologique pour identifier plusieurs squelettes. Rebecca vient avec nous et SAI a également demandé à nous accompagner. M'annonça-t-il.

- On se refait une soirée ce soir, tu viendras cette fois ? Me demanda Chris.

- Pourquoi voulez-vous tant que je vienne faire la fête avec vous ? Lui demandais-je.

- Pour mieux faire connaissance pardi ! Me répondit-il en sortant de la morgue.

- Si tu veux un bon conseil, ce soir, viens nous rejoindre à vingt et une heures à la boite de nuit. Me fit Robert en suivant Chris.

- C'est où déjà ? Lui ai-je demandé.

- Regarde sur mon bureau ! Je t'avais préparé un plan pour hier. Me cria-t-il depuis le couloir.

Chapitre 8 :
Une lumière parmi les ombres.

Constatant à ma montre qu'il était déjà plus de onze heures, ce qui me laissait environ dix heures de répit avant de devoir les rejoindre, dans cette fameuse boite de nuit.

Après un moment de réflexion, je choisis de descendre me promener dans la ville, profitant de l'heure matinale pour aller visiter les quelques lieux touristiques proches du centre de recherches, avant de me rendre dans la vieille ville.

Au tournant d'une ruelle, je suis tombé sur une petite boutique d'antiquités, ressemblant fort à celle de Konrad.

Après avoir longuement regardé la vitrine, je finis par entrer dans le magasin.

Une fois à l'intérieur, j'eus l'impression d'être entré dans la boutique de Konrad, la même odeur d'encens et de poussière.

La même décoration presque inquiétante, mais ce fut surtout le marchand qui me rappela le plus ce dernier. Dès qu'il me vit entrer, il me demanda poliment :

- Bonjour, je peux vous renseigner ?
- Je ne fais que regarder, mais merci. Lui

répondis-je, tout aussi poliment.

- À votre guise, mais n'hésitez pas à me demander, si vous voyez quelque chose qui vous intéresse. Me fit-il, avant de reprendre sa lecture, me laissant faire le tour des rayonnages de la boutique.

Après quelques minutes passées à l'intérieur, je finis par arriver devant une petite vitrine remplie d'armes antiques ou de collections. Soudain, le souvenir de la fusillade me revint en tête, tellement réel que j'eus la sensation de la revivre.

Voyant mon trouble, le marchand vint me voir en me demandant.

- Vous allez bien ?

- Ça va …. Je pensais juste à un souvenir. Lui répondis-je.

- Un souvenir cuisant à ce que je vois…. Marquant même…

- Quoi ?

- Un souvenir qui vous a marqué aussi bien dans votre chair que dans votre esprit .

- Mais comment…

- On ne peut rien cacher à celui qui regarde ! Me fit-il, avant d'ajouter ; vous avez failli perdre la vie sans même pouvoir vous défendre ?

- On peut dire cela, mais je pense plutôt aux personnes que j'ai entraînées malgré moi sur une route dangereuse…

- Et vous souhaitez les protéger ?
- Qui ne voudrait pas protéger les personnes qui lui sont chères ?
- C'est très chevaleresque de votre part… Mais trêve de citation proverbiale !
Par la suite, il ouvrit la vitrine et en sortit une vieille boite couverte de poussière. Après l'avoir rapidement dépoussiérée avec sa manche, il me la tendit.
- Que voulez-vous que j'en fasse ? Lui demandai-je, surpris.
- Prenez-la simplement !
- Qu'y a-t-il dans cette boite ? Lui demandais-je, surpris par le poids de cette dernière.
- Quelque chose qui, je l'espère, vous permettra de vous protéger, vous et ceux qui vous sont chers. Me répondit-il, avant de me pousser vers la sortie du magasin. Puis, il ferma la porte et tira les rideaux derrière moi.

Après être resté un long moment devant la boutique, ne sachant comment réagir, je finis par aller m'asseoir sur un banc non loin de là. Une fois assis, j'ouvris la boite que le marchand venait de me donner.
Je fus extrêmement surpris d'y trouver, dans un vieil étui de cuir, un magnifique pistolet. Un luger P 08, me semblait-il.
Sur le moment, j'eus envie d'aller le rendre au marchand, mais une voix en mon for intérieur,

m'intima de le conserver, pour me défendre, ainsi que SAI et Rebecca.

Et après un dernier regard vers la boutique d'antiquités, à présent fermée, je rangeais la boite du luger dans mon sac à dos, avant de reprendre ma promenade dans la ville.
Pendant ce temps, dans la boutique, le marchand ne cessait de me regarder au travers de sa vitrine, en marmonnant :
- Voilà… Les dés sont jetés…

Vers midi, je pris un sandwich dans une petite boulangerie avant d'aller m'asseoir à l'ombre d'un arbre dans un parc surplombant la mer. Par la suite, je suis resté là, à contempler la mer, en admirant le vol des quelques oiseaux de passage, pendant les sept heures qui me séparaient encore de l'heure fatidique. Tandis que mon esprit passait en revue tous les détails de cette affaire sordide.

Vers vingt heures, je mis l'étui du luger à ma ceinture, tout en essayant de le dissimuler sous ma chemise, avant de me mettre en route vers l'endroit indiqué sur le morceau de papier que m'avait laissé Robert. Ce qui me conduisit devant les portes d'une grande boite de nuit, gardées par deux videurs des plus impressionnants.

Après avoir réussi à les convaincre non sans mal d'ailleurs, j'ai pu entrer à l'intérieur, c'est là que je découvris le monde des Redrum. Un monde habité par des punks, des gothiques et autres noctambules du genre, la boite de nuit en question, n'était autre qu'une vieille cave au milieu de laquelle se trouvait une piste de danse encore plus grande que toutes celles que j'avais déjà pu voir en Angleterre, c'est aussi sur cette piste, que j'aperçus Chris et Alexia, en train de danser comme de vrais diables.

Plus loin, sur la droite, je vis le reste du groupe autour d'une table nichée dans une des alcôves des murs de briques. Ayant remarqué mon entrée, Robert me fit signe de venir les rejoindre.
Arrivé devant la table, je m'aperçus que ce que j'avais pris au départ pour une simple table, n'était rien de plus qu'un couvercle de cercueil, simplement cloué sur des pieds de table. Une fois que je fus assis, Robert m'adressa la parole en premier :
- Tu aurais pu venir avec une tenue moins voyante tout de même. Me fit-il remarquer.
En baissant les yeux, je me rendis compte qu'avec ma chemise à carreaux, j'aurais plus eu ma place dans un bar de bûcherons ou de bikers que dans une boite de nuit pour

gothiques et punks.

- Désolé, mais je n'ai pas beaucoup de vestons victoriens, ni de noir en général, dans ma garde-robe. Ai-je répondu avec ironie.

- N'empêche que cela te vas bien ! Commença Lorena.

- Ce n'est pas la couleur, mais la chemise qui fait tache. Reprit Robert.

- Pourtant, ça lui donne un air de baroudeur mal peigné. Fit SAI.

- C'est vrai qu'il est encore plus mal coiffé que Robert. Remarqua Lorena.

- Parce que c'est possible ça ? Lui fit Rebecca, moqueuse.

- Merci de vous moquer ! Réagi Robert pour nous deux.

- Sans vouloir en rajouter, mais vous ne trouvez pas que vous côtoyez suffisamment la mort comme cela ? Finis-je par leur demander.

- Peux-tu nous dire le fond de ta pensée ? Me répondit Robert.

- Et bien vous travaillez sur des morts au quotidien. Alors pourquoi choisir ce genre d'atmosphère pour vous détendre ?

- Tout simplement parce qu'il s'agit d'une atmosphère agréable. Commença Robert

- De la bonne musique, des gens haut en couleur et excentriques, mais surtout la tranquillité. M'expliqua plus en détail Lorena.

- Je commence à comprendre.

Après quelques minutes de discussions sur divers sujets, nous avons entendu le DJ faire une annonce, demandant de nouveaux danseurs sur la piste.

En voyant SAI admirative devant les autres danseurs, je finis par lui proposer de venir danser avec moi :

- C'est gentil, mais je ne crois pas savoir danser. Me fit-elle.
- Allons, tu n'auras qu'à me suivre.
- Comme tu voudras . Me répondit-elle, en me suivant vers la piste de danse.

Le DJ, en nous voyant arriver, braqua les projecteurs sur nous et harangua la foule :

- Regardez-moi cela, notre lumière veut danser ! Bien allez, vous deux, montrez ce que vous savez faire ! Commença-t-il en nous faisant signe de venir au centre de la piste.

Une fois arrivé sur la piste, il commença par passer une musique au tempo lent et doux semblable à une valse. SAI, ne sachant comment faire, me suivait d'un pas hésitant, puis, elle finit par prendre le rythme, et à rapidement m'emboîter le pas sans crainte. Par la suite, le DJ, enchaîna sur des musiques de plus en plus rapides et entraînantes.

Après quelques minutes à danser sous les regards curieux du public, le DJ fini par arrêter sa sono et nous invita à quitter la piste. Nous sommes donc repartis nous asseoir avec les autres, le tout, sous les applaudissements de la foule respectueuse.

Enfin assis, j'eus le droit aux reproches de Rebecca, verte de jalousie :
- Pourquoi tu ne m'as pas invité à danser ! Commença-t-elle.
- Tu voulais danser ? Lui ai-je demandé.
- Non ! Du moins plus maintenant ! Cria-t-elle en se détournant de moi avec un air boudeur.
- Où avez-vous appris à danser comme ça ? Me questionna Mirta.
- C'est vrai ça ? Où as-tu bien pu apprendre tout cela ? Souffla Rebecca.
- En Angleterre, ils sont coincés au travail, mais ils savent s'amuser. Lui fis-je avec moquerie.
- Et comment c'était là-bas ? Continua de me questionner Mirta.
- Je ne peux pas trop dire, je suis surtout resté dans l'enceinte de la faculté et mes rares sorties étaient pour aller faire des courses. Je n'ai pas pris le temps de faire du tourisme.
- Tu as loupé plein de choses alors. Il y a beaucoup de coins sympas à visiter. Tant dans la campagne que dans les villes et villages. Sans parler du mélange de culture dans certains quartiers de Londres… Nous expliqua Lorena.
- Encore un endroit où j'aimerais aller. Me fit

SAI.

- J'adorerais y aller aussi. Ajouta Mirta.
 - Vous n'êtes pas allée à Highgate ? Demandai-je à Mirta.
- Euh... Oui ... Mais... Bafouilla-t-elle, avant d'être coupé par Robert.
- Disons qu'elle préférerait oublier cette sombre journée.
- Désolé Mirta, j'avais oublié ! Lui fis-je. Mais en la voyant la larme au coin des yeux, je finis par lui demander ; Tu veux venir danser ?
- Quoi ? Aboya Rebecca.
- Pour me faire pardonner. Ajoutais-je, en lui tendant la main.
Elle finit par se lever en me prenant la main, les joues rouges, puis nous sommes partis, main dans la main vers la piste de danse, sous le regard furibond de Rebecca, qui lança à Robert :
- Pourquoi il ne m'a pas proposé d'aller danser ?
- Je crois que tu lui plais, mais qu'il a peur de te l'avouer directement. Lui répondit-il.
- Et il croit quoi ? Que je vais me jeter dans ses bras parce qu'il va danser avec une autre ! Grogna-t-elle.
- Ce n'est pas ce que tu fais ? Finirent par demander SAI et Lorena, avant de pouffer de rire. Ce qui énerva encore plus Rebecca qui leur tourna farouchement le dos pour terminer

son verre.

Pendant ce temps, Mirta et moi dansions en nous amusant. Je finis par lui proposer de venir prendre un verre au comptoir avec moi. Ce qu'elle accepta sans trop d'enthousiasme. Elle décida de prendre un gin tonique, tandis que je commandais une bière.
Après avoir trinqué, nous nous sommes mis à boire en échangeant quelques anecdotes :
- Tu sais que SAI t'as menti tout à l'heure ?
- Elle sait danser ?
- Hier soir, on a dansé ensemble et sincèrement, j'avais du mal à la suivre. M'avoua-t-elle.
- Pourquoi m'avoir dit le contraire alors ?
- Je ne sais pas exactement, mais j'ai ma petite idée. Me répondit-elle avec un grand sourire.
- Et entre vous, il y a quoi ? Repris-je.
- Pardon ?
- Robert m'a dit que vous étiez devenues très proche hier, et vu que vous avez dansé ensemble… Lui fis-je, sur un ton plein de sous-entendu.
- On a juste sympathisé, il faut dire qu'elle a renversé le plateau de bière sur mon pantalon. Me répondit-elle.
- Ah ! Elle est vraiment maladroite ?!
- Elle chute à la moindre marche et elle a l'art de parler quand il ne faut pas…

- Pour ce qui est des chutes, on peut mettre ça sur le compte de son nouveau corps, mais pour le reste, je crois que c'est dans sa nature. Sur cette réplique, nous nous sommes mis à rire de bon cœur, avant de reprendre sur d'autres sujets.

Après quelques minutes, je fus surpris de voir Luis entrer dans la boite de nuit, avant de venir vers nous, une fois qu'il eut remarqué notre présence :
- Pas d'excès les enfants et couvrez-vous. Nous intima-t-il, sans détours.
- Tu parles de quoi là ? Lui ai-je demandé, après avoir failli m'étouffer sur une gorgée.
- Pourquoi n'es-tu pas avec Rebecca ? Me demanda-t-il.
- Je crois que je n'en ai pas le courage...
- C'est donc ça ! Commença Mirta, soudain énervée ; Alors, mon p'tit gars, je te conseille d'aller vite fait l'inviter à danser sinon... Elle s'arrêta pour regarder Luis... Sinon, je te jure que... Mais finalement elle renonça et repartit vers la table, non sans me bousculer au passage.
Je me tournai à mon tour vers Luis qui me conseilla :
- Suis son conseil, mais démerde-toi sans moi ! Ajouta-t-il, avant de partir inviter une jolie femme au bar, me laissant seul dans mon coin.

Prenant mon courage à deux mains, je me dirigeais vers la table. Mais je fus arrêté par quatre personnes vêtues de noir, braquant discrètement leurs armes sur moi, et m'obligeant à les suivre d'un signe de tête.

Chapitre 9 :
Notre cause

Par la suite, ils m'ont emmené dans une ruelle sombre située derrière la boite de nuit. Une fois arrivés, le plus petit du groupe m'ordonna de me mettre à genoux. Puis, un second posa le canon de son arme sur ma nuque. Tandis qu'un autre me demanda ma dernière volonté, tout en allumant sa cigarette.

Résigné à ne pas mourir maintenant, et encore moins de cette façon, je tentais le tout pour le tout en roulant sur ma droite, tellement brusquement que celui qui tenait l'arme sur ma nuque, tira dans le pied de celui situé devant lui. Et je ne sais par quel miracle, j'eus le temps de me cacher derrière un muret, dans une rue adjacente, ce mur providentiel me servit de couvert le temps de sortir le pistolet de son étui. Et sans perdre de temps, je me mis à tirer, mais à mon grand regret, le luger n'était pas chargé, ce qui m'obligea à me retourner derrière le muret.
Dans un vain espoir, je me mis à manipuler la culasse de l'arme et, par miracle, je finis par entendre le clic caractéristique d'une balle entrant dans la chambre de tir.

C'est à ce moment qu'un de mes assaillants me lança :

- Rends-toi... Tu es seul contre nous quatre !
- Apprends à compter ! Lui fis-je en tirant droit dans la tête d'un d'entre eux.
- Vous ! Prenez-le à revers ! hurla un autre, juste après que le corps ne tombe sur le sol.

Dans cette situation, je me voyais mal faire face à mes trois assaillants, surtout sur deux fronts opposés.
Pour me rassurer, j'enlevais mon chargeur pour savoir combien de balles il me restait, mais le chargeur n'en contenait plus qu'une seule, de toute façon même avec un chargeur complet, mes chances restaient limitées face à trois agresseurs, j'avais déjà eu un sacré coup de chance que le chargeur contienne ces deux balles.

Soudain, une pluie de balles secoua le muret, faisant tomber plusieurs briques à terre, puis un coup de feu fut tiré, suivi par le bruit sourd d'un corps tombant au sol.
En relevant la tête, je vis mon agresseur étendu au sol dans une mare de sang, par la suite, ce fut Luis qui apparut, tenant à la main un vieux revolver, tout droit sorti d'un western.
Mais je n'eus pas le temps de le rejoindre, qu'il fut touché par un tir, suivit par un bruit de

moteur, me laissant penser que les agresseurs restants avaient pris la fuite après avoir tiré sur Luis.

Je me précipitais vers Luis, qui dès qu'il fut contre moi, me prit la main en me demandant :
- Occupe-toi des enfants...
- Non ! j'appelle les secours et on vous emmène à l'hôpital !
- C'est trop tard... Me fit-il en toussant, crachant son propre sang. Puis, reprenant une inspiration, il me confessa ; Dans mon placard, il y a des documents... Il faut que tu t'occupes de SAI, avant qu'il ne la tue...
- Oui Luis, nous le ferons ensemble.
- Non... Il n'y a plus que vous... Prends soin de... Sa phrase mourut dans un long soupir.
- Non ! Luis non ! L'implorais-je.
Il était déjà trop tard, son regard se fit vide, son cœur ralentissait. Sa main tomba au sol. Je mis quelques minutes avant de pouvoir me relever et partir en courant au hasard des rues.

Mes pas finirent par me conduire sous le même arbre où je m'étais assis quelques heures auparavant, n'ayant plus la force de faire quoi que ce soit, je me suis assis contre l'arbre. J'attendis là jusqu'à ce que l'aube pointât au-dessus de la mer, pensant à tout ce qui venait de se passer en si peu de temps, à tout ce que je devrais faire par la suite.

Même le magnifique lever de soleil, ne put calmer la tourmente de mon esprit, je finis néanmoins par trouver la force de rentrer au centre de recherches.

Une fois dans le bureau de Robert, j'allumais son ordinateur, ouvris le placard sous le bureau et en sortis la bouteille de rhum, que j'y avais vue hier soir.

Puis je me suis assis dans le fauteuil, j'ouvris cette dernière et en avalais une longue gorgée, avant de prendre le luger encore dans ma poche, de retirer la dernière balle du chargeur, avant de poser le pistolet sur le bureau.

Je fis rouler, lentement, la balle entre mes doigts.

Après quelques instants à me remémorer les dernières paroles de Luis, j'ouvris le placard qu'il m'avait indiqué.

À l'intérieur, j'y découvris seulement quelques blocs-notes, ainsi qu'un porte-documents, contenant un vieux livre corné et l'ensemble des papiers d'adoption de Robert, Alexia, Lorena et Mirta. Ainsi qu'un exemplaire vierge au nom de Chris.

Par la suite, je laissais de côté les documents d'adoption, pour examiner le livre qui se révéla être un simple registre de reliques, artefacts et autres objets de culte.

Bien entendu, tous ces objets possédaient leur propre descriptif, une localisation géographique plus ou moins précise, ainsi qu'une ou plusieurs photos ou gravures de ladite relique.

Au détour de mes lectures, je finis par tomber sur la description d'une épée ayant le pouvoir de détruire les fantômes.

Cette dernière attira mon attention.

Intrigué par cela, je me mis à rechercher plus d'informations sur cette épée ou du moins sur l'endroit où elle se trouvait sur le net.

Bientôt, je découvris un article parlant d'un site de fouille en Amérique du Sud, où des bas-reliefs semblables à ceux décrit dans le carnet avait été découverts. Malheureusement, l'article ne mentionnait à aucun moment le nom du site de fouilles. Tout ce que je savais, c'est que ce site se trouvait sur le continent sud-américain.

Après avoir renoncé à trouver ce site, du moins pour le moment, je m'étais mis à regarder les divers papiers d'adoption qu'avait laissés Luis.

Je fus d'abord surpris d'apprendre que les parents d'Alexia avaient été tués dans une fusillade.

Que le père de Lorena était, en réalité, un meurtrier recherché par plusieurs polices internationales, sans parler des parents de Robert, qui avaient disparu du jour au lendemain sans laisser la moindre trace, tout cela me fit réfléchir à ma propre enfance et à la chance que j'avais eux a avoir vécu une enfance pour ainsi dire normale.

Ce fut un cri strident qui me sortit de ma réflexion :
- Zack ! T'es rentré ! Fit Lorena survoltée en me voyant.
- Zack ? Répéta Robert à sa suite.
Puis remarquant le pistolet sur le bureau, il se précipita vers moi, prenant l'arme et éjecta le chargeur avant de me demander ; Que s'est-il passé ?
- Vous avez trouvé Luis ? Leur ai-je demandé, perdu.
- Non, il a disparu en même temps que toi ! Déclara Chris, en entrant dans la pièce.
- Disparu ? Fis-je, intrigué.
- Oui, il est venu nous voir après que tu aies posé un lapin à Rebecca, et il nous a dit de ne pas vous attendre, et après, il est sorti. M'expliqua-t-il.

Cela m'obligea à leur raconter les événements de ces dix dernières heures. En apprenant ce qui était arrivé à Luis, ils finirent par me demander ce qu'ils allaient devenir. La réponse était déjà toute trouvée :

- Vous venez avec nous à Leipzig !

- Et où vivrons nous ? Demanda Mirta.

- Le manoir de Rebecca est bien assez grand pour nous tous. Leur ai-je répondu, tout simplement.

- Et si je refuse ? S'interposa Rebecca, restée devant la porte.

- Alors, je ferai en sorte que tu dises oui ! Lui ai-je répondu, avant de l'emmener avec moi dans le couloir.

- Pourquoi tu leur as dit qu'ils pouvaient venir au manoir ? Demanda-t-elle, une fois loin de la porte.

- Lis cela ! Lui fis-je en lui tendant les papiers d'adoption trouvés dans le bureau de Luis.

Après l'avoir laissé lire, je lui expliquais la situation ; Ils sont orphelins, sans Luis, ils retourneront sous la tutelle de l'état jusqu'à leur majorité et ils seront probablement séparés. Sans parler qu'ils ne pourront pas finir leurs doctorats, faute de financement et de référent…

- Je vois où tu veux en venir ! Mais tu aurais tout de même pu me demander mon avis avant !

- Je te signale que je viens d'échapper à la mort… Encore une fois !

- Merci de me le rappeler. Ce n'est pas toi qui as passé la nuit à te faire un sang d'encre !

Ayant compris que la conversation dégénérait,

SAI passa au travers de la porte et s'interposa entre nous deux, avant de nous dire ce qu'elle avait sur le cœur :

- Vous ne pouvez pas arrêter cinq minutes de vous chamailler. Vous ne voyez donc pas ? Vous tenez autant l'un à l'autre. Je ne veux pas vous perdre ! Nous fit-elle, avant de fondre en larmes.

- SAI… Lui fit Rebecca en la prenant dans ses bras.

- Tu ne me perdras jamais ! Lui promis-je, avant de m'adresser à Rebecca. Et je promets de ne plus jamais te faire pleurer !

- Tu commences bien. Me répondit-elle, en essuyant une larme au coin de l'œil, en souriant.

- Alors, je promets de ne plus jamais te faire de peine.

- Promets-moi simplement de faire plus attention à toi. Me fit-elle, avec un sourire encore plus large.

- Je vais essayer… SAI, tu peux nous attendre dans le bureau, s'il te plaît ?

- OK….. Mais je reviens vous chercher si je vous entends encore élever la voix, ou si vous prenez trop de temps !

- On va éviter tant que possible. Mais je ne te promets rien non plus. Lui répondit Rebecca.

Après avoir parlé de quelques détails, pour

mettre en place le départ du groupe, nous sommes revenus dans le laboratoire pour annoncer aux autres que nous partions le lendemain au petit matin. Fatigué, je pris congé en leur annonçant :

- Je vous laisse, je vais dormir !

- On va tous aller dormir et essayer de se reposer. Allez dans vos chambres les enfants. Nous fit Lorena.

- Au fait, Robert… Il est vide. La dernière balle est dans ma poche. Lui fis-je en le voyant ramasser le chargeur.

- Je vois cela. Fit il en le posant avec le pistolet sur le bureaux, avant de me demander ; D'où vient il ?

- Maintenant allez ! Tous au lit, on aura une longue journée demain ! Leur intima Rebecca, avant de me prendre par le bras et de monter avec moi dans la chambre.

Une fois arrivés devant la porte de la chambre, SAI nous interpella avec son air faussement innocent, en nous demandant :

- Je peux dormir avec vous ce soir ? Devant cette question quelque peu gênante, je me mis à chercher de l'aide dans le regard de Rebecca. Mais pour toute réponse, elle pouffa de rire avant de passer devant moi, nous claquant la porte au nez.

- Bon, on a plus qu'à squatter la chambre de

Mirta alors ? Me fit SAI avec un sourire.

- Je vais chercher le futon ! Lui fis-je, sans même lui laisser le temps de répliquer quoi que ce soit.

- On ne va pas te manger, tu sais.

- Peut-être, mais je dormirai mieux en sachant que je pourrai avoir la paix.

- Qui te dit que ça suffira ?

Chapitre 10 :
Voyage et évolution

Le lendemain, au lever du jour, alors que nous chargions toutes les affaires des Jeunes dans un vieux combi Volkswagen, ayant appartenu à Luis. Chris et Alexia nous firent part de leur choix de rester ici, à l'institut de recherche.

- Pourquoi voulez-vous rester ? Interrogea Mirta, au bord des larmes.
- Nous pouvons encore continuer nos études ici. Et nous espérons ainsi continuer le travail de Luis, répondit Chris.
- C'est vrai que nous avions directement Luis comme professeur, contrairement à vous, qui aspirez à entrer dans la police scientifique. Admis Robert, non sans montrer sa tristesse.
- Ne vous en faite pas, on saura se débrouiller. Après, nous avons toujours mes parents qui peuvent nous aider. Reprit Chris, plein de confiance.
- De plus, il faudra quelqu'un ici pour expliquer ce qui est arrivé à Luis… Répliqua Alexia.
- C'est vrai, je n'y avais pas pensé...
- Normal, tu as failli te faire tuer ! Me fit Robert. Avant d'ajouter à l'attention de Chris et Alexia ; ça ira pour vous, s'il y a une enquête ?
- Je pense que nous serons invités à y

participer, alors on pourra essayer de trouver les enfoirés qui ont fait le coup...

- De plus, cela nous permettra de vous envoyer nos informations. Ajouta Chris.

- En espérant que ces affaires soient liées… Souffla Lorena.

- Oh ça, je n'en doute pas. Lui répondis-je.

- À croire qu'il y a une prime sur ta tête. Me fit SAI.

- Ou qu'il attire les emmerdes ! Compléta Rebecca.

- Merci de votre soutien les filles… Bon, si on y allait ?

- Tu peux nous laisser cinq minutes pour que l'on se dise au revoir ? Me demanda Alexia.

- Pas de souci, prenez votre temps.

Par la suite, Chris, Lorena et Robert se sont mis à parler entre eux, tandis qu'Alexia expliquait tant bien que mal à sa sœur pourquoi cette dernière devait partir avec nous, ce qui les fit pleurer toutes les deux. SAI m'interdit d'intervenir et s'occupa elle-même de consoler Mirta, lorsque fut venu le moment de se dire au revoir.

- N'hésitez pas à nous demander de l'aide si vous avez besoin. Leur fit Rebecca en les saluant une dernière fois.

- Nous n'y manquerons pas, soyez sans crainte. Lui répondit Chris.

- Et n'oubliez pas de nous donner des nouvelles de temps en temps ! Ajouta Alexia, en agitant la main, tandis que nous partions.

Après de longues heures de route, passées dans un silence rivalisant avec celui d'un cimetière, nous sommes finalement arrivés en France où je finis par m'arrêter à la première station-service sous prétexte d'aller chercher à manger.

Dès que je fus descendu de la voiture, Rebecca demanda à SAI ce que j'avais fait la nuit dernière :

- Il n'a même pas dormi... À peine arrivé, il s'est mis sur son ordi en nous laissant en plan. Lui répondit SAI. Réponse à laquelle Rebecca souffla de soulagement.

- T'es vraiment jalouse ! Se moqua Mirta.

- Mais non ! Aboya Rebecca.

- Arrête ton char. Cela se voit comme le nez au milieu du visage !

- Ouais ! T'aurais dû voir ta tête quand il est parti danser avec SAI. Ajouta Lorena.

- Mais non ! Reprit Rebecca, avant d'ajouter plus bas ; De toute façon, qui voudrait d'un homme comme lui ?!

- Pourtant, ce n'est pas l'impression que tu donnes ! Lâcha Robert en posant le bras sur les épaules de Lorena.

- Mais...

Elle se tut en me voyant arriver avec le sac rempli de sandwichs et de boissons. Sac que je posais sur ses genoux, avant de demander à Robert de prendre le volant, et de nous emmener à Rouen.

Après avoir attendu qu'il descende de la voiture, je montais et m'installais entre SAI et Mirta. Me voyant ainsi installé entre les deux jeunes femmes, Rebecca sortit précipitamment du van et échangea sa place avec Lorena, assise près de SAI. Cette manœuvre fit rire Lorena. Par la suite, Robert arrangea le siège à sa façon avant de programmer le GPS, puis démarra en trombe, en ajoutant :
- Bien ! Alors, roulez, petits bolides !

Fatigué, je finis par poser ma tête en arrière pour tenter de dormir durant les quelques heures de trajet nous séparant de Rouen. Mon repos fut de très courte durée.
En effet, moins de deux heures après notre départ, je sentis une pression sur les épaules, en ouvrant les yeux, j'ai pu constater que Mirta et SAI venaient de s'endormir sur mes épaules, puis en tournant la tête, je vis Rebecca dormant la tête contre l'épaule de SAI, tournant un peu plus la tête pour parler à Lorena, je m'aperçus que seul Robert et moi étions encore éveillés.

Ayant peur de le voir s'endormir à son tour, je lui parlais à voix basse pour ne pas réveiller les autres :

- Qu'avez-vous fait hier soir, pour être aussi fatigués ?

- Tu es réveillé ?

- Oui…. Mais pourquoi les autres dorment-ils comme des souches ? Lui ai-je demandé.

- Ils ont passé une mauvaise nuit, entre ce qui est arrivé à Luis et l'angoisse du départ, ils peuvent bien se reposer un peu ! M'expliqua-t-il.

- Tu veux que je reprenne le volant ? Lui demandais-je, par politesse.

- Non…. Ça va ! Me répondit-il, avant d'ajouter ; Je crois que tout le monde s'est plus inquiété pour toi que pour Luis, il y a deux nuits.

- Et comment tu peux affirmer cela ?

- Disons que Luis nous a toujours dits qu'il finirait par partir. Il se racla la gorge, avant de reprendre ; Donc, j'en ai conclu qu'il s'était passé quelque chose de grave pour qu'il parte à ta recherche. Et de surcroît, sans nous dire où il allait et ce qui se passait ! Déclara Robert.

- C'est tout ? Il ne vous a rien dit d'autre ?

- Non ! Répliqua-t-il dans un soupir. Avant d'ajouter ; Rebecca a beaucoup pleuré cette nuit-là !

- Pardon ?

- SAI nous a racontés qu'elle avait passé la nuit a pleurer sur son lit… Elle s'inquiète pour toi.

- Je crois qu'il est temps de prendre les choses en main alors ? Lui ai-je déclaré avec sarcasmes.

- Je sais que ce ne sont pas mes affaires, mais elles tiennent profondément à toi. Et même si je ne t'envie pas, je pense que tu as de la chance.

- De la chance ? Lui demandais-je, choqué.

Avant de lui expliquer mon point de vue ; C'est un choix épineux et douloureux... De plus, je dois supporter l'étrange caractère de SAI et la jalousie de Rebecca.

- C'est pour cela que je ne t'envie pas ! Me fit-il en souriant.

Chapitre 11 :
Made in Dieppe

Arrivé à Rouen, je demandais à Robert de se garer dès que possible, pour prendre le relais. Une fois qu'il eut réussi à trouver un stationnement et à se garer, j'échangeais ma place avec lui, tout en évitant de réveiller SAI et Mirta, toujours endormies, Je réussis à m'extirper d'entre les deux jeunes femmes, sans les réveiller et me mis au volant.

Je démarrais pour prendre la direction de Dieppe, une petite ville côtière normande, ce qui surprit Robert :

- On ne va pas en Allemagne ?
- On va juste faire un détour histoire de changer d'air.
- Et pourquoi cette ville en particulier ?
- Je connais cette ville et j'ai des choses à y faire.
- Quels genres de choses ?
- Tu devrais essayer de dormir un peu avant que l'on arrive…
- D'accord.

Sur la route, Lorena émergea de son sommeil , et en s'apercevant de l'absence de Robert à ses côtés, elle se retourna pour admirer Robert dormant entre Mirta et SAI, cette dernière, en plus de dormir sur sont épaule, le serrait dans ces bras, puis Lorena se tourna vers moi et me demanda :

- Tu veux que je prenne le volant ?
- Non, il ne reste plus qu'une dizaine de kilomètres ! Lui ai-je répondu.
- Pourquoi as-tu échangé ta place avec Robert ? Je veux dire, encore une fois ! Me demanda-t-elle.
- Disons que SAI et Mirta commençaient à se faire lourdes ! Lui répondis-je.
- Et pourquoi va-t-on à Dieppe ? Dit-elle en voyant les panneaux de signalisation.
- J'ai des choses à y régler, des choses que j'ai laissées trop longtemps de côté ! Ai-je répondu, avant d'ajouter ; Et d'autres qu'il faut que je fasse.
- Quels genres de choses ? Me demanda-t-elle en me dévisageant ouvertement.
- C'est personnel ! Lui ai-je répondu avant de mettre la radio.

Ce qui, bien sûr, réveilla tout le monde et fit comprendre à Lorena que je ne voulais pas continuer la conversation, ce qui ne l'empêcha pas de grommeler.

Une fois arrivé à Dieppe, aux environs de dix-neuf heures, je me garais sur le parking du premier hôtel de la ville.

Après avoir réservé les trois dernières

chambres disponibles, je laissais le groupe s'installer. Profitant de l'heure restante avant la nuit pour m'absenter et partir au cimetière de la ville.

Arrivé là-bas, il me fallut un effort de mémoire et quelques minutes pour retrouver l'emplacement de la tombe de ma sœur parmi toutes ses allées. Il faut également avouer que je n'étais venu sur cette tombe qu'une seule fois en près de huit ans. C'était le jour de son enterrement.

Après avoir arrosé les quelques fleurs de la tombe de marbre blanc, je n'ai pu m'empêcher de pleurer en repensant à ma sœur.

C'est là que SAI, vint me retrouver. Elle mit sa main dans la mienne. Puis, elle se mit devant moi pour me demander face à face :

- Aurais-tu préféré la voir revenir à ma place ?

- Oui... Et non ! Lui avouais-je, avant de reprendre ; Si je ne t'avais pas rencontré, je ne serais jamais revenu ici ! À ma réponse, elle baissa la tête comme un chien battu, avant que je n'ajoute ; Mais tu me rappelles ma sœur plus que je ne veux le croire ! Et sans toi, je l'aurais enfouie dans ma mémoire, sans jamais oser penser la revoir un jour !

- Zack... Bafouilla-t-elle.

- Mais grâce à toi, c'est comme si elle était là avec nous. Ai-je ajouté en assistant sur le "nous".

Après cette confession, SAI me prit dans ses bras, mais cette fois, elle put me toucher sans me passer au travers, et je lui rendis son étreinte.

Ce moment de proximité fut néanmoins troublé par l'étrange sensation d'être observé.

Après quelques minutes, nous sommes retournés à l'hôtel, main dans la main, pendant que nous marchions, je me permis de demander à SAI comment elle avait fait pour me retrouver :

- Disons que je t'ai suivi quand tu es sorti de l'hôtel. Me répondit-elle, avant d'ajouter ;   Mais cela ne veut pas dire que je suis à ta botte !

- Et pourquoi m'as-tu suivi ?

- Je me doutais que tu nous avais amenés ici pour pouvoir revenir sur la tombe de ta sœur… Surtout après ce qui s'est passé.

- J'ignorai que j'étais aussi prévisible.

Une fois arrivés dans la chambre que nous partagions avec Rebecca, nous avons été surpris d'y trouver tout le monde réuni, discutant autour d'une pizza et de quelques bières, qu'ils nous ont invité à partager.

Après ce frugal repas, le groupe se divisa dans les différentes chambres. Mirta se proposa spontanément pour prendre la chambre avec un lit simple.

Robert et Lorena ont pris la seconde chambre qui avait un lit deux places, tandis que Rebecca, SAI et moi, sommes restés dans cette chambre-ci.

À peine les Redrum avaient-ils quitté la chambre, que je proclamai :

- Je dors dans le duvet ! Et accompagnant le geste à la parole, je sortis le duvet de mon sac, laissant le lit aux filles.

Le lendemain matin, après avoir passé une nuit des plus agitées, notamment à cause des ronflements de SAI, Mirta profita que nous étions en train de déjeuner tous ensemble pour nous proposer d'aller nous baigner à la plage. Après un court débat, tout le monde tomba d'accord pour y aller dans l'après-midi.

Pour le repas de ce midi, je leur proposais d'aller dans un des restaurants de la ville. J'avais déjà eu l'occasion d'y manger plus jeune, ce qu'ils ont accepté avec joie.

La mâtinée passa tranquillement avec une ballade en ville, suivit par la visite de deux petits musées.

Mais ce fut en nous asseyant à la table du restaurant surplombant le port de plaisance, que Mirta et SAI se rendirent compte qu'il leur manquait quelque chose :

- Nous n'avons pas de maillot ! S'exclama Mirta en se souvenant de ce détail.

- Poukram ! C'est vrai. Reprit Lorena, en se rappelant elle-même qu'elle n'en avait pas mis dans sa valise.

- Je crois que c'est pareil pour moi. Ajouta Robert.

- Et vous venez de Barcelone… Leur fis-je sarcastique.

- Ce n'est pas parce que nous habitons près de la mer qu'on va se baigner tous les jours ! Me répondit Lorena.

- De plus, tu as déjà vu les plages de Barcelone ? Continua Robert, mais voyant que je ne comprenais pas, il m'expliqua ; Une plages surpeuplées toute l'année et polluées, sans parler des touristes...

- Bon, j'ai compris ! Je vous déposerai à un magasin, où vous trouverez tout ce qu'il vous faut. Leur ai-je lancé, avant d'ajouter ; Mais pour le moment, nous allons manger.

En sortant du restaurant, Rebecca me prit à part et me demanda :

- Tu as un maillot ?

- Non, et toi ?

- Je comptais en acheter un avec les autres. Après un court instant, elle me demanda ; Tu comptes venir te baigner au moins ?

- Je ne crois pas... Trop de souvenirs. Lui répondis-je en soupirant, avant d'ajouter ; Je vais certainement vous attendre dans la voiture.
- Pendant que l'on se baignera ?
- Non ! Pendant que vous irez choisir vos maillots. Je resterai sur la plage pendant que vous vous baignerez.
- Tu veux que je te prenne un maillot ? Juste au cas où…
- Non, merci, c'est gentil, mais non.
- Tu feras quoi en nous attendant ?
- J'ai un livre qui traîne dans mon sac, et après, j'aurais bien une âme charitable pour venir me tenir compagnie…
- Très drôle. Tu nous attends sur le parking ou tu vas faire un tour dans le centre commercial, pendant que l'on va chercher de quoi se baigner ?
- Ça dépend….. Combien de temps vous faudra-t-il pour choisir votre maillot ?
- Au moins autant que vous, pour papoter ! Nous souffla Lorena.

Enfin remonté dans la voiture, je pris la direction du premier magasin de sport. Je fis descendre tout le monde avant de repartir chercher une place sur le parking.
Une fois dans le magasin, le groupe se divisa, Robert allant chercher un maillot de son côté.
Après vingt minutes, Robert retrouva les filles

dans le rayon maillot féminin. Elles cherchaient toujours le maillot idéal. Robert, étonné, osa leur demander :

- Il vous faut autant de temps pour choisir un maillot ?

- Vous les gars ce n'est pas pareil, vous n'avez pas le souci d'être sexy ! Lui avoua Lorena en lui montrant son choix, un bikini moulant noir et blanc.

- Tant que tu y es, vas-y toute nue ! Plaisanta-t-il.

- J'en prends un d'une pièce alors ?! Reprit-elle, sur le même ton, lui montrant un large maillot. Après cela, il retrouva les autres filles, plus loin dans le rayon.

- Bon et vous ? Vous faites quoi ? Demanda Robert, regardant Mirta, Rebecca et SAI, qui cherchaient le maillot idéal dans le rayon.

- On hésite à prendre un deux-pièces. Répliqua sèchement Rebecca.

- Mais, où est Lorena ? Demanda SAI, après avoir remarqué son absence.

- Ici ! Fit-elle en arrivant par le haut du rayon, en tenant son maillot une pièce noir, puis elle ajouta ; J'ai aussi pris celui-là pour Zack ! Clama-t-elle en agitant le short de bain noir et rouge, qu'elle avait choisi.

- Traître ! Hurla SAI en voyant cela.

- Tu avais promis qu'on le choisirait ensemble. Ajouta Mirta.

- Et moi ? On m'écarte ? Commença Rebecca avec un regard oblique aux deux filles.
- Il t'a dit qu'il ne voulait pas se baigner. Mais il ne nous a rien dit à nous. Répondit Lorena.
- Donc, vous vous obstinez à le faire changer d'avis ?
- Tu n'as pas envie qu'il se baigne avec toi ? Lui demanda SAI, espiègle.
- Tu es vraiment infernale ! Déclara Rebecca, avant de s'éloigner.
- Elle est vraiment jalouse. Souffla Robert à Lorena.
- J'ai entendu Robert ! Reprit Rebecca encore plus en pétard, avant de prendre le premier maillot devant elle et de se diriger vers la caisse du magasin.
- Ouais, y'a pas à dire, elle l'aime vraiment ! Ajouta Mirta.
- Je pense quand même qu'on y a été un peu fort sur ce coup-là. Fit SAI.
- Vous devriez avoir honte de vous les filles. Clama Robert.

Après avoir fait remonter tout le monde dans le combi, je redémarrais pour prendre la route du Pollet, un vieux quartier de Dieppe, proche du front de mer. Je passais les deux ponts de la ville et pris la direction de la petite plage située entre le car-ferry et la ville de Puys.
Une fois garé sur la digue séparant les

installations du ferry et ma fameuse plage, Robert me demanda :

- C'est une plage, ça ?

- Ce que tu vois là, c'est le platier rocheux. Les zones sableuses sont en contrebas. L'avantage ici, c'est que la plage est peu fréquentée, car difficile d'accès, donc pas de touriste.

- En parlant d'accès, on y va comment ?

- Il faut passer par un petit chemin entre les blocs de la falaise, puis descendre sur le platier pour arriver sur le sable.

- Et c'est quoi le platier ? Me demanda SAI.

- C'est le reste d'une ancienne falaise après son érosion par les marées, c'est une zone riche en animaux et en algues, affectionnée par les pêcheurs à pied… Récita Lorena.

- Tu as bien appris ta leçon. Lui fis-je.

- On n'a pas ce genre de plage à Barcelone, du coup, je me suis renseignée. Je peux même te dire que l'eau risque d'être froide !

- Plus froide, en effet, mais on s'y fait vite, ne t'inquiètes pas. Lui répondis-je.

- J'espère qu'elle ne sera pas trop glaciale quand même. Nous fit SAI.

- Tu es la seule ici, qui ne devrait pas s'en soucier.

Après avoir descendu le chemin, et traversé la zone du platier, je posais mon sac sur le sable tout juste sec.

Mirta et SAI s'enroulèrent dans leurs serviettes, pour enfiler leurs maillots en toute discrétion.
Puis, ce fut au tour de Robert de se changer, il profita des larges failles du platier, formant ainsi de petites criques, pour ce changer tranquillement.
Tandis que Lorena insista pour me faire mettre le short de bain qu'elle m'avait acheté.
- Désolé, mais je n'ai pas envie de me baigner.
- Je t'ai pris ce maillot, alors tu vas le mettre et venir te baigner avec nous ! M'ordonna-t-elle.
- Pourquoi vous vous acharnez toutes ?
- Ça ne peut que te faire du bien, de te détendre après ce qui s'est passé, et de toute façon, tu n'as pas le choix. Soit, tu le mets, soit, je te le mets !
- Vu sous cet angle, c'est bon, je me rends. Lui fis-je en prenant le maillot.

Après avoir mis mon maillot, je me permis de regarder le choix des autres. Mirta et SAI avaient choisi des maillots de style hawaïen identiques, mis à part la couleur évidement.
Tandis que Robert et moi, avions de simples shorts de bain.
Enfin, Lorena, avec son maillot une pièce noir, semblait bien plus sage, du moins, en comparaisons avec son look habituel.
Seule Rebecca ne se changea pas et préféra prendre le livre dans mon sac, avant de

s'allonger sur une serviette et de se mettre à bouquiner dans son coin, pendant que nous nous amusions dans l'eau.

Après plus d'une heure à m'amuser avec tout le monde, je regagnais la plage et m'assis près de Rebecca pour tenter de la faire changer d'avis :
- Tu viens ?
- Non, je préfère lire au calme ! Me répondit-elle avec mépris.
- Je doute que tu apprécies vraiment ce livre.
- C'est juste l'histoire de deux adolescents qui utilisent leurs pouvoirs magiques pour sauver le monde du mal. Rien de bien extraordinaire. Je suis même surprise que tu lises, encore, ce genre de livre ! Me répondit-elle avec dédain.
- Que s'est-il encore passé ? Lui ai-je demandé en me penchant au-dessus d'elle.
- Je ne veux pas me baigner, c'est tout ! Répliqua-t-elle.
- Moi non plus, mais vous avez insisté et maintenant, c'est toi qui boudes dans ton coin... Devant son silence, je finis par laisser tomber ; Tant pis pour toi ! Lui fis-je en repartant vers l'eau. Mais elle me coupa dans mon élan en me demandant avec sa voix de petite fille :
- Tu me tiens la serviette et je viens !
- Tu plaisantes ?
- Si tu veux que je vienne, tu n'as qu'à me tenir la serviette pendant que je me change.

- Tu peux parler de SAI ! Lui fis-je en prenant une serviette que je mis autour d'elle.
- Tu ne regardes pas ! M'ordonna-t-elle.
- Loin de moi cette idée.

Et après un instant, elle me dévoila son choix de maillot de bain. Un soutien-gorge bandeau avec une culotte nouée d'un vert émeraude en harmonie avec ses yeux et surtout, mettant ses formes en valeur.

Pendant l'heure qui suivit, tout ne fut que jeux, amusements et éclats de rire entre amis.

La marée se mit à monter. Nous avons dû remonter sur le haut de la plage.

Puis, nous décidions de faire une promenade sur les hauteurs des falaises bordant le front de mer, avant de regagner l'hôtel pour la nuit.

Cette fois-ci, au lieu de postuler directement pour dormir dans le duvet sur le sol, je me laissais inviter entre SAI et Rebecca dans le lit. Ce qui, dit en passant, m'inquiétait un peu.

Surtout quand je vis Rebecca sortir de la salle de bain avec une simple chemise de nuit par-dessus ses sous-vêtements, en guise de pyjama.

Mais le pire, se fut SAI qui me sauta littéralement dessus en sortant de la salle de bain, fière de mon montrer son pyjama moucheté de petits renards kawai :

- Tu en penses quoi ?

- Il est super beau… Mais pour info, tu es lourde dans ce corps…

- Oups, désolée. Fit-elle en se levant.

- Où l'as-tu trouvé ?

- C'est le miens ! Me fit Rebecca, avant d'ajouter ; Mais vu qu'il lui plaisait tellement, je le lui ai donné.

- Tu vas devoir refaire ta garde-robe à ce rythme.

- Pas grave, tu m'offriras des vêtements à notre retour. Me répondit-elle avec un clin d'œil.

Je n'eus pas le temps de dire quoi que ce soit, que SAI s'allongea, avant de venir se blottir contre moi resserrant mon bras gauche contre elle.

Rebecca en profita pour s'installer de l'autre côté. Elle préféra se blottir contre moi comme un chat, plutôt que de m'écraser le bras comme le faisait SAI.

Après quelques minutes, SAI finit par s'endormir, ce qui permit à Rebecca de me dire ce qu'elle avait sur le cœur, depuis un certain temps déjà :

- T'es vraiment comme son grand frère !

- Pourquoi tu dis ça ? Lui ai-je demandé en tournant la tête vers elle.

- Tu t'occupes d'elle comme si c'était ta sœur. Avoua-t-elle, gênée.

- Je dois reconnaître qu'elle me rappelle ma

sœur. J'avoue qu'il y a plus qu'une simple amitié fraternelle entre nous.

- Tu l'aimes ?
- C'est pour cela que tu es jalouse !
- Non... Mais... Elle marqua une pause, puis se résigna et se tut.
- Je vois ! Ai-je commenté.
- Je vous ai vu l'autre jour au cimetière.
- C'était toi ?
- Je dois t'avouer que j'ai ressenti de la jalousie, mais aussi de la peine pour toi.
- Pourquoi es-tu jalouse de SAI ?
- C'est pourtant évident, non ? Fit-elle.
- Tu as peur que mon cœur soit pour SAI.....
- Tu as vraiment besoin que je te le dise ? Me demanda-t-elle, en me coupant la parole.
- Tu n'as pas à t'en faire pour ça... Je ressens la même chose que toi ! Ai-je fini par ajouter, avant de passer mon bras sous sa tête et de la serrer contre moi. Par la suite, le sommeil nous emporta dans son monde.

Le lendemain matin, après avoir réussi à me dégager de l'étreinte de fer de SAI, ou plutôt de l'étreinte de son corps synthétique, j'allais m'habiller, avant de retrouver Robert et Lorena dans le hall de l'hôtel pour les aider à charger nos valises dans la voiture pour le reste de notre voyage.
Une fois nos valises rangées, nous sommes

retournés prendre notre repas avec le reste du groupe qui venait tout juste de descendre et après avoir pris un petit-déjeuner digne de ce nom, nous avons repris la route.

Chapitre 12 :
Un mauvais retour

Il nous fallut presque douze heures de route, pour, enfin arriver à Berlin.

Où, après un court débat, nous sommes tombés d'accord pour prendre des chambres au premier hôtel venu.

Pour une fois, tout le monde put avoir une chambre séparée, au grand regret de certains, mais pour mon plus grand bonheur.

Je fus tout de même dérangé par SAI, qui, avec son talent de passe-muraille, s'amusa à venir me poser des questions idiotes en pleine nuit :

- Pourquoi tu n'as pas pris une chambre avec Rebecca ?

- SAI... Il est deux heures du matin ! Lui fis-je, énervé et fatigué.

- Réponds à ma question ! M'ordonna-t-elle.

- Tout simplement parce qu'ils ne proposent que des chambres simples dans cet hôtel... Et pourquoi aurais-je pris une chambre avec Rebecca ?

- Tu es vraiment aveugle ?! À moins que tu ne sois trop timide pour lui avouer tes sentiments ?

- Tu es impossible, tout comme ma sœur l'était !

- Tu préfères quoi ? Me demanda-t-elle, avant de préciser le fond de sa pensée ;

Te faire penser à ta sœur ou que je sois…
- Tu peux parler de ma timidité !
- Et toi, comment vois-tu notre relation ?
- Dans un premier temps, je peux dire que ce n'est pas une simple relation ordinaire.
- Zack !
- C'est compliqué . Lui fis-je, avant de renchérir ; Mais je dirais plus qu'il s'agit d'une relation amicale, même s'il y a un peu plus que cela.
- Et que veux-tu dire par là ?
- Simplement, que nous sommes plus que de simples amis.
- Mais encore ?
- Tu ne vas pas lâcher le morceau !
- Bien sûr que non !
- Bon, alors, je peux te dire que je t'aime… Mais ce n'est pas un amour... "Romantique", c'est un amour amical, fraternel même.
- Et pour Rebecca ?
- C'est différent...
- Tu vois, c'est pas si dur de parler de ses sentiments ! Même si tu as encore des progrès à faire.
- Cela ne te fait rien ? Lui demandais-je.
- Sa me chagrine… Mais j'avoue que je suis heureux que tu soit amoureux de Rebecca… Sans parler que tu viens d'avouer que tu m'aimer comme ta petite sœur. Me fit elle en souriant.

- Je te préviens de suite, n'essaie pas d'en jouer petit monstre ! Lui fis-je en plaisantant.
- Ce n'est pas mon genre voyons.

Se ne fut que vers trois heures du matin que SAI finit par me laisser dormir tranquille, notamment en passant au travers du mur séparant les chambres.
Mais, au vu des cris que j'entendis par la suite, je compris qu'elle avait dû se tromper de côté et, qu'elle avait sûrement réveillé l'occupant de la chambre voisine. Ce que SAI confirma elle-même en retraversant ma chambre, vers l'autre côté, à toute vitesse en soufflant :
- Aie ! Aie ! Aie !

Au matin, SAI revint à nouveau me réveiller. Ayant uniquement passé sa tête par le mur, elle s'amusait à me regarder.
 Après un instant à me remettre de ce réveil des plus inhabituels, je me permis de lui faire remarquer :
- Tu sais que comme cela, tu ressembles à un trophée de chasse ?
- Parce que tu comptes m'ajouter à ton tableau de chasse ?
- Tu peux te brosser !
- C'est vrai, tu vises déjà quelqu'un d'autre. Fit-elle, avec un sourire amusé.
- Tu peux me laisser tranquille cinq minutes, au

lieu de dire des bêtises ?

- Comme tu veux ! Fit-elle en retournant dans sa chambre.

Après m'être douché et habillé, je descendis aider Rebecca et Lorena à charger nos affaires dans la voiture, avant d'aller rejoindre les autres au restaurant de l'hôtel pour prendre un rapide petit déjeuner, qui se révéla ponctué de bâillements :

- Vous avez fêté quelque chose hier soir ? Demandais-je à Robert en le voyant bâiller pour la énième fois ;

- Tu n'as pas remarqué que SAI s'est amusée à jouer les passe-murailles toute la nuit ? Répondit-il, avant de bâiller à nouveau.

- Je suppose que tu as réveillé la moitié des clients de l'hôtel ? Demandais-je à SAI, qui jouait l'innocente ;

- J'y peux rien, si vous avez le sommeil léger ! Reprit-elle, avant d'ajouter; De plus, je n'arrivais pas à dormir !

- Nous aussi, on a eu du mal à dormir ! Fit Robert, en lui lançant un regard accusateur et ensommeillé.

- Tu ne pouvais pas simplement rester tranquillement dans ta chambre ? Lui demanda Rebecca, avant de bâiller, elle aussi.

- Je n'ai pas pu résister à l'envie de vous embêter… Dit-elle, avec un large sourire.

- J'espère au moins que tu nous laisseras dormir dans la voiture. Fit Robert en étouffant un nouveau bâillement.
- On verra cela. Lui répondit-elle, dans un nouveau sourire.
- En tout cas, c'est moi qui conduis, sinon, on risque de finir dans un fossé.
- Et si nous voulons arriver avant midi, il vaut mieux partir dès maintenant. Me glissa Rebecca.
- Et bien, on a qu'à y aller ! répliqua Lorena.

Sur cette remarque, nous nous sommes remis en route. Après quelques heures, uniquement ponctuées par les ronflements de mes passagers, nous sommes finalement arrivés à destination.
Une fois stationné sur le parking de l'institut, Rebecca souleva une question qui, jusque-là, ne m'avait pas effleuré l'esprit :
- Et comment comptes-tu faire pour les jeunes ?
- Que veux-tu dire ?
- Comment vas-tu faire pour convaincre le directeur de les accepter comme étudiants ?
- Bah, je comptais demander à Robert de devenir mon assistant...
- Et pour Lorena ?
- Elle veut devenir anthropologue, non ? Pourquoi ne la formerais-tu pas ?
- Houla, doucement, je ne suis pas prête pour

ça…

- Moi non plus… Et je tiens à te rappeler, que je suis là depuis moins de six mois.

- En effet…

- Et je tiens aussi à vous rappeler, qu'en si peu de temps, il a failli se faire tuer deux fois ! Nous rappela SAI, en posant sa main sur mon épaule.

- Ça aussi, je n'y étais pas préparé… Comme rencontrer deux magnifiques jeunes femmes qui se battraient pour ma modeste personne… Leurs répondis-je, avec un clin d'œil.

- Se battre, c'est vite dit... Commença SAI, avant d'être coupée par Rebecca.

- Idiot va ! Mais j'ai compris où tu voulais en venir.

- Au moins, essayons, ça ne coûte rien. Fis-je à Rebecca, en parlant de faire entrer Lorena et Robert en temps qu'interne de l'institut.

- Et pour Mirta ? Nous demanda SAI.

- Pourquoi ne pas demander à Laurine et Maurine si elles veulent d'une assistante ? Proposais-je.

- Je ne pense pas que cela convienne à Mirta…

- Et Konrad…. Ne pourrait-il pas lui trouver un travail ? Demandais-je à Rebecca.

- Peut-être, il connaît tellement de monde.

- Bien, dans ce cas, on va de ce pas soumettre la question au directeur et ce soir, on passe voir ton père ?

- Ça m'a l'air d'être une bonne idée. Me répondit Rebecca dans un sourire.
- Bien, SAI, tu réveilles nos marmottes et on bouge. Fis-je à l'attention de cette dernière.
- Debout tout le monde ! Se mit à hurler SAI, heureuse comme une gamine.

À peine étions-nous descendus du van, que Jack nous rejoignit pour nous annoncer une véritable avalanche de mauvaises nouvelles.

Tout d'abord, trois nouveaux corps avaient été retrouvés au même endroit que celui de SAI. John s'était fait agresser à la sortie de l'institut, après avoir découvert un élément possiblement important pour l'enquête. Ce dernier élément ayant été volé, par la même occasion.
Tandis que les ordinateurs de Laurine et Maurine avaient été piratés, nous apprit-il, en nous accompagnant jusque dans le hall de l'institut, avant d'annoncer à Rebecca que le manoir avait été cambriolé et saccagé par une bande de vandales.

Après avoir encaissé toutes ces nouvelles, Jack me demanda de le suivre à l'écart du groupe. Je lui ai proposé d'aller dans le premier laboratoire venu, ce qu'il accepta et, une fois qu'il eut fermé la porte du laboratoire derrière nous, il commença à m'expliquer plus en détail la situation :

- D'abord des menaces de mort à ton encontre, puis la fusillade qui aurait pu te tuer...

- Je sais ! J'étais aux premières loges, je te rappelle ! Lui fis-je, agacé.

- Et maintenant, John qui se fait agresser dans l'enceinte même de l'institut. Des éléments d'enquête voler, des ordinateurs piratés, et je ne parle même pas dans quel état est le manoir.

- Vandalisé ! Mais pas détruit. Il y aura certainement un peu de déco à refaire, mais rien d'insurmontable. Lui fis-je, de plus en plus énervé.

- Je n'irai pas par quatre chemins Zack, tous ces éléments sont liés, et nous pensons que ce qu'ils veulent, c'est… Il n'eut pas le temps de finir sa déclaration, que le chat, le fit sursauter, en lui passant entre les jambes en sifflant.

- Me tuer. Ai-je répondu sans même sourciller.

- Oui. Fit-il en reprenant son souffle, avant d'ajouter ; C'était quoi, ce machin ?

- Rien, juste un chat qui nous fait un remake d'Alien. Lui répondis-je impassible.

Jack, d'abord étonné par mon sang-froid, plus que par ma réplique, fini par reprendre :

- Bien ! Mais maintenant, ils s'en prennent aux membres de l'institut.

- Donc, vous me demandez de quitter les rangs, une fois pour toutes ? Lui ai-je répondu toujours impassible.

Jack laissa échapper un soupir et après une pause ajouta :

- Oui ! Il faudrait que vous partiez, du moins jusqu'à ce que cette affaire soit terminée. J'en suis navré.

- En Gros, je suis viré ?

- Plutôt, invité à prendre des congés pour une durée indéterminée.

- Pour ainsi dire, viré, sans espoir de retour ?

- Le directeur s'est engagé à vous rendre le poste dès que possible…

- Bien... De toute façon, je voulais aller voir quelqu'un ! Lui avouais-je, dans un éclair de génie.

- Où voulez-vous aller cette fois ? Me demanda-t-il perplexe.

- À Seattle ! J'ai un ami anthropologue, qui me doit un service. De plus, j'ai découvert des choses pendant notre petit voyage et je crois que la solution de cette affaire, peut se trouver en Amérique ! Ai-je ajouté en lui montrant le carnet que j'avais pris dans le bureau de Luis. Jack, stupéfié, finit par me demander :

- Comment ferez-vous pour vous en sortir, la prochaine fois ?

- Me sortir de quoi ? Lui fis-je, surpris.

- On sait ce qui s'est passé en Espagne ! Me répondit-il.

- Comment avez-vous su ?

- Devine !

- Je vois maintenant. Lui répondis-je en pensant tout de suite que Rebecca
avait dû prévenir son père.
- Mais je crois que mon nouvel argument suffira à en dissuader plus d'un ! Avouais-je en dévoilant l'étui du luger qui ne quitter plus ma ceinture.
- Où avez-vous trouvé cela ? Me demanda-t-il en prenant l'arme.
- À Barcelone…. Chez un antiquaire . Lui ai-je répondu avant d'ajouter ; De plus, j'ai fait trois ans de tir à la fac.
- Ça ne me prouve pas que tu sache tirer... Bon, laissez tomber, je veux qu'à ton retour, tu passe l'épreuve officielle de tir ! Fini-t-il par dire, devant mon expression résignée, avant d'éjecter le chargeur et de s'apercevoir qu'il ne restait plus qu'une seule balle ; Et ce serait bien que tu ais un peu plus de munitions.
- Où je peux en trouver ? Lui demandais-je.
- En armurerie, dans certains magasins de chasse. Mais il te faudra un permis pour en acheter. Sans parler de l'autorisation pour utiliser cette arme ! Répondit-il.
- Et un agent de la B-Pol, pourrait-il m'en fournir ? Lui fis-je sarcastique, avant d'ajouter plus sérieusement ; Du moins, jusqu'à ce que j'obtienne mon permis et mon autorisation officielle.
- Je peux en ramener quelques-unes demain

matin.

- Et pourquoi ferai tu cela ?

- Je ne peux vous empêcher de partir, et il faudra plusieurs semaines pour te faire passer les épreuves et valider un permis. Mais, pour le moment, je préfère te savoir armé et prêt à te défendre.

- Je vois, le grand méchant loup est un sensible.

- Tu pense vraiment que je suis un vieux loup aigri ?

- C'est ce que tu laisse voir du moins…

- Si tu le dit… Je vais aller prévenir le directeur. Mais il voudra que tu passe le voir pour signer quelques papier. Me fit-il, avant d'ajouter ; Mais tu dois commencais à en avoir l'habitude.

- Bien, je règle quelques problèmes et je passe le voir après.

- En parlant de problèmes à régler, nous avons une substitut du procureur attachée à cette affaire, et elle aimerait te voir avant que tu ne parte.

- Où est son bureau ?

- Elle s'est installée dans le tiens ! Elle devrait arriver dans quelques minutes.

- Pourquoi s'est-elle installée dans mon bureau ? Lui demandais-je. Mais voyant son regard, je jugeais préférable de m'écraser, OK, j'attendrai dans mon bureau.

- Après, je te préviens, elle est surprenante de

prime abord, mais c'est quelqu'un de fiable et honnête.

- Je me ferai mon avis en la voyant.

- Ah une dernière chose Zack... J'ai perdu suffisamment de collègue à la guerre .... Alors prends soin de toi ! Me fit-il en sortant.

Par la suite, je suis descendu dans mon bureau pour attendre la substitut du procureur.
Je n'eus pas à attendre longtemps pour la voir arriver dans mon bureau, et en effet, je ne fus pas surpris de constater qu'il s'agissait d'une femme, élancée, mais néanmoins assez bien charpentée, qui dès son arrivée se présenta rapidement, avant d'enchaîner sur les éléments de l'affaire :

- Bonjour, je m'appelle Jacqueline Tesla, mademoiselle Jacqueline Tesla ! Commença-t-elle, avant de reprendre sur le même ton, sans même me laisser le temps de dire quoi que ce soit ; D'après ce que je sais, et c'est déjà beaucoup trop, nous aurons du mal à faire passer ce dossier devant un juge !

- Pardon ?

- Je dis juste que si nous parlons de fantôme et de secte aux jurés, il y a de fortes chances qu'ils nous rient au nez !

- Mais ce sont les faits, les quelques preuves en notre possession nous orientent dans cette direction.

- Alors, imaginez que les jurés sont des enfants de huit ans, qui ne comprennent rien à tout votre blabla scientifique et qui riront pour n'importe quoi.
- En effet, ça change tout ! On peu vraiment devenir juré, en étant stupide ?
- De plus, certains liens entre les indices ne sont que subjectifs, pour ne pas dire de pures conjectures... Fit elle, sans même prêter attention à ma question, puis devant mon air dubitatif, elle s'empressa d'ajouter ; Je vous laisse tout de même trois mois pour me trouver un argument solide, plusieurs seraient parfait, passé ce délai, l'affaire tombe à l'eau !
- Et je dois faire quoi ?
- Changer simplement de version, modifier les faits pour que tout le monde puisse y croire sans vous prendre pour un cinglé, et surtout me trouver une fichue preuve qu'une secte est impliquée dans ce bordel.
- Vous nous croyez au moins ?
- Je pense déjà qu'il faut être dingue pour faire ce genre de travail...
Après cela, nous avons passé plus d'une heure à débattre sur la façon d'aborder l'affaire devant un juge. Nous avons fini par nous mettre d'accord sur la version suivante.

  <<Un corps non identifié a été retrouvé sur les rives de la Warnow. Suite à l'autopsie et plusieurs événements inattendus, la piste d'un

meurtre sectaire est, pour le moment, privilégiée>>.

Je ne pus m'empêcher de souligner que cette version était loin d'être complète.
De plus, les événements inattendus ne pouvant être justifiés, il me semblait inapproprié de les mentionner.
Ce sur quoi, elle me répondit :
- Nous ne sommes pas obligés de tout leur dire. Fort heureusement d'ailleurs !
- C'est de la dissimulation de preuves !? Protestais-je, me souvenant de ma première journée dans l'institut.
- Mais non voyons . Je vous demande juste de passer sous silence les détails gênants. Moins les jurés ont de détails ambigus et de suppositions, moins ils auront tendance à faire relâcher un meurtrier pour une simple question de doute raisonnable.
- Vous voulez dire les détails qui pourraient nous faire passer pour des fous ?
- C'est tout à fait cela ! Moins il y a de détails ambigus, plus vous avez de chance de réussir à faire condamner le coupable ! Ajouta-t-elle néanmoins, pour être sûre d'avoir été claire.
- Une dernière chose, vous devez savoir que j'ai été mis hors course dans cette affaire ?
- Je le sais, mon petit ! Me répondit-elle, avant de reprendre ; Mais je devais vous en parler,

étant donné que vous êtes le premier médecin légiste ayant travaillé sur cette sordide affaire, d'où le fait que je sois ici pour récupérer vos notes afin de les transmettre au docteur Stein.

- C'est donc le docteur Stein qui reprend l'affaire ?

- Parfaitement ! Ce dernier m'a chargée de vous dire qu'il aurait préféré pêcher tranquillement au lieu de réparer vos bêtises.

- Dites-lui qu'il pourra m'inviter à pêcher dès mon retour.

- Du moment que vous revenez pour reprendre votre job, vous pouvez aller pêcher autant que vous voulez.

- Oh ! Je compte bien garder ce travail !

- J'aime cet état d'esprit, gardez-le !

Après cela, je suis directement monté voir le directeur, pour lui expliquer la version des faits, comme convenu avec le substitut du procureur, et également pour lui parler de ma décision de partir dans un autre centre de recherche, pour le restant de cette affaire.

Il se montra fort intéressé par notre façon de présenter et de développer les faits, et, après nous avoir approuvé, il se permit de me demander où je comptais me rendre :

- Je compte demander de l'aide à un ami chercheur au centre d'anthropologie de Seattle.

- Bien, donc je vous laisse vous charger des

formalités. Me fit-il simplement, avant de me demander.

- Que devons-nous faire des trois jeunes gens que vous nous avez ramenés de Barcelone ?

- Avec votre permission, je souhaiterais qu'ils deviennent nos auxiliaires de travail à Rebecca et moi. Lui répondis-je, avant de lui expliquer plus en détail ; Cela leur permettrait de terminer leur cursus, tout en leur donnant une certaine expérience.

- Je vois, vous voulez former des assistants en somme.

- C'est à peu près cela.

- Bien, pour le moment, ils seront considérés comme des élèves stagiaires. Nous arrangerons cela à la fin de cette affaire. Me répondit-il avec un sourire complice.

- Et au passage, remerciez Konrad .

- Je ne vois pas ce qu'il a à voir dans cette affaire . Me fit-il, dans un nouveau sourire.

À la fin de cet entretien avec le directeur, je me permis d'utiliser le téléphone de l'institut pour contacter un de mes camarades de doctorat, pour qu'il essaie de me trouver un poste le temps que l'affaire SAI prenne fin. Ce qui me permettrait de conserver un poste actif dans un centre de recherche, tout en continuant à travailler en parallèle sur l'affaire.

Le lendemain matin, après avoir passé la nuit pour convaincre Rebecca de rester à l'institut continuer de travailler sur l'affaire, ce qui était plus pour moi, un prétexte pour qu'elle reste en sécurité, je rejoignis Jack devant l'institut.

Sa première question fut de me demander pourquoi Rebecca n'était pas avec moi, mais je n'eus même pas besoin de répondre, SAI s'en chargea pour moi :

- Il a convaincu Rebecca de rester ici, pour faire avancer l'enquête !

- Et donc, il embarque le seul témoin . Nous fit Jack.

- Témoin qui ne se souvient de rien et qui ne peut passer devant les jurés. Lui précisais-je, avant de lui demander ; Sinon, tu as pensé à moi ?

- Tiens ! Me fit-il, en me donnant une petite boite en carton, avant de me préciser la contenance de la boite ; Il y a cinquante balles de 9 mm... Plus deux chargeurs de rechange pour ton luger.

- Comment tu as pu sortir tout cela des locaux de la B-Pol ? Lui demandais-je.

- Zack.... C'est un agent spécial. Me souffla SAI, avant d'ajouter en souriant ; Tu sais... Ceux qui font respecter les lois, mais qui peuvent les enfreindre !

- Elle apprend vite la petite. S'amusa Jack,

impressionné.

- Tu ne risques rien au moins ? Lui demandais-je, tout de même.

- Ce sont des munitions qui devaient être détruites hier soir !

- Donc, théoriquement, elles sont comme SAI. Plaisantais-je.

- En effet, ce sont des balles fantômes. Compléta Jack avec un sourire.

- C'est malin. Souffla SAI, en haussant les épaules.

- En espérant tout de même que tu n'ai pas à t'en servir !

- Je l'espère aussi !

- Moi aussi ! Ajouta SAI.

- Après, j'ai réussi à t'avoir cela. Me fit Jack en me tendant une enveloppe.

- C'est quoi ?

- Une autorisation de port d'arme temporaire. Avec ça, tu pourras passer la douane sans soucis et surtout, si tu te trouve obliger d'utiliser ton arme tu sera, plus ou moins, couvert par cette autorisation, tu n'auras qu'à leur donner ce document et à leur demander de m'appeler.

- Merci Jack…

- Attention, ce papier est à la limite de la légalité, alors ne fait pas le con !

- Tu me connais.

- Bah, disons, que tu as toujours le don de te mettre dans des situations fâcheuses...

Commenta SAI.

- Je n'ai rien dit ! Me fit Jack en me voyant souffler, avant de reprendre ; Sur ce, vas-y… Et surtout, soi prudent, revient nous en un seul morceau.

- Je me ferais tuer, si ce n'était pas le cas.

- Doublement Même ! Ajouta Jack en partant.

- Si ce n'est pas triplement… Souffla SAI.

- Merci de ne pas m'enterrer avant l'heure ! Lui répondis-je.

Chapitre 13 :
Seattle

Après avoir passé plusieurs heures en avion avec un changement à Paris puis à Washington, nous avons fini par passer sans encombre le dernier contrôle de douane à l'aéroport de Seattle, où nous avons été accueillis, par le docteur Franck Clemens, qui, à la manière des vieux films, avait inscrit nos noms sur une pancarte en carton.

Mais ce ne fut qu'une fois installé à l'abri de la pluie dans sa voiture, qu'il se décida à nous adresser la parole :
- Alors comme ça, on te vire d'une affaire en cours. Me fit-il, avant d'ajouter ; Dès ta première affaire en plus.
- Et c'est problématique ? Demanda SAI en toute ignorance.
- C'est un vieux pari entre nous, SAI. Déclarais-je, avant de lui expliquer ; En fait, Franck et moi sommes de la même promotion. Sauf que pour lui, c'était pour être accrédité en tant que médecin légiste et anthropologue judiciaire, tandis que moi, c'était mon premier doctorat.
- Ce qui explique la différence d'âge, Nous fit SAI, qui avoua par la suite en me voyant la

regarder de travers ; Quoi ? Quand tu m'as dit qu'il était ton ami, je pensais à quelqu'un de ton âge, et pas un vieux de plus de quarante ans, sans vouloir vous offenser ; Lui fit-elle, avec un beau sourire.

- Quelle franchise ! C'est ta fiancée ? Me demanda Franck.

- Non ! Répondis-je à l'unisson avec SAI.

- Vous en avez l'air pourtant. Reprit-il, en riant devant notre réaction.

- Franck, tu me connais, voyons…

- Et j'avais espéré que tu t'étais un peu dégourdi, mon p'tit. Nous dit-il en redevenant sérieux subitement.

- Je ne saisis pas ? Fit SAI, perplexe.

- Je voulais dire par là qu'il est timide à l'extrême et qu'il ne sait pas dire ce qu'il a sur le cœur.

- Franck, ça ne l'intéresse sûrement pas.…

- Au contraire, ça m'intéresse grandement, me coupa SAI.

- Si tu savais combien de cœur ce bourreau a brisé. Tout ça, parce qu'il ne s'en rendait pas compte !

- À ce point ?

- Obnubiler par ces cours et les rares fois ou une fille lui demandait franchement, il ne savait pas quoi dire et il laissait passer sa chance…

- Merci Franck, on peut y aller maintenant ?

- Tu sais, il faut se décoincer par moment,

Zack !

- Ça te ferait du bien, tu sais. Ajouta SAI.

- Si tu t'y mets aussi maintenant...

Après avoir ri un bon coup, Franck finit par démarrer, avant de prendre la route pour nous déposer devant le Silver Cloud hôtel, dans lequel il nous avait réservé une chambre.

Et après nous avoir donné un coup de main pour décharger nos valises, il partit en m'indiquant qu'il passerait le lendemain dans la matinée pour m'emmener à son laboratoire.

Un peu plus tard dans la soirée, SAI me demanda, si elle pouvait aller faire un tour en ville demain, au lieu de venir avec moi au laboratoire de Franck :

- Bien sûr, si tu veux, il y a une bibliothèque et un parc dans le quartier. Lui répondis-je.

- Tu n'as donc pas peur, qu'il m'arrive quelque chose ? Fit-elle, outrée.

- Tu es déjà morte ! Je crois que tu n'as pas à craindre ce genre de chose. Lui répondis-je de but en blanc.

- Tu pourrais tout de même faire semblant ! Répondit-elle.

- Désolé, je pense que je ne me ferais jamais au fait que, malgré ta mort, tu sois toujours aussi susceptible. Lui fis-je en souriant.

Pour toute réponse, elle me poussa en arrière sur le lit, avant de me plaquer sur le matelas.

Après quelques instants, elle finit par me dire :
- Tu penses vraiment ce que tu viens de dire ?
- Je plaisantais SAI ! Lui répondis-je, avant
d'ajouter ; Peux-tu me laisser partir
maintenant ?
- À ça non ! S'écria-t-elle.
- Et pourquoi donc ? Lui demandais-je.
- Je ne te lâche pas tant que tu ne t'es pas
excusé !
- OK. OK… Je m'excuse ! Ça te va ?
- Seulement, si tu dors avec moi ce soir !
- Tu plaisantes là ?! Lui demandais-je, sur la
défensive.
- Je ne sais pas…. Fit-elle, avec un sourire.
La nuit qui suivi fut des plus étrange, certes ce
n'était pas la première fois que SAI dormait
dans le même lit que moi, mais cette fois si,
nous nous trouvions seuls. Pas de Rebecca
juste à côté de moi, ni d'excuse possible pour
rester éveillé, comme je l'avais fait à Barcelone.
Malgré cela, je dois avouer que ce fut agréable
de sentir la présence spectrale de SAI à mes
côtés, ou du moins, le poids de son corps
artificiel qui, pour l'avouer, pesait assez lourd.

Le lendemain matin, je laissais SAI dans la
chambre d'hôtel comme une grande, lui laissant
un peu d'argent pour qu'elle puisse aller en
ville. Ce qu'elle fit avec un certain plaisir.
Elle profita notamment de l'heure matinale, pour

aller se promener au Pratt Park, un parc naturel abritant un vieux manoir, le Bryant Manor Appartements, ainsi qu'un vaste jardin botanique, abritant une des plus belles collections de plantes et fleurs tropicales du pays.

Puis, elle alla faire le tour des quelques magasins proches du parc. Elle n'hésita pas à refaire quelque peu sa garde-robe dans un des grands magasins de vêtements bordant le parc. Puis, vers midi, nous nous sommes retrouvés comme convenu au Subway restaurants de la 12 th avenue, et une fois installés à la première table venue, nous avons commandé notre repas.

Durant ce repas, SAI me demanda comment s'était passée la mâtinée, à cette question, je lui répondis simplement :

- Disons que je regrette déjà d'être venu. Et sur ce, j'ajoutais ; Et toi ? Qu'as-tu fait ce matin ?
- Je me suis promenée au Prat Park. Me raconta-t-elle, non sans tenter de dissimuler le sac de vêtements, achetés plus tôt.
- Bien. Toi au moins, tu n'as pas passé la mâtinée, enterrée quinze mètres en dessous de la surface ! Lui fis-je dans un soupir, avant de lui demander ; Tu as acheté quoi ?
- Euh... Rien de spécial... Dit-elle, en rougissant.

- Rien de spécial, hein ? Lui fis-je, avec un sourire amusé.

- Bon, d'accord ! J'ai acheté de nouveaux vêtements…

- C'est vrai que tu en avais particulièrement besoin. Lui répondis-je, sarcastique, avant d'ajouter ; Tu as pourtant pris pas mal de fringues à Rebecca, avant de partir ?!

- Je te rappelle que je ne peux pas mettre ses sous-vêtements.

- Ce qui m'étonnera toujours. Lui fis-je dans un sourire.

- Et sinon, tu fais quoi cet après-midi ? Tenta-t-elle, pour changer de sujet, non sans rougir devant ma remarque.

- Je regarde des fouines ronger de vieux os, dans l'espoir de déterminer l'identité d'un squelette. Lui répondis-je, déjà agacé par ce programme.

- C'est vrai que tu es plutôt chair et parties molles. Se moqua SAI.

- Et toi, que vas-tu faire cet après-midi ?

- Oh ! Moi, je vais sûrement aller faire un tour à la bibliothèque du quartier.

- Tu es sûre de ne pas vouloir venir avec moi ? L'implorais-je.

- Non ! Me fit-elle simplement.

- Tu as encore de quoi payer l'entrée de la bibliothèque, au moins ? Lui demandais-je, dans un ultime espoir.

- J'aurais même de quoi m'offrir un hot-dog en sortant.
- Tu es vraiment cruelle ! Lui fis-je en souriant.
- Je sais.
- Bon, ce n'est pas tout, mais je reprends mon ennui dans vingt minutes… Lui fis-je, en regardant la vieille pendule accrochée au mur.
- Amuse-toi bien ! Me répondit-elle, en prenant son sac pour m'accompagner vers la sortie.
Une fois à la porte du restaurant, nous avons pris chacun une direction opposée pour rejoindre nos destinations respectives.

Le soir même, je retrouvais SAI à l'hôtel, occupée à lire un livre, qu'elle avait emprunté à la bibliothèque. Livre qu'elle reposa en voyant mon visage déconfit et fatigué :
- Alors, tu reviens de la mine de charbon. Fit-elle en souriant.
- Presque ! Je reviens de la décharge municipale !
- La décharge ?
- Des ouvriers ont trouvé un squelette. J'ai dû chercher un crâne dans plus de trois tonnes de déchets…
- Ce devait être amusant. Répondit-elle avec ironie.
- C'est John qui se serait amusé avec tous les insectes et les vers que j'ai découverts. Lui fis-je en riant, avant de lui demander ; Et toi ?

- Oh rien ! J'ai passé mon après-midi à lire les quelques romans traduits que la bibliothèque propose.

- Et en as-tu trouvé beaucoup ?

- Je ne les ai pas comptés. Avant d'ajouter par la suite ; Mais tu verrais la taille de cette bibliothèque !

- Je sais, c'est la seconde plus grande bibliothèque du pays ! Lui fis-je simplement.

- Tu viendras avec moi demain ?

- Cela m'étonnerait… Lui dis-je, avant de lui expliquer que l'on avait plus de deux mille fragments osseux à identifier et triés, rien que sur cette affaire. Ce qui lui déplut presque autant qu'à moi.

Pour essayer de la consoler, je lui proposais de louer un film demain soir, et de le regarder au lit, avec du pop-corn, ce qui bien sûr lui permit de me rappeler :

- Tu sais très bien que je ne peux pas manger !

- Je ne m'y ferai jamais. Lui avouais-je.

- Mais je te remercie pour cette délicate attention.

- Oh, ce n'est pas le grand-chose.

- J'en toucherai un mot à Rebecca en lui envoyant un mail demain. Me fit-elle provocatrice.

- Tu me fais penser que je ne l'ai pas prévenue que nous étions arrivés. Lui ai-je répondu, avant d'ajouter ; Tu pourras lui dire également.

- Dis-lui toi-même !

- OK ! Je descends au bar pour avoir un peu de tranquillité alors.

- Dis plutôt que tu viens de trouver un moyen pour que je te laisse en paix ?

- Je suis démasqué. Lui fis-je en sortant de la chambre, ce qui me permit d'échapper au flot de jurons que SAI m'envoya de derrière la porte.

Chapitre 14 :
Une piste sérieuse

Après deux très longues et ennuyeuses semaines passées à trier les fragments osseux trouvés à la décharge, et surtout, à tenter de suivre l'équipe de recherche de Franck dans leur fastidieuse quête d'identification de squelettes, sans parler de leur humour des plus funeste, Franck me proposa finalement de prendre quelques jours de repos. Seulement un week-end, à mon plus grand regret.

Mais mon grand projet de long sommeil réparateur, tomba vite à l'eau, SAI me réveilla de bonne heure pour que je l'accompagne enfin à la bibliothèque et surtout pour passer une véritable journée en sa compagnie.
Certes, le fait d'aller dans une bibliothèque n'était pas pour me déranger, mais y aller alors que je pouvais me reposer et dormir, m'ennuyais au plus haut point, surtout après avoir passé deux semaines à trier des bouts d'os.
La journée commença dès huit heures du matin. En effet, SAI avait pris goût à sa petite promenade du matin au Pratt Park, ce qui lui permettait soit disant de garder la forme.

Mais pour moi cela semblait plus être une excuse pour aller flâner dehors.

Elle m'obligea à venir me promener avec elle, ce que je finis néanmoins par apprécier, en effet, les feuilles des arbres avaient revêtu des teintes de roux, de verts et de jaunes sublimes, tandis que le vent d'automne faisait déjà tournoyer les premières feuilles tombées dans une sorte de danse magique.

Les pâles rayons de soleil créaient d'intrigantes et énigmatiques ombres dans l'air empli de brouillard du matin.

Nous avons admiré ce magnifique spectacle tout en traversant le parc en prenant tout notre temps. Ce qui me permit de comprendre ce que voulait dire SAI par « Il faut savoir ralentir et regarder autour de nous pour voir la beauté de ce monde. »

Vers midi, nous avons quitté le parc pour aller chercher un endroit où manger au chaud, avant d'aller visiter la fameuse bibliothèque dont SAI n'avait cessé de me parler durant les deux semaines passées.

Par chance, nous avons pu arriver dans la bibliothèque avant que la pluie ne commence à tomber. Ce fut avec le bruit des gouttes contre les baies vitrées du bâtiment que nous avons commencé notre visite des lieux, avant de nous installer sur une table près des fenêtres pour entendre le bruit de la pluie tout en lisant.

- Dis-moi pourquoi as tu demandé à consulter des rapports archéologiques ? Me demanda SAI, intriguée par le tas de revues devant moi.

- Disons que je profite d'être ici pour faire des recherches sur mon hypothèse…

- Tu penses trouver des choses intéressantes dans ces revues ?

- Au moins grâce à Franck, j'ai pu réduire la zone possible du site de fouille. Maintenant, il ne reste plus qu'à trouver le nom du site ou celui d'un archéologue qui y a travaillé.

- Ce que tu fais là ?

- En effet, je consulte toutes les revues parlant de fouilles archéologiques faites au Pérou ces trente dernières années.

- Ça doit en faire des sites de fouille.

- Pas tant que ça… Mis à part les grands sites qui sont régulièrement étudiés, il n'y a pas beaucoup de fouilles au Pérou.

- Et pourquoi déjà cherches-tu des sites de fouilles archéologiques ?

- Le carnet de Luis m'a amené à penser qu'il existe des artefacts anciens permettant de créer des fantômes ou de les combattre…. Ce qui dans le second cas, serait pratique contre une secte utilisant des fantômes pour tuer les personnes qui les gênes.

- Ça se tient, mais dis-moi, pourquoi n'ont-ils

pas déjà envoyé un fantôme dans ce cas ?

- Bonne question… Peut-être ne veulent-ils pas attirer l'attention sur leurs manigances ou peut-être n'ont-ils pas de fantôme à disposition.

- C'est peut-être à cause de moi ?

- Comment cela ?

- Je suis un fantôme moi aussi, je dois pouvoir interagir avec un autre ?

- Sûrement…. Mais, dans le doute, je préfère trouver un moyen de me défendre plus efficace qu'avec un pistolet !

- C'est vrai qu'il ne serait pas très utile.

- C'est pour cela que je cherche certains sites archéologiques. J'ai les descriptions des artefacts, mais très peu d'indices sur leur localisation précise.

- Tu veux un coup de main ?

- Si tu veux, mais, ça peut vite être ennuyant.

Au détour de nos lectures, nous avons fini par trouver un article parlant de plusieurs objets précolombiens de nature indéfini, ayant été découverts sur un champ de fouille au Pérou. Mais, à mon grand étonnement, l'article restait très vague sur l'emplacement du site à proprement parler. Mais ce qui m'étonna le plus, ce fut le fait qu'aucun nom de chercheur ou d'archéologue n'était donné dans l'article. Tout comme dans les notes du carnet de Luis.

Intrigué et piqué au vif, par la ressemblance entre les objets du site et ceux décrits dans le carnet, je finis par demander conseil à une des bibliothécaires.

Après un court examen, elle finit par me donner le nom du site, ainsi que sa localisation :

- Il s'agit du site de Paraiso, un grand complexe archéologique se trouvant au nord de Lima, la capitale du Pérou .

- Avez-vous la localisation exacte de cet endroit ? Ou du moins, le village le plus proche ?

- Oui, bien sûr.

Et sur cela, elle prit une feuille de papier et un stylo, se leva, partie on ne sait où, avant de revenir quelques minutes plus tard avec une large enveloppe qu'elle nous remit en précisant :

- Je me suis permis d'indiquer mon numéro.

- Merci… Mais pourquoi ? Lui fis-je, étonné.

- Au cas où vous voudriez plus d'informations sur cet endroit. Ou, pour n'importe quels autres sujets. Me fit-elle sur un ton complice, des plus déroutant.

Sur cela, SAI me tira par le bras pour me faire comprendre qu'il était temps de partir. Encore surpris par tout cela, je la suivis sans même réfléchir.

Une fois rentrés à notre hôtel, j'ouvris

l'enveloppe pour en sortir une feuille, où étaient notés les noms des villes entourant le site de fouille.

Les coordonnées géographiques de ce dernier, ainsi qu'une copie de l'article que nous avions lu. Après avoir parcouru l'ensemble du document, j'exposais en vitesse mon idée à SAI :

- Bon, demain, je demande un congé à Frank, et on se sert de ce congé pour aller sur ce fameux site de fouille !

- Bien ! Mais qui y a-t-il dans l'enveloppe ? Me demanda SAI, en ayant remarqué qu'il restait quelque chose dans l'enveloppe.

- Il nous faudra trouver un avion pour le Pérou, puis une voiture et du matériel de fouille. Lui fis-je, ne l'ayant pas écouté.

- Eh oh ! Tu me montres cette enveloppe ? Insista-t-elle.

- Tu as déjà campé ? Lui demandais-je.

Pour seule réponse, elle me prit l'enveloppe des mains et l'ouvrit. En voyant son visage s'empourprer, je lui repris l'enveloppe et y découvris un soutien-gorge en dentelle rouge et noir, avec le numéro de la bibliothécaire, noté au feutre noir sur un des bonnets :

- Tu es témoin que je n'y suis pour rien ! Fis-je.

- Je ne dirais rien à Rebecca, si c'est ce que tu veux savoir. Me rassura-t-elle, avant d'ajouter, moins conciliante ; Mais moi, je promets de t'en

faire baver pendant
un moment !
- Tu oserais me faire ça ?
- Avoue que c'est dégoûtant !
- Que l'on me protège de la jalousie féminine !
Charriais-je SAI, qui s'empourpra davantage.
- Toi ! Va voir Franck, pour prendre tes
congés au lieu de te constituer un harem,
espèce de Casanova. Me répondit-elle, en
ajoutant par la suite ; sinon je l'envoie à
Rebecca par la poste, fit SAI, en faisant
tournoyer le fameux soutien-gorge autour de
son doigt.
- Je te signale qu'il est vingt heures passés ! Lui
fis-je.
- Alors, tu iras le voir demain, mais tu dors sur le
canapé ce soir !
- Mais je n'ai rien fait ! Protestai-je
énergiquement ;
- Qui le prouve ! Me répondit-elle avec un
sourire plein de malice.
- De plus, il n'y a pas de canapé.
- Tu crois vraiment que je te laisserais dormir
sur le canapé ?
- Va savoir avec toi.
- Tu sais bien que je ne peux pas m'endormir
sans mon nounours en peluche ! Me répondit-
elle, malicieuse.
- Charmer ! C'est tout ce que je suis pour toi ?
Lui demandais-je, outré qu'elle me considère

comme une sorte de grosse peluche.

- Bien sûr que non ! Tu es bien plus pour moi…
Même si tu es un sacré tombeur. Me répondit-
elle en rougissant.

- SAI !

Dès le lendemain matin, après m'être lavé et
habillé, je partis retrouver Franck et sa bande
de fouines, laissant SAI dormir tranquillement à
l'hôtel.

Il fallut plus d'une heure pour expliquer à Franck
les raisons me poussant à vouloir un congé de
plusieurs semaines.

Finalement, après avoir passé un rapide coup
de téléphone, il choisit de me licencier, ce qu'il
m'expliqua par la suite :

- Je pense que tu n'es pas à ta place dans notre
équipe.

- Je m'en suis rendu compte ! Lui répondis-je.

- Et je crois que les ossements ne sont pas
véritablement ta tasse de thé, tu es plus viande
rouge. Déclara-il, avec un certain humour.

- Je ressemble à un agent spécial au milieu
d'une convention star wars. Lui fis-je avec le
même humour.

- En effet ! Fit-il en souriant, puis il ajouta ; Mais
il y a une équipe qui te convient, et qui t'attend !

- Je vois où tu veux en venir, mais je ne peux
plus les aider. Je suis une menace pour eux !

Lui fis-je avec regret.

- Mais sont-ils plus en sécurité sans toi ? Me demanda-t-il.

- Je ne pourrais pas répondre à cette question ! Lui avouais-je.

- Alors pars ! Va où ton instinct te dit d'aller et retourne auprès d'eux au plus vite. Me conseilla-t-il.

- Merci pour le conseil… Je vais juste vérifier mon hypothèse avant de retourner auprès d'eux.

- Zack… N'oublie pas que tu as toujours ton poste à l'institut Max Plancks. Tu pourras le reprendre dès que cette affaire sera finie. Me rappela-t-il, avant d'ajouter ; C'est une autres bonnes raison pour te dépêcher, tu ne crois pas ?

- Encore merci pour tout ! Lui fis-je, avant de partir rejoindre SAI pour lui annoncer la bonne nouvelle.

Dès le début de l'après-midi, nous sommes allés acheter tout le matériel, dont nous aurions besoin pour notre voyage. Nous partîmes à l'aéroport pour réserver nos billets d'avion pour le Pérou.
Pour mon plus grand bonheur, nous avons pu avoir de places sur une ligne directe pour la capitale dans un avion qui partait le lendemain.

Pendant ce temps, quelque part en Allemagne, un groupe d'individus s'étaient réunis dans le plus grand secret, pour délibérer des méthodes à employer pour mettre fin à notre petit voyage improvisé :

- Ils ont déjà échappé par deux fois à vos plans, que prévoyez-vous pour les stopper maintenant ? Demanda un des membres de l'assemblée à un autre.

- Ne vous en faites pas, je compte bien en finir avec eux avant qu'ils ne trouvent quoi que ce soit… De plus, je prévois également de leur faire une petite surprise via notre agent infiltré. Ajouta ce dernier, après une courte pause.

- Ne serait-il pas plus avisé de nous débarrasser d'eux avant qu'ils n'arrivent sur le site de fouille. Demanda un membre de cette mystérieuse assemblée.

- Plus avisé, mais aussi beaucoup moins discret… De plus, quel merveilleux endroit qu'un tombeau inconnu pour cacher des cadavres. Reprit-il après une nouvelle pause.

- Je maintiens qu'il aurait fallu les empêcher de rencontrer ce Luis ou encore mieux, de nous débarrasser de ce fantôme dès que nous en avions l'opportunité ! Ajouta un autre membre en allumant une cigarette.

- Nous ignorions que Luis avait des informations qui leur auraient permis de remonter jusqu'à nous… Et nous n'avons pas eu le temps d'agir.

Nous avons été totalement submergés par les événements, sans mauvais jeu de mots. Finit-il par reprendre.

- D'où votre ultime précaution, qui a été déjouée par le départ de l'ancien médecin légiste. Souffla le plus vieux des membres de manière sarcastique.

- J'en conviens, mais tout n'est pas encore perdu, car je peux vous garantir qu'ils ne sortiront pas de cette tombe !

- Je l'espère. Sinon, ce sera vous qui irez dans une tombe.

- J'en prends note.

- Bien et sur cela, nous pouvons dissoudre cette assemblée.

Chapitre 15 :
Paraiso

Une semaine après notre départ de Seattle, nous sommes finalement arrivés sur les hauts plateaux du Pérou. Alors que je comptais continuer ma route vers le site de fouille, SAI m'ordonna de m'arrêter et de monter la tente pour la nuit.

Ce que je fis à contrecœur. J'aurais préféré atteindre le site de fouille avant la tombée de la nuit, mais SAI ne lâcha rien, et m'obligea à m'arrêter.

- Que crains-tu comme cela, pour vouloir toujours être dans la tente avant le coucher du soleil ? Lui demandais-je, exaspéré, tandis que je montais la tente, en laissant SAI préparer les sacs de couchage pour la nuit.

- Je ne crains rien ! Me répondit-elle avant d'ajouter ; J'ai juste peur que tu ne t'endormes au volant !

- Pourquoi tu dis cela ? Je suis en pleine forme !

- Tu ne dors plus la nuit, ou du moins, tu ne dors presque pas !

- Tu as remarqué… Lui fis-je, légèrement déçu qu'elle s'en soit aperçue.

- Bien obligée ! Tu passes toutes tes soirées, les yeux fixés dans le noir. Me fit-elle en ajoutant par la suite ; Donc, ce soir, si tu ne dors pas, je t'assomme !

- Je doute que tu en sois capable. Lui répondis-je, avec une pointe de défi dans la voix.

- Tu te méfierais, si tu savais vraiment de quoi je suis capable.

Sur cela, elle m'entraîna à l'intérieur de la tente, referma la fermeture avant de se déshabiller, ne gardant que ses sous-vêtements, pour finir, elle enleva mon tee-shirt et s'allongea près de moi en me serrant contre elle.

Mais au matin, nous avons été réveillés par de drôles de bruits venant de notre voiture. En regardant discrètement par l'ouverture de la tente, je vis trois grands gaillards armés de machettes qui en voulaient à notre véhicule, ou du moins, à ce que nous transportions, c'est-à-dire notre matériel de fouille et nos réserves de vivres.

Ce qui, dans cette région isolée, valait son pesant d'or.

J'eus tout juste le temps de dire à SAI de rester cachée, tandis qu'ils s'approchaient de notre tente.

Je sortis rapidement de la tente, espérant les surprendre et gagner quelques secondes, et je me retrouvais seul devant ces trois brutes, armé uniquement de mon luger, et de la pelle que j'avais laissé devant la tente.

Tout me laissait perdant, face à eux, quand soudain, une voix candide attira l'attention de tous :

- Eh ! Par ici. Leur fit SAI, seulement vêtue de son soutien-gorge et de sa culotte.

Cela suffit à déstabiliser les bandits, me permettant de mettre à terre les deux premiers se trouvant juste devant moi, avec un large coup de pelle.

Mais le dernier eu le temps de réagir et il brandit sa machette vers moi.

Fort heureusement, mon ange gardien, enfin mon fantôme gardien dans le cas présent, avait plus d'un tour dans son sac, elle l'assomma en lui lançant une boite de conserve en pleine face.

Après cela je criais à SAI de prendre ses affaires pour partir d'ici au plus vite.

Une fois qu'elle fut à mes côtés dans la jeep, elle me dit avec fierté :

- Je crois que je me suis assez bien débrouillée pour faire diversion.

- Tu es vraiment incroyable. Mais maintenant remet au moins un tee-shirt. Lui demandais-je gêné de la voir toujours en sous-vêtements à mes côtés.

- Tu me trouves attirante dans ses dessous ? Me demanda-t-elle en enfilant son tee-shirt.

- Ce sont ceux de Rebecca ?

- Et ?

- Je pense qu'ils lui iraient mieux. On dirait que tu as mis les vêtements de ta grande sœur, Lui répondis-je franchement.

- Tu trouves ?

- Et pourquoi tu ne t'en achètes pas au lieu de piquer ceux des autres ?

- J'ai commencé, mais les tee-shirts et les pantalons sont beaucoup plus accessibles que les dessous. Je n'ai pas un budget énorme vu que je suis morte. Me répondit-elle, avant d'ajouter malicieusement ; Mais ce serait un beau cadeau d'anniversaire !

- D'une, on ne connaît pas ta date d'anniversaire et la lingerie, ça s'offre pour une occasion particulière, ça ne peut pas être offert par un ami.

- Pour mon anniversaire, on a qu'à dire que je suis née le vingt-cinq juin, ça fait six mois après Noël. C'est raisonnable ? et après, je ne suis pas qu'une simple amie !

- En effet, j'en profite que tu sois raisonnable pour te demander de remettre cette conversation à une autre fois.

- OK ! Me fit-elle simplement, ce qui m'inquiéta encore plus que le fait qu'elle soit devenue raisonnable.

Moins de trois-quarts d'heure plus tard, notre jeep s'arrêta sur le site de fouille de Paraiso, où, une fois arrivés sur place, SAI me demanda :

- Pourquoi crois-tu que c'est ici ?

- Tu te souviens de ce qu'a dit la bibliothécaire ! C'est l'endroit le plus ressemblant avec celui que nous cherchions.

- Oui ! Cette aguicheuse de bibliothécaire. Reprit SAI, soudainement énervée.

- Oh... Toi ! Tu es encore en mode jalouse. La taquinais-je.

- Moi ! Jalouse ! T'as vu comment elle te regardait, et surtout, comment elle t'a refilé son numéro ? Ajouta-t-elle aussi rouge qu'une tomate.

- Bon, c'est vrai que donner son numéro sur un soutien-gorge, c'est osé ! Lui avouais-je.

- Osé ! C'est surtout dégouttant ! Hurla SAI.

- J'ai bien fait de ne pas emmener Rebecca. Ai-je répliqué, en imaginant la réaction de cette dernière .

Puis, après avoir garé la jeep sur le talus surplombant les ruines, et avoir réussi à faire taire SAI, je descendis sur le site, d'un petit village montagnard en ruine depuis bien des lustres.

Il ne nous restait plus qu'à trouver un puits d'accès permettant de descendre dans les galeries se trouvant sous le village.

Puits que SAI trouva en tombant dedans par inadvertance.

Après l'avoir laissé se calmer et pester dans son trou, je finis par lui demander si elle allait bien, elle me répondit en hurlant ;
- Ramène tes fesses au lieu de faire de l'esprit !
- Dis-moi ce que tu vois ? Après une nouvelle vague de jurons et d'autres noms d'oiseaux en tout genre, elle finit par me répondre ; Il y a un couloir, et je te prierais de venir me rejoindre, il fait noir comme dans un four !
- C'est plutôt éclairant comme description… Fis-je à voix basse, avant de recevoir une pierre lancée par SAI.
- Si j'avais de la lumière, je pourrais mieux t'éclairer, sombre idiot ! Et sur cela, elle m'ordonna à nouveau de descendre.

Une fois que je l'eus rejoint, l'exploration de ces galeries put commencer.
Nous avons donc exploré les corridors de pierres et les petites pièces jusqu'à arriver dans une grande salle en arc de cercle, formant un véritable cul-de-sac.
Après un court examen du carnet de Luis, je découvris que derrière l'un de ces murs se trouvait un autre corridor menant à la grande salle funéraire.
Sans plus attendre, SAI et moi, nous sommes mis à inspecter chaque mur afin de trouver un passage. Ce fut SAI qui découvrit une encoche singulière sur le mur situé le plus au nord.

Après avoir inséré mon couteau à l'intérieur, je tournais la lame dans le sens des aiguilles d'une montre, puis voyant que cela ne menait à rien, j'en fit de même en changeant le sens. Enfin, le mur s'écarta dans un nuage de poussière accompagné d'un grincement métallique, ouvrant ainsi le passage dans lequel nous nous sommes engouffrés par la suite.

Quelques minutes de marche plus tard, nous sommes arrivés devant un obstacle de taille, un gouffre de plus de dix mètres de long et d'environ une cinquantaine de mètres de profondeur, clairsemé de quelques dalles de pierre encore accrochées au mur. Dernier vestige du plancher aujourd'hui effondré.
- Comment c'est possible ? Me fit SAI.
- À en croire le bruit qu'on entend plus bas, je dirais qu'une rivière souterraine a dû ronger le sol sous le tunnel au fil des siècles et que tout a dû finir par s'effondrer…
- Et on fait quoi maintenant ? Me demanda SAI, lasse de mon cour de géologie.
- Il faut que l'on traverse pour aller de l'autre côté. Finis-je par dire à SAI, tout en regardant ce qui restait du plancher.
- Et comment tu vas t'y prendre ? Je te rappelle que le sol est descendu au sous-sol. Me demanda cette dernière, non sans m'envoyer une de ses boutades dont elle avait le secret.

- Comme cela ! Lui fis-je en escaladant le mur de droite qui, fort heureusement, avait suffisamment de prises et de failles, ce qui me permit d'arriver de l'autre côté du gouffre sans trop d'efforts.

- C'est bien Tarzan, mais je fais comment moi ? Me fit SAI, toujours de l'autre côté.

- Merci du compliment… Laisse-moi deux minutes, tu veux bien. Lui répondis-je en regardant autour de moi.

Par la suite, je réussis à faire tomber une des lourdes poutres en bois adossées au mur, qui, après sa chute, forma ainsi une sorte de pont reliant les deux côtés du gouffre.

Ce qui permit à SAI de venir me rejoindre.

Une fois SAI près de moi, nous avons repris notre exploration pour finalement arriver dans la salle funéraire à proprement parler, une vaste salle uniquement éclairée par deux lucarnes taillées à même la pierre.

Dans le fond de cette salle, se trouvait une plate-forme trônant à presque cinq mètres de hauteur, avec, pour seul moyen d'accès, deux grandes échelles taillées, elles aussi, dans la pierre :

- Tu penses pouvoir monter toute seule ? Demandais-je à SAI par politesse.

- Tu veux faire la course ?

- Le premier en haut a gagné !

Pour toute réponse, elle se mit à escalader l'échelle de pierre, me laissant pantois.

Quelques instants plus tard, j'arrivai enfin au sommet sous le regard moqueur de SAI qui me fit avec un grand sourire :
- Tu t'essouffles grand-père ?
- Toi, je te retiens ! Lui fis-je en me relevant pour mieux observer la plate-forme sur laquelle nous venions de monter.
La plate-forme en question devait faire dans les trente mètres de long pour environ huit de large. Il y avait, dans un renfoncement mural, un autel d'où trônait la dépouille momifiée d'une reine du passé, enfermée dans son sarcophage taillé dans un bloc de cristal bleu.
Je me mis à admirer, avec fascination, le masque finement gravé de la reine. Un masque d'argent orné de quelques lapis-lazuli, représentant un visage de femme des plus ravissant.
Puis, en me tournant vers SAI, je lui demandais :
- N'est-ce pas une belle œuvre d'art ?
- C'est un cadavre. Me fit remarquer SAI.
- Je parle du masque ! Lui fis-je remarquer à mon tour, avant d'ajouter plus bas ; Même si l'on peut parler d'art pour l'ensemble de cette sépulture !
- J'avoue que c'est vraiment beau, mais que

fait-on ici. Me demanda-t-elle.

- On est ici pour ça ! Lui répondis-je en montrant l'épée posée entre les mains de la reine.

- Pour l'épée ?

- Tu te souviens de ce que j'ai dit à Seattle ?

- Vaguement…

- Tant pis… Aide-moi à la sortir de là. Je t'expliquerai une fois remonté.

- D'accord.

Après avoir fait glisser le couvercle du sarcophage de cristal, je pris l'épée des mains de la reine, avant de déposer mon couteau à la place de l'épée. Ce qui intrigua SAI :

- Pourquoi tu fais ça ?

- Une lame pour une autre ! Lui ai-je répondu, en ajoutant par la suite ; On ne peut prendre à la reine sans donner en échange !

- Elle est morte ! Elle n'en a plus besoin. Me rappela SAI.

- Toi aussi, tu es morte, et pourtant, tu as toujours autant de besoins ? Lui rappelais-je à mon tour.

- Ce n'est pas pareil, il s'agit de cas totalement différents.

- Bon, disons alors qu'il s'agit d'une superstition !

Alors que SAI allait me sermonner sur mon manque de tact, plusieurs mercenaires sont soudainement apparus dans la tombe, avec, pour toute présentation, l'ordre de leur donner l'épée.

D'abord étonné de leur arrivée aussi soudaine, et surtout de ne pas les avoir entendus monter sur la plate-forme, je finis néanmoins par me risquer à leur demander :

- Et si nous refusons de coopérer ?

- Cela ne changera rien ! Répliqua froidement l'un d'eux.

Cette réponse avait le mérite d'être claire. Ils allaient nous tuer quoi que nous fassions. Mais alors que j'allais dégainer mon arme, le sarcophage remua, attirant notre attention, comme celle des mercenaires. Le chef ordonna à deux de ces subalternes d'aller voir de quoi il s'agissait.

Après s'être approchés avec prudence du sarcophage, ils se penchèrent tous les deux sur la dépouille de la reine, avant d'être subitement projetés dans les airs, dans un mélange de cris de panique et de hurlements de douleur.

Par la suite, tous les regards se sont tourné vers le sarcophage pour voir le spectre de la reine sortir de sa tombe de cristal. Son superbe masque et sa cuirasse d'argent mouchetés de sang, semblant voler dans un panache de brume surnaturelle.

Puis, telle une furie, elle se jeta sur les

mercenaires qui, malgré leurs peurs, se mirent à tirer en tous sens.

Craignant de prendre une balle perdue ou un tir plus direct, je pris le bras de SAI et la fis s'agenouiller derrière le sarcophage avec moi. Après quelques minutes de cris, de fusillades et de râles, le silence retomba soudainement. C'est avec beaucoup de précautions que je me relevais et constatais qu'il ne restait de nos assaillants que des corps desséchés et mutilés. En regardant le sarcophage, je vis qu'il s'irradiait d'une douce lueur bleutée. En y regardant de plus près, je m'aperçus que la reine était de nouveau à l'intérieur, serrant contre elle mon couteau. Par respect ou simplement par pure superstition, je pris quelques instants pour remettre correctement le couvercle du sarcophage.

Ensuite, je pris la main de SAI et l'emmenais vers la sortie. Après avoir passé l'étroit pont traversé précédemment, nous sommes arrivés dans la grande salle en arc de cercle. J'y découvris bien vite, une corde permettant de remonter à la surface. Corde ayant certainement été utilisée par nos assaillants pour descendre ici-bas. Je fis remonter SAI puis pris la corde à mon tour.

En lançant un dernier coup d'œil vers la tombe, je vis cette vague lueur bleutée dans l'encadrement de la porte, avant qu'elle ne disparaisse totalement.

Une fois dans la voiture, SAI ne tarda pas à me demander ce qui s'était passé et pourquoi je voulais tant récupérer cette épée :

- Regarde la lame! Lui dis-je, en lui tendant l'épée en question.

- Elle est couverte de symboles ! Remarqua-t-elle, avant de soudainement se souvenir de ce que nous avions parlé à Seattle, quelques jours plus tôt ; Tu penses qu'il s'agit d'une de ces armes anti-fantôme ?

- Il ne nous reste donc plus qu'à trouver quelqu'un capable de traduire ces symboles pour en être sûr. Mais je pense qu'il s'agit bien d'une arme anti-fantôme.

- Et pour la reine, tu as une explication ?Me demanda-t-elle.

- Il s'agit certainement d'un fantôme comme toi !

- Quoi ? Fit-elle sidérée, avant d'ajouter ; Mais pourquoi nous avoir attaqué ?

- Ce n'est pas nous qu'elle a attaqué.

- D'accord, pourquoi eux alors ?

- Je pense qu'elle nous a simplement défendu, car nous avons fait montre de respect envers elle. Mais après, je n'en suis pas sûr…

- Peut-être… Mais que faisaient ces gens ici ?
- Sûrement des mercenaires venus nous empêcher de trouver cette épée.
- Comment savaient-ils que nous nous trouvions ici ?
- Bonne question… Peut-être, nous surveillent-ils depuis le début.
- Et dit moi, comment peuvent-ils connaître cet endroit, s'il s'agit d'un site inconnu ?
- Pas sûr qu'il soit si inconnu. Mais une question me vient en tête… Lui fis-je, avant d'ajouter ; Comment "elle ", elle savait pour cet endroit ?!
- Qui savait quoi ? Reprit SAI, totalement perdue.
- La bibliothécaire, comment savait-elle tout cela ?
- Elle lit des livres à longueur de journée, elle a très bien pu lire un article sur les fouilles qu'y se sont passées sur le site.
- Toutes les fouilles ont été réalisées en surface ou dans des galeries effondrées. Elle ne pouvait donc pas connaître cette salle mortuaire !
- Tu en es sûr ? Me demanda-t-elle, avant d'ajouter ; Mais Luis alors ?
- Lis la note à la fin du carnet. Lui répondis-je, simplement.
Sur cela, elle se mit à lire frénétiquement la page que je venais de lui indiquer, avant de s'exclamer :
- Mais tout s'explique alors !

Chapitre 16 :
Retour à Seattle

Après un long périple en voiture jusqu'à Lima, suivi d'une courte nuit passée dans un hôtel proche du centre-ville, nous avons pris place dans un avion à destination de Seattle. Après trois heures de vol passées sur de vieux sièges aussi durs que du bois et serrés entre les autres passagers, nous sommes finalement arrivés à notre destination.

Une fois arrivés en centre-ville, nous avons directement pris la direction de la bibliothèque d'où nous avions connu cette femme. Dès qu'elle nous vit, elle ne nous laissa pas le temps de lui poser la moindre question et se détourna de nous. Bien sûr, c'était sans compter sur mon acharnement :
- On veut juste savoir d'où vous connaissez cette chambre funéraire ! Lui fis-je.
- Désolée, mais je ne vois pas de quoi vous me parlez ! Clama-t-elle.
- Vous vous foutez de qui là ! Lui ai-je répondu, agacé.
- Désolée monsieur, mais j'ai fini ma journée ! Ajouta-t-elle en prenant ses affaires avant de partir.

Énervés par son refus de nous dire ce que nous voulions savoir, je décidais, avec SAI, de la suivre. Après quelques minutes de filature discrète dans les rues de la ville, nous sommes arrivés devant un immeuble, où elle devait sûrement vivre.

Malheureusement, un homme l'attendait déjà, et en le voyant dégainer un pistolet muni d'un silencieux ridiculement long, je dégainais également le mien, tout en poussant SAI sur le côté.

Mais il fut néanmoins plus rapide que moi et tira sur la femme avant de prendre la fuite dans un pick-up stationné non loin de là.

Après cela, je me précipitais vers la bibliothécaire, je fus soulagé en constatant qu'elle n'avait qu'une légère plaie au bras gauche.

Puis, entendant au loin les sirènes de police, je la pris sur mon épaule avant d'ordonner à SAI de ramasser le sac à main que la bibliothécaire avait laissé tomber au sol.

Une fois devant le hall de l'immeuble, SAI fouilla nerveusement dans le sac, afin de trouver les clés nous permettant d'entrer dans l'immeuble. Elle finit par trouver un trousseau contenant un nombre impressionnant de clés, heureusement, SAI trouva la bonne clé du premier coup, nous permettant d'entrer à l'abri du hall afin de chercher le numéro de son appartement plus au calme.

Mais SAI avait aussi trouvé une clé marquée du numéro douze sur le trousseau. Après être montés dans les escaliers, elle ouvrit la porte du douze, m'aida à entrer avec la bibliothécaire et referma la porte derrière moi.

J'allongeais la femme sur son lit, avant de laisser SAI la soigner. Je me mis à la fenêtre et voyant les policiers tourner au coin de l'avenue, je pus me détendre, en laissant filer :
- Les cons… Ils se sont trompés de rue.
Après-coup, je me suis rappelé du silencieux de l'agresseur et j'en ai conclu que j'avais agi de façon déraisonnais, car en réalité, c'est moi qui ai attiré l'attention en dégainant mon arme comme un fou devant l'immeuble.

Plus tard, en allant dans la cuisine, j'ouvris le frigo pour prendre quelque chose à boire, mais mon choix se limita à un simple jus d'orange. Après m'être servi un verre, je m'assis sur le canapé du salon pour examiner l'appartement dans lequel je me trouvais.
En résumé, un petit appartement de centre-ville aménagé dans un ancien bâtiment administratif, où seules les nombreuses étagères remplies à craquer de livres changeaient du style art déco

du reste du mobilier.

J'ai dû, bien vite, interrompre ma visite de l'appartement en entendant la porte d'entrée s'ouvrir. Je me suis relevé sur-le-champ, dégainant dans la foulée le luger.
Mais je fus tout de suite mis à terre par quelqu'un de plus fort que moi. Tandis qu'un second individu se faufila vers la chambre à coucher. Cette vision me revigora et la pensée que SAI était en danger me motiva. Avec un violent coup de genoux bien placé, je réussis à mettre au tapis mon agresseur.

Me précipitant dans la chambre, j'assistais à un spectacle assez étrange. En effet, la jeune bibliothécaire se tenait entre SAI et l'agresseur.
- Plus un geste où je tire ! Clamais-je, en ajustant mon angle de tir pour ne pas blesser SAI, ni la bibliothécaire.
- Ne faites rien, cria la bibliothécaire.
- Quoi ? Fis-je, choqué par sa réaction.
- Ce sont des amis à moi ! M'expliqua-t-elle.
- Quoi ? Répétais-je.
Je fus, en effet, assez surpris d'apprendre par la suite qu'il s'agissait, en fait d'amis de cette dernière.
Après quelques rapides explications, nous nous sommes rassemblés dans le salon, où après

avoir remis sur pied celui que je venais de mettre à terre, nous avons commencés les présentations.

Après m'être présenté et avoir fait la présentation de SAI, ce fut celui qui était entré dans la chambre, qui se présenta, avec un certain entrain :
- Moi, je m'appelle Seth. Nous fit-il en baisant la main de SAI.
- Et moi Squall. Ajouta celui que j'avais précédemment frappé, en se tenant encore l'entre-jambe.
- Sans rancune ? Lui fis-je, pour m'excuser.
- Laissez-le, il a l'habitude ! Ajouta la bibliothécaire avant de se présenter à son tour.
- Moi, c'est Monica !
- Bien ! Et maintenant, vous pouvez, peut-être enfin, me dire comment vous connaissez cette salle mortuaire ? Ai-je insisté auprès de Monica.
- Et vous ? Comment la connaissiez-vous ? Tenta Seth pour la défendre.
- Nous, nous avons ce bouquin. Lui répondis-je, en lui montrant le carnet de Luis. Et, après un bref échange de regards, Monica me demanda.
- Et à qui donc est ce carnet ?
- À un vampire certainement vieux de plusieurs millénaires pour être précis, un certain Konrad Skando, du moins c'est son identité du moment.

Devant ma réponse, les trois comparses se sont regardés d'un air interrogateur, puis Seth me prit le carnet et se mit à le feuilleter :

- Et pourquoi êtes-vous venus me voir alors ? Me demanda Monica, soupçonneuse.

- Ce livre a beau être détaillé, il n'y a pas de cartes modernes. Et encore moins de coordonnés GPS ! Lui répondit SAI.

- En effet ! Vous n'avez aucune indication géographique et pas de localisation précise. Confirma Seth, après avoir jeté un œil sur le carnet.

- Savez-vous garder un secret ? Fini par demander Monica.

- Ne dites plus rien... Vous êtes des vampires ? Leur demandais-je, en ayant une impression de déjà vu.

Cette question les surpris, mais Monica reprit par la suite :

- À peu près ! Mais comment...

- SAI, montre-leur, tu veux bien ? La coupais-je, de nouveau.

- Et voilà ! Fit SAI en sortant de son corps artificiel, qui tomba inanimé sur le canapé.

Mais un détail me frappa, SAI avait gardé ses vêtements sous sa forme spectrale, laissant l'androïde totalement dévêtu, ce qui me permit également de découvrir les trois impacts dus aux coups de feu subit dans la tombe de

Paraiso, et qu'elle m'avait jusque-là cachés.
- SAI ! Ton corps ? Fis-je surpris qu'elle ne se soit pas plainte de ses blessures.
- Je n'ai rien senti. Me fit-elle.
- Et tes vêtements ?
- C'est normal ! Nous fit Seth, en ajoutant par la suite ; Après un certain temps, les fantômes peuvent se passer totalement de réceptacle physique.
- C'était bien la peine de s'inquiéter pour toi. Lançais-je à SAI.
- Tu ne disais pas la même chose sous la tente. Me souffla-t-elle dans un sourire.
Après avoir repris mon sérieux, je me remis à questionner les autres :
- Bien et sinon qu'êtes-vous vraiment ? Leur demandais-je en me retournant vers le groupe.
Après un nouvel échange de regards, ils ont décidé de nous révéler leurs véritables natures. Seth se lança le premier :
- Moi, je suis un vampire !
- Moi, un loup-garou, et pas la peine de me vanner sur les problèmes de puces.Continua Squall.
- Tu parles, j'ai dû t'enlever une tique, il y a moins de trois jours ! Répondit Monica.
- Toi, l'allumeuse, tu parles et je dis ce que je sais sur toi. Cette menace explicite mit fin à cette espèce de dispute. Puis, après s'être éclairci la gorge, Monica nous confessa sa

véritable nature.

- Moi, je suis un succube.

- C'est pour cela que vous l'avez allumé la dernière fois. Fit SAI, comprenant dans le même temps, ce fameux geste qu'elle qualifiait de dégoûtant.

- Tu ne vas pas remettre ça sur le tapis ? Lui demandais-je franchement.

- Pourquoi pas ? Me répondit-elle, avant d'attraper son sac en ajoutant ; D'ailleurs, je l'ai là avec moi, si tu veux.

- Tu n'oserais p… Je n'eus pas le temps de finir ma phrase, qu'elle était déjà en train de sortir le soutien-gorge de son sac. Ce qui me mit fort mal à l'aise, ainsi que Monica qui devint aussi rouge qu'une tomate.

- Bon, maintenant qu'on a fait connaissance, parlez-moi de cette fichue chambre mortuaire. Leur fis-je, pour couper court sur ce sujet plus que fâcheux.

- Pour faire simple, nous connaissons quelqu'un qui a connu la reine Letha. M'informa Monica, information que Seth compléta à sa manière.

- Letha… Une sacrée flambeuse, à ce qu'on raconte. Une ancienne reine inca bien avant l'arrivée des colons espagnols…. Mais je m'égare… Nous fit-il, avant de se taire devant les regards furieux de Monica et Squall.

- Tu peux garder tes cours d'histoire pour tes élèves. Lui fit ce dernier.

- Et qu'avez-vous trouvé dans cette tombe ?
Demanda Monica.
- On recherchait une arme pour combattre
d'éventuels fantômes. Leur fit SAI, avant que je
n'eus le temps de dire quoi que ce soit.
- Et pourquoi voulez-vous vous battre contre
des fantômes ? Interrogea Monica.
Sur cette question, je leur fis le récit de notre
longue et passionnante aventure, depuis ma
rencontre avec SAI, jusqu'à la visite de cette
tombe, en passant, bien entendu, sur l'épisode
de Barcelone.
Ce qui les incita à me parler un peu plus de leur
passé respectif.

Et après quelques échanges sur leurs passés,
je pus dresser un rapide portrait de chacun.
Monica, une jeune femme de la Grèce antique,
décida de devenir un succube, afin d'épouser
l'amour de sa vie.
Mais malheureusement, la malédiction du
succube, lui fit amèrement regretter son geste.
En effet, en plus d'être immortels, elle devint
stériles. Ce qui lui enleva tout espoir de pouvoir
fonder une famille, ce que Monica souhaiter le
plus, après recevoir l'amour de cette homme.

Seth, quant à lui, était un jeune noble norvégien
né au quinzième siècle. Il décida de devenir un
vampire pour épouser une jeune comtesse, qui

soit dit en passant, se trouvait être un vampire d'une ancienne lignée.

Malheureusement, leur amour idyllique fut brisé par un inquisiteur envoyé par l'église, qui tua la femme de Seth.

Par la suite, Seth passa de nombreuses années à parcourir le monde pour se venger…

Et pour finir, Squall. Autrefois jeune orphelin, il fut élevé par un loup-garou pendant près de dix ans dans les plaines enneigées de l'Alaska, vivant au jour le jour en tentant d'échapper aux chasseurs de loup-garou de l'époque.

Ce ne fut qu'à la mort de son mentor, qu'il décida de devenir autonome et de s'installer dans une petite ville du Canada, mais cela ne dura qu'un temps.

En écoutant leurs histoires, je finis par compatir à leurs malheurs, avant de leur narrer ma propre histoire, qui en comparaison semblait à la fois beaucoup plus simple, mais également beaucoup plus terne sur nombre de points…

Seule SAI fut épargnée, son amnésie lui ayant sauvé la peau. Elle n'eut pas de mal à leur raconter les débuts de sa nouvelle vie de fantôme.

Ce qui me permit de comprendre quelques petites choses, qui jusque-là, m'avaient échappées. Notamment les sentiments qu'elle éprouvait envers moi, mais aussi ceux qu'elle avait pour Rebecca.

Après tout cela, ils ont fini par me proposer d'aller voir un de leurs amis, qui selon eux, pourrait nous aider à comprendre les enjeux de cette affaire.
- Merci, de votre aide. Leur fis-je, avant d'ajouter plus bas ; Je commençais à me demander si tout cela avait un sens.
- Il est vrai qu'il est dur de comprendre la complexité saignante de ce monde. Déclara Monica en philosophant.
- N'empêche, vous êtes partis d'une approche cartésienne, pour, au final, être confronté à un monde bien plus surnaturel. Ajouta Squall pour me remonter le moral.
- Pourtant, nous avons un ami vampire ! Fit SAI.
- Et comment s'appelle-t-il ? Demanda Seth.
- Konrad ! Mais je ne suis même pas sûre que ce soit son véritable nom.
- Les noms sont importants, mais il est vrai qu'ils peuvent changer en quelques générations. Nous fit Monica, toujours aussi philosophe.
- Platon, sors de ce corps ! Se mirent à crier Squall et Seth à l'unisson.
- Si vous voulez mourir incultes, c'est votre choix. Leur répondit cette dernière.
- On a le temps pour mourir, je te rappelle que

nous sommes immortels, Clama Seth.

- Dites-moi …. Est-ce une bonne chose d'être immortelle ? Leur demanda SAI.

- Pour tout te dire non… Lui répondit tristement Monica, avant d'ajouter ; Tu ne vieillis pas et tu vois toutes les personnes que tu connais, mourir petit à petit, et tu finis invariablement seule…

- Range les violons Monica ! Lui ordonna Squall.

- Bon, c'est pas tout, mais n'oublions pas que nous devons aller voir notre ami demain. Fit remarquer Monica, avant d'ajouter ; Il serait bien de nous préparer un minimum.

- Ce serait plus sage en effet ! Fit SAI sur le même ton philosophique que Monica.

- Toi, c'est bon, un seul philosophe nous suffit ! Avons-nous crié en même temps, tandis que Monica riait de bon cœur devant notre réaction.

Une fois les derniers détails de notre prochain voyage réglés, Monica, apparemment remise de sa blessure, nous proposa à tous de rester dormir chez elle.

Ce que nous avons accepté de bon cœur, vu que je n'avais pas eux le temps d'aller réserver une chambre d'hôtel pour la nuit, et surtout que mon budget personnel commençait à souffrir.

Tandis que le vampire et le loup-garou se

précipitaient pour prendre la chambre d'amis, je pris le duvet que me donna Monica et le mis sur le canapé, laissant SAI partir avec Monica dans la chambre de cette dernière.

Je n'eus même pas le temps d'aller prendre une douche que Squall fut littéralement jeté hors de la chambre d'amis.

En effet, la pièce de taille réduite n'offrait qu'un seul lit. Et ils l'avaient, semble-t-il, joué à la courte paille. Le voyant s'allonger sur le tapis du salon, je lui lançais le second duvet que Monica avait préparé avant d'aller prendre une rapide douche.

Une fois lavé et rafraîchi, je m'allongeais dans le canapé, le luger sous le coussin me servant d'oreiller, par pure mesure de sécurité !

Le lendemain matin, je fus réveillé par des bruits venant de la cuisine. Un rapide coup d'œil me permit de voir que Monica était déjà debout. Puis, en me levant, je vis un grand loup gris, allongé sur le duvet au pied du canapé.

Et malgré mon esprit encore embrumé, je compris rapidement qu'il s'agissait de Squall. Après m'être levé sans bruit et avoir réussi à enjamber Squall, je me dirigeais vers la cuisine où je trouvais une Monica, en tee-shirt et petite culotte, affairée à préparer du café ainsi qu'un morceau de viande, certainement pour Squall. J'ouvris le frigo en lui posant une question qui la fit sursauter :

- Pourquoi avoir choisi de devenir un succube ?

- Je l'ai fait pour pouvoir épouser quelqu'un. Me fit-elle, les joues rougissantes, après un court silence.

- Je ne vois toujours pas pourquoi. Lui fis-je, avant d'ajouter ; Je veux dire que tu es très belle, et tu dois avoir un petit quelque chose que les autres n'ont pas ?

- C'est gentil ce que tu dis ! Me répondit-elle, avant de m'expliquer plus en détail, les raisons qui l'avaient poussé à faire ce choix ; Mais à l'époque, je n'étais qu'une simple servante au palais, et assez maladroite… J'ai eux le droit à dix merveilleuses années après avoir passé un pacte avec un démon. Mais à la fin, j'ai tout perdu…

- Je vois le tableau. Lui fis-je en la voyant s'essuyer les yeux pour cacher ses larmes, et voulant couper court sur ce sujet qui semblait raviver de mauvais souvenirs, je préférais lui demander ; Pendant que j'y pense… Qui est celui que vous voulez nous présenter ?

- Ah… Ricks ! C'est un démon. C'est lui qui nous a réunis ! Me répondit-elle en reportant son attention sur sa cuisine.

- Il y a aussi des démons ?

- En réalité, il existe plusieurs genres de démon… Et pour tout te dire, je suis une forme de démon…

- Et elle récidive ! S'insurgea SAI, dont le cri réveilla Squall qui, d'un bond se cacha derrière le canapé.

- Qu'est-ce que tu as ! Lui demandais-je, en me frottant l'oreille droite qui sifflait.

- T'as vu comment elle t'allume ! Me fit-elle.

- Il y en a qui veulent dormir ! Hurla Seth derrière la porte de la chambre d'ami.

- SAI tu racontes vraiment n'importe quoi ! On parle de leur ami Ricks. Lui répondis-je.

- Et sa tenue alors ! Cria-t-elle à nouveau.

- Eh ! Ce n'est pas parce que je suis en pyjama que je drague ! Lui lança Monica, outrée.

- SAI, où s'arrêtera ta jalousie ? Lui fis-je, avant d'ajouter ; Rebecca m'a fait le même coup et ce n'est pas parce qu'une femme est en petite tenue, qu'elle drague ! Lui ai-je répondu.

- Silence ! Hurla Seth en sortant la tête de la chambre avant de retourner à l'intérieur.

 - Désolée... Chuchota SAI, aussi rouge qu'une tomate.

- C'est rien ! Mais évite de me prendre pour une allumeuse ! Lui confia Monica.

- Pourtant, tu es un succube ? Lui demanda naïvement SAI.

- Disons que je suis plutôt un succube reconverti. Lui répondit-elle avec humour.

- Je dirais plus que tu es jalouse, dès que tu vois une femme s'approcher de moi. Lui fis-je, ce qui fit japper Squall.

- Toi à la niche ! Lui cria SAI.

- Mettez-lui une muselière ! Renchéri Seth, en précisant par la suite ; Non mettez-vous tous des muselières, qu'on puisse dormir.

Une fois l'incident définitivement clos, tout le monde aida à mettre la table, avant de se joindre au repas, y compris Squall, encore sous sa forme de loup.

 Ce qui ne l'empêcha pas de dévorer son steak cru, avant de réclamer quelques restes de bacon à SAI.

Seul Seth resta cloîtré dans la chambre. Monica en profita pour nous confier que les légendes sur les croix, le pieu, l'ail et la lumière solaire, n'étaient que des légendes urbaines, et que la seule raison de l'absence de Seth ce matin, était qu'il aimait, plus que tout, faire la grasse matinée :

- Donc les vampires sont insensibles aux rayons du soleil ? Lui demanda SAI, apparemment calmée.

- Ils attrapent facilement des coups de soleil, mais sinon, ils s'en moquent royalement, lui répondit-elle.

- Donc, si je comprends bien, Seth est un gros paresseux. Lui fis-je, ce qui fit rire tout le monde, même Squall.

- Surtout, ne lui dis jamais ça ! Finit-elle par me répondre, après avoir réussi à calmer son fou rire.

- Les murs sont fins, je vous signale, et j'aimerais mieux dormir, que d'entendre vos âneries ! Hurla Seth, depuis la chambre d'amis.
- Je crois qu'il est trop tard. Fit SAI.
- Ne t'en fais pas, il aura oublié d'ici à une heure ! Me fit Monica, confiante.

Et en effet, il avait totalement oublié, ou du moins pardonné ce que nous avions dit, quand il se joignit à nous vers midi. Entre temps, Squall avait reprit sa forme humaine, et était en train de nous expliquer les avantages d'être un loup-garou.

Ce qui, comparé à ce que nous imaginions, se trouvait être bien plus simple
et également bien plus avantageux :
- Premièrement, les loups-garous peuvent se changer selon leur envie, et non uniquement pendant la pleine lune. Commença-t-il, avant d'ajouter ;
Nous sommes immortels, nous bénéficions également de tous les avantages
dont disposent les loups.
Odorat amélioré, vision nocturne, force et santé… Après une courte pause, il ajouta tout de même que les problèmes de puces étaient le plus gros défaut des loups-garous.
- Et vos points faibles alors ? Je veux dire est-ce que l'argent est fatal pour vous ? Lui

demandais-je, curieux.

- Pour ce qui est des balles d'argent, ou de l'argent en général, ce ne sont que des inventions populaires, fabriquées de toute pièce pour rassurer les gens. Le seul effet de l'argent sur nous, est qu'il ralentit la guérison de nos blessures.

- Donc on ne peut pas vous tuer ? Lui demanda SAI.

- Bien entendu, nous restons vulnérables dans la mesure où une simple balle peut nous tuer.

- Mais vous avez dit être immortels ? S'offusqua SAI.

- Oui ! Nous ne pouvons pas mourir de vieillesse, ni de maladie, mais sinon nous sommes comme tout le monde, nous ne sommes pas invulnérables, tenta de lui expliquer Squall.

- On peut les tuer avec n'importe quels genres d'armes, ils sont simplement plus endurants que la normale. Fis-je en résumant pour SAI comme pour moi.

- C'est cela, de plus, nous sommes capables de guérir de blessures ayant tué n'importe qui d'autres qu'un vampire ou un loup-garou !

- Donc, il y a bien une certaine rivalité entre vous ? Reprit SAI.

- Cela se résume plus à une rivalité d'influence de nos jours. Précisa Seth, en se joignant à la conversation.

- Et d'où vient cette rivalité ? Lui demandais-je.
- Simplement, nous sommes les deux espèces de créatures surnaturelles les plus répandues et que de tout temps, nous avons cherché à affirmer notre suprématie ! Nous répondirent-ils en chœur, donnant lieu à une situation plutôt comique.
- Donc, c'est juste une histoire de pouvoir ? Leur demanda SAI, après avoir réprimé son envie de rire.
- C'est plus complexe que cela. Il faut d'abord connaître les systèmes hiérarchiques des vampires, comme celui des loups-garous, pour appréhender totalement le problème. Déclara Seth, avant d'inviter Monica à nous expliquer ces systèmes hiérarchiques.
- Je vois, dès que l'on parle histoire ou terminologie compliquées, on se tourne vers moi ! S'insurgea cette dernière.
- On ne comprend déjà pas tout ce que vous dites là. Dit SAI, à voix basse.
- Oui ! Tu racontes mieux que nous ce genre d'histoire, et après, tu as le bagage pour, non ? Reprit Squall en ignorant royalement la remarque de SAI.
- Bon d'accord ! Finit-elle par dire, avant de nous expliquer grosso-modo ces fameux systèmes hiérarchiques.
- Il faut déjà savoir que les vampires n'ont pas tous la même origine, il existe plusieurs grandes

lignées de vampires, trois pour être précise…
- Un peu comme dans l'aristocratie.
L'interrompit Seth.
- Tu permets… C'est moi qui raconte ! Répliqua
Monica, avant de reprendre ; ous avons donc la
lignée des Lahamians, celle des Stryges, et
enfin, celle des Carstein…
- Et j'imagine que chacune de ces lignées a une
particularité ? Lui demandais-je.
- Tu n'as pas idée… Me fit Seth.
- Au fait, tu fais partie de quelle lignée ? Lui
demanda SAI.
- Je vous dérange peut-être ? Râla Monica.

Après cela, nous avons laissé Monica finir son
explication. Me laissant comprendre le laborieux
système hiérarchique des vampires.
Pour faire simple, plus un vampire est ancien,
plus il est proche des vampires d'origine et
puissant. De plus, chacune de ces lignées
possédait bien une spécificité distincte, que
Monica nous expliqua plus en détail par la
suite :
- la lignée la plus récente est celle des
Lahamians qui est constituée uniquement de
vampires féminins…
- Ou presque ! Intervint Seth.
- Oh ! Désolée, j'allais oublier… Lui répondit-
elle, avant d'ajouter sur un ton plein de sous-
entendus ; ?'empêche que l'on a jamais pu le

vérifier !

- Tu insinues quoi ?

- Rien. Fit-elle avec un large sourire, avant de clore cette petite digression pour revenir sur le sujet principal de conversation ; Pour en revenir sur la lignée des Lahamians, cette lignée, c'est crée pendant le dix-septième siècle au sein de la haute aristocratie, et est spécialisée dans le jeu d'intrigue, du pouvoir et de la politique.

- En gros, des aristos, adeptes de la politique.

- Mollo avec les préjugés sur la bourgeoisie ! Me fit Seth.

- Sa majesté n'aime pas cette description ? Lui fit Squall, moqueur.

- Vous permettez… Nous fit Monica, avant de reprendre ; Ensuite, tu as donc les vampires Stryge, qui sont plutôt une forme bestiale de vampire….

- Quand tu dis bestiale, tu veux dire au niveau comportemental ou de l'apparence ?

- Les deux malheureusement, il s'agit de la lignée la plus violente, la plus sanguinaire et la plus hideuse !

- Pour faire court, ils se comportent et ressemblent à des animaux. Simplifia Seth.

- Fort heureusement, ils sont exclusivement nocturnes et surtout très peu nombreux. D'ailleurs, on n'en trouve plus que dans des régions reculées. Compléta Monica.

- Bien et pour ce qui est de la dernière lignée ?

Leur demanda SAI.

- La lignée des Carstein est la plus ancienne, elle a été créée par les premiers vampires, avant de disparaître vers la fin du douzième siècle. Puis, un puissant vampire est apparu vers la fin du seizième siècle en prétendant être le dernier de cette lignée éteinte. Et, en moins de dix ans, il a réussi à réunir tous les nids et les clans vampiriques du vieux monde.

- Pourquoi a-t-il fait cela ?

- Cela demeure un véritable mystère, même nous, nous l'ignorons ! Fit Seth.

- Il y a quelques rumeurs qui circulent, mais rien de fondé. Compléta Monica, avant d'ajouter ; Tout ce que l'on sait, c'est qu'il a réussi à unifier tous les vampires du vieux monde et a préserver leur espèce, tout en lui donnant une certaine influence dans le monde moderne.

Après un long silence, SAI finit par demander si les loups-garous avaient un système hiérarchique aussi complexe que celui des vampires :

- Non. Notre système hiérarchique est beaucoup plus simple ! Déclara Squall.

- Trop simple même ! Lui répondit Seth, avec un certain amusement, avant d'ajouter ; On pourrait dire que les loups-garous sont de pauvres SDF comparés à nous.

- C'est sûr qu'avec vos manières de bourgeois

arriérés, vous nous êtes supérieurs. Mais ce n'est qu'une façade pour cacher votre système de ruche.

- Mieux vaut la structure d'une ruche à l'anarchie de vos meutes !

- Vous allez arrêter vous deux ? Leur fit Monica, avant de reprendre ; Vous voulez que je leur explique, si ça peut éviter de vous faire monter sur vos grands chevaux ?

- C'est une riche idée ! Ont-ils fini par répondre à l'unisson.

- Bien ! Commença-t-elle, en reprenant la parole ; Les loups-garous sont simplement divisés en meutes ayant un territoire d'action et de juridiction. Chaque meute étant dirigée par un alpha, qui est généralement le plus fort, le plus sage ou le plus âgé de la meute.

- Pratique, logique et efficace. Résumais-je, en quelques mots.

- C'est à peu près cela .

Et après une nouvelle pause, le sujet tomba enfin sur les succubes, dont on nous proposa plusieurs descriptions, la première venant de Seth :

- Il s'agit de femmes attrayantes, contraintes de se prostituer pour le diable. Squall modifia cette vision des choses sur le champ.

- Je dirais plus qu'il s'agit d'humaines ayant vendu leurs âmes au diable, devenant par la suite des beautés fatales contraintes de corrompre le cœur des hommes pour ne pas dépérir. Ensuite, il nous précisa ; Le succube est une sorte de démon.

- Donc, il y a plusieurs sortes de démon ? Demanda SAI.

- Comme pour les vampires ou les loups-garous. En réalité, on parle plus de postes que de sortes ou de races. Commença Squall, avant d'ajouter ; En fait, les démons sont une sorte de grande entreprise.

- Ils aiment à se montrer comme cela, du moins. Siffla Seth.

- Maintenant, que vous avez fini vos blablas, on peut, peut-être, écouter Monica ? Fit SAI.

- Merci SAI ! Lui répondit cette dernière. Elle décrivit par la suite, le fait d'être succube comme une malédiction ; on ne peut pas avoir de relation amoureuse avec des hommes bien ou que l'on apprécie. Du moins, si on ne veut pas les damnés et leur voler la vie. Et à mon plus grand regret, avoir des enfants. Avec pour seule compensation le fait d'être immortelle et de pouvoir changer d'apparence à volonté.

Sur cela, je me permis de faire une comparaison qui se révéla être de très mauvais goût :
- En gros, une sexe machine du diable doublée d'un métamorphe ? Cette blague fit certes rire

Squall et Seth, mais me valut également une réflexion pleine de sous-entendu et fort désagréable de la part de Monica.

- Tu es sûr de ne pas avoir besoin de moi ? Puis, elle ajouta ; je pourrais t'apprendre beaucoup de choses sur les femmes, voir te donner quelques petits conseils pratiques.

- Touché… Mais je ne préfère pas. Lui ai-je répondu mal à l'aise.

- Tu n'as pas intérêt à y toucher ! Lui fit SAI, en prenant ma défense.

- Ne te moque pas d'elle, elle a assez soupé de sa condition de succube dans le passé. M'intima Squall, prenant au passage la défense de Monica, avant de nous rappeler que le succube était une forme de démon et qu'il n'y avait rien de drôle là-dedans.

- Excuse-moi pour cette comparaison déplacée, je suis désolé… Repris-je en m'inclinant devant Monica.

- Ne t'excuse pas, petit ! C'était une sacrée blague ! Répliqua Seth, mort de rire.

- Toi, ta gueule ! Lui fit Monica en lui décrochant un coup de pied dans les parties intimes.

- J'ai une question ? Fit SAI.

- Tu peux la poser sans lever le doigt, tu sais. Lui répondit cette dernière.

- Vous vouliez dire quoi en parlant de damnation et de voler la vie des gens ?

- Simplement que si j'ai des rapports sexuels,

même 'soft', avec quelqu'un, je lui prends une partie de son âme...

- Pour faire simple, plus elle couche avec un homme ou une femme, plus cette personne perdra son âme et vieillira vite, jusqu'à en mourir. Ce qui peut être très rapide. Ajouta Squall en voyant que Monica avait du mal à continuer sur ce sujet.

- Donc tu ne peux même plus aimer... Soufflais-je, en comprenant la peine qu'elle devait éprouver.

- De plus, un succube, à l'instar des vampires, est obligé de le faire pour continuer à vivre. Elle doit, au minimum, avoir un rapport par an pour survivre. Mais en général, elle déteste faire cela.

- Ça se comprend. Fit SAI, avant de se lever et d'aller prendre Monica dans les bras.

- Une dernière question, si tu permets Monica ? Pourquoi m'avoir fait ton numéro de charme alors ?

- J'ai beau ne pas vouloir faire de mal aux personnes qui ont bon fond, mais je ne résiste pas à me montrer quelque peu coquine avec les rares que je croise… Mais je te rassure SAI, je ne lui aurai rien fait… Il à une trop belle âmes pour que je me résigne à ne serait ce que l'embrasser. Tout aussi mignon qu'il est. Nous répondit-elle en faisant un clin d'œil à SAI.

- Je ne sais pas si c'est mieux... Pensa SAI

à haute voix.

Après cela, Squall rappela à Monica et Seth que nous devions aller voir leur ami. Sur cette remarque, Monica regarda l'horloge, puis, attrapant son téléphone, elle alla s'enfermer dans sa chambre, après nous avoir dit de nous préparer, ce que Seth n'aurait pu faire vu qu'il était plié en deux sur le tapis du salon.

Chapitre 17 :
Snowdrift

Comme nous l'avait dit Squall, peu de temps avant notre départ, il nous fallut près de neuf heures de route pour arriver à Snowdrift.
Où, dès notre arrivée dans la ville, Monica descendit de la voiture de Seth, pour monter dans la nôtre, afin de nous indiquer un hôtel où passer la nuit. Je me permis de lui demander :
- Pourquoi ne pas nous avoir dit que votre ami vivait au Canada ?
- Je pensais que cela n'avait pas d'importance.
- Si on avait su, je lui aurais fait louer une voiture avec un vrai chauffage ! Déclara SAI, faisant mine de claquer des dents.
- Ce qui ne devrait te faire ni chaud, ni froid d'ailleurs. Lui fis-je remarquer.
- M'en fout je vois qu'il fait froid, donc j'ai froid ! Me répondit SAI, en me tirant la langue.
- Je n'avais pas prévu qu'il ferait un tel temps de chien. Lui répondit Monica, amusée par le comportement de SAI.
- Quel hôtel nous conseilles-tu ? Lui demandais-je, pour couper court à la conversation.
- Un hôtel avec baignoire de préférence. Ajouta SAI.

- On ne va pas réserver un palace pour te faire plaisir ! Lui répondis-je.
- Non, mais un hôtel de milieux de gamme ne serait pas du luxe tout de même.
- De toute façon, il n'y en a qu'un seul. Nous expliqua Monica, avant d'ajouter ; Prends la seconde à droite !
- J'espère que le petit-déjeuner est compris. Se plaignit à nouveau SAI.
- Elle se plaint tout le temps comme cela ? Me demanda Monica à voix basse.
- Pour mon plus grand malheur…

Quelques minutes plus tard, je me garais sur le parking de l'hôtel, tandis que Monica se chargeait de réserver des chambres.
Mais malheureusement, il ne restait que deux chambres libres, ce qui semblait devenir une habitude.
Et, bien entendu, en tant que gentleman, nous avons dû abandonner la plus grande aux filles.
Il faut aussi avouer que je me voyais mal dormir dans un lit double avec Squall et Seth, ces derniers partageant également mon avis.
Ce qui nous laissa la plus petite chambre de l'hôtel. Ressemblant plus à un placard à balais, avec son lit sur deux étages, son lavabo et son accès sur un petit balcon, tout juste assez grand pour y mettre une chaise.

Dès notre arrivée dans la chambre, Seth et Squall se sont lancés dans une partie de pile ou face, dans le seul but de savoir qui prendrait le lit du haut :

- Pile ! Fit Seth.
- Vendu. Lui répondit Squall, avant que je l'interrompe, en lui prenant la pièce.
- Je prends le lit du bas. Pour vous, le résultat nous dira qui prendra la dernière place.
- Bien vas-y ! M'ordonnèrent-ils à l'unisson, mais ma réaction les laissa pantois.

En effet, au lieu de lancer la pièce au sol, je la lançais par la fenêtre ouverte, avant de leur annoncer :

- Bon, au vu du résultat, je prends le lit du bas. Et Squall celui du haut. Ordonnais-je en laissant un sac de couchage dans les bras de Seth.
- Si tu veux mon avis Seth, tu t'es fait rouler. Commenta Squall à l'oreille de Seth, qui acquiesça avant de préparer son duvet.
- Un vrai démon…
- Non, un humain. C'est bien plus dangereux et fourbe. Lui répondis-je en riant.
- Hum... Hum… Fit Seth, en se caressant la barbe de manière pensive.
- Comme tu dis mon ami. Lui répondit Squall.

Mais malgré le lit moelleux, cette nuit, ne fut pas des plus reposantes.
En effet, je ne pus tout simplement pas

m'endormir. Après quelques minutes passées à penser et à tourner dans le lit, je finis par en sortir pour aller sur le balcon. Arrivé sur la rambarde, je pris mon téléphone avant de composer le numéro de Rebecca, qui répondit dès la première sonnerie :

- Zack ! Comment tu vas ? Vous êtes où ? Que faites-vous ? Commença-t-elle, sans même me laisser le temps de dire quoi que ce soit.
- Eh ! On se calme. Finis-je par lui dire, avant de répondre à toutes ses questions ; Nous allons bien ! On va juste demander des informations à quelqu'un au Canada .
- D'accord. Prenez soin de vous. Elle marqua une pause, avant d'ajouter ; Tu me manques !
- Toi aussi ! Lui confessais-je. Elle marqua une nouvelle pause avant de me demander.
- Quand rentrez-vous ?
- On va voir ce que cette personne a à nous dire et nous rentrons. Lui annonçais-je.
- Rentre vite alors ! Me fit-elle.
- J'y compte bien… J'ai été loin de vous trop longtemps… De toi, surtout ! Lui avouais-je.
- Oh… Pendant que j'y pense, Vincent a réussi à avoir de nouvelles informations sur notre affaire.
- Quels genres d'informations ?
- Il a trouvé l'endroit où se déroulent les meurtres, d'ailleurs nous devons y aller dès demain.

- Bien, vous me gardez quelques miettes pour mon retour.
- Ne t'inquiète pas.
 - Je t'aime ! Lui avouais-je enfin. Mais suite à cet aveu, elle se contenta de me redemander de revenir vite, avant de raccrocher, me laissant de nouveau seul.
Après cela, je retournais dans la chambre, mais mon lit se trouvait être occupé par Seth, qui avait profité de mon absence pour me piquer la place, et je dus me contenter du duvet pour dormir.

Le lendemain matin, je pris un malin plaisir à réveiller Seth en lui mettant mes écouteurs et un air de cornemuse trouvé sur le net, le tout à plein volume.
Après qu'il se soit remis de ses émotions, je lui demandais :
- Bien dormis ?
- Tu devrais lui demander s'il est bien réveillé plutôt, répondit Squall.
 - On va voir votre ami, ou on reste faire la grasse mat' ?
 - On va chercher les filles et on y va. Me répondit Seth, encore dans les vapes, malgré son réveil en fanfare.
- Bien ! Lui fis-je amère.

Mais ce ne fut qu'après s'être douchées et avoir

pris leur petit-déjeuner que les filles consentir à se joindre à nous, avant de nous mettre enfin en route.

Après avoir emprunté plusieurs petites routes longeant la rive du lac, nous avons fini par arriver sur une presqu'île, où je fus surpris d'y trouver ce qui semblait être une petite maison traditionnelle, faite de rondins de bois imbriqués les uns dans les autres.

Par la suite, nous avons fait la connaissance de ce fameux Ricks, un vieillard rachitique, qui après nous avoir laissé entrer chez lui, nous servit un thé presque aussi fort que du café. Après un court échange de courtoisie, il nous écouta longuement, avant de nous éclairer sur les inscriptions de l'épée :

- Ce sont de très vielles runes qui permettent d'atteindre un fantôme. Commença-t-il.

- Mais comment ? Les fantômes sont normalement intouchables ? Lui demandais-je étonner.

- En réalité, les fantômes sont des êtres déphasés, ce qui veut dire… Commença Seth, avant que je ne l'interromps.

- Merci, mais je connais cette théorie, quoique je trouve étrange ce mélange de science et de magie.

- Moi non ! Nous fit SAI, avant de demander; Je veux dire que je ne vois pas ce que déphaser veut dire.

- Ça veut simplement dire que les fantômes existent entre plusieurs dimensions, disons, parallèles. Tenta de lui expliquer Seth.

- Je ne comprends toujours pas.

- Imagine que tu vis entre deux vitres de verre, on peut te voir, mais on ne peut pas te toucher, du moins, pas directement. Lui fis-je.

- C'est une image simple, mais efficace !Nous fit Monica, amusée par mon explication enfantine.

- Alors pourquoi je peux te toucher moi ? Me fit SAI en me tapotant l'épaule du bout du doigt.

- Projection spectrale, il s'agit d'une projection de ton esprit qui te permet de toucher les gens et les objets… Commença à lui expliquer Squall, mais devant nos regards interrogateurs, Monica tenta de nous expliquer d'une autre façon.

- C'est un peu comme si tu projetais ton esprit pour devenir solide pour les autres personnes et les objets.

- Comme un chevalier Jedi ?

- Plus ou moins…

- Il ne manque plus que ce genre de référence… Je t'interdis de te prendre pour Yoda et encore moins de parler comme lui. Fis-je, exaspéré.

- Jaloux, tu es ! Me fit-elle moqueuse.

- Il a néanmoins raison ! Plus les fantômes sont vieux, plus ils gagnent en puissance et en contrôle. Les plus anciens peuvent même transformer un bus en cube de ferraille. Nous fit Ricks.

- Cool…

- Mais, plus leurs pouvoirs grandissent, plus les fantômes risquent de devenir incontrôlables et de perdre toute forme de santé mentale.

- C'est moins cool… Fit SAI, déçue.

Après cette petite digression, Ricks reprit la parole et nous expliqua pourquoi une telle arme avait été laissée dans cette tombe.

- Voyez-vous, cette lame peut atteindre un fantôme. C'est également pour cela qu'ils l'ont laissée avec la reine Letha. Pour la tuer au cas où elle reviendrait, comme votre amie. Reprit Ricks.

- Ils savaient où trouver une arme capable de réparer leur erreur, tout en la gardant cachée aux yeux de tous. Nous résuma SAI.

- Donc, si j'ai bien compris, il s'agit bien d'une épée pouvant tuer un fantôme ? Demandais-je à Nick.

- C'est cela !

- Question, y a-t-il d'autres moyens de se débarrasser des fantômes ?

- Ça dépend… Les fantômes craignent uniquement le sel et le fer, ce qui permet de les repousser.

- J'en prends note ! Lui fis-je, intéressé par ce

sujet, bien sûr SAI me répondit par une grimace.

- Après, pour se débarrasser d'un fantôme, il n'y a qu'une méthode… Saler et brûler les ossements ou le réceptacle du fantôme.

- Où, utiliser cette arme. Ajouta Monica.

- Mais je présume que s'il était si simple de brûler les restes ou le réceptacle d'un fantôme, on n'aurait pas fabriqué cette arme ? Leur demandais-je.

- En effet, avec cette arme, vous pouvez lutter contre un fantôme, sans avoir à chercher les ossements pour le détruire. De plus, cette arme vous protège des attaques spectrales, ce qui évite bien des désagréments quand il s'agit de chasser des fantômes. Nous confirma Ricks.

- Autre question, pourquoi tuer des gens s'ils savent qu'ils reviendront en fantôme ?

- Je crois que c'est le but recherché ? Demanda Monica à Ricks, avant d'ajouter à mon attention ; Il me semble que vous aviez déjà fait ce rapprochement ?

- Oui, mais cela restait de la pure théorie.

- En effet, ils créent des fantômes pour s'en servir comme des armes.

- Je n'ai pas tout compris, que voulez-vous dire par : ils s'en servent comme des armes ?

- Les mortels sont si aveugles… Je veux dire par là qu'ils se servent de fantômes pour tuer les gens qu'ils veulent exécuter. Ce qui est plus discret qu'une exécution par balle ! M'expliqua-t-il, de façon plus simple.

- Comment un être immatériel peut-il tuer quelqu'un ? Lui demandais-je, naïvement.

- Rappelle-toi ce qu'a fait SAI quand nous nous sommes présentés ou encore, ce que Ricks vient de te dire. Me fit Squall.

- Les fantômes peuvent redevenir "solides". Lui répondis-je, en me souvenant de ce détail.

- Du moins, ils peuvent déplacer des objets de manière à ce qu'ils deviennent dangereux. Renchérit Squall.

- Avez-vous des cas concrets à nous décrire ? Demanda SAI, intriguée.

- Possible, j'ai déjà vu des gens mourir suite à des chutes d'objets divers et incongrus.

- Comme ? Insista SAI.

- Un pot de fleurs sur le bord d'une fenêtre... J'ai même vu quelqu'un se faire tuer par un bouchon de champagne !

- Cela aurait pu être de simples accidents ? Lui demandais-je.

- Je peux vous assurer que ces décès étaient tous l'œuvre de fantômes, d'ailleurs, ils ne sont pas les seuls à procéder de cette façon. Ajouta-t-il, par inadvertance.

- Pardon ?

- Oubliez cela, voulez vous. Me conseilla-t-il.

- Il y a des choses qu'il vaut mieux ne pas savoir. Confirma Seth.

- Quels genres de choses ? Lui demanda SAI.
- La curiosité est un bien dangereux défaut, tu sais ? Lui fit Monica.
- Malheureusement, non. Ajoutais-je, en me souvenant subitement que SAI adorait mettre son nez un peu partout.
- Oh, c'est bon, protesta cette dernière.

Après une courte pause, Ricks nous expliqua enfin pourquoi SAI m'était apparue, et aussi pourquoi on cherchait à nous tuer :
- Votre amie est une renégate, un fantôme qui leur a refusé l'obéissance, ou plus simplement, qui a réussi à échapper à leur influence. Et vous, vous la protégez. Nous expliqua-t-il.
- Donc, ils veulent me tuer parce que je protège un de leur échec.
- Eh ! Je ne suis pas un échec ! Protesta SAI.
- Cela dépend du point de vue. Lui fit Monica, avec un léger sourire.
- Mon hypothèse, du moins d'après ce que vous m'avez dit, est que le corps de votre amie a été mis, ou est tombé à l'eau par inadvertance avant la fin de la cérémonie de capture des âmes. Nous expliqua-t-il sans même faire attention à SAI et Monica.
- Mais maintenant que vous avez l'épée, ils chercheront à la récupérer avant tout. C'est bien cela ? Demanda Squall.
- En effet, désormais, ils ne prendront plus de

gants et agiront certainement de manière plus directe.

- Bien, donc, je n'ai plus qu'à attendre qu'ils viennent la récupérer pour les cueillir. Lui fis-je avec assurance.

- Cela reste risqué et je suis même surpris que vous soyez encore de ce monde.

- J'ai la peau dure. Mais je dois avouer que sans certaines personnes, je ne serai plus là aujourd'hui. Lui avouais-je en me tournant vers SAI.

- Je ne suis pas la seule. Me répondit-elle écarlate.

- Oui, je vois cela, mais vous ne pouvez faire justice vous-même, et encore moins faire passer cette affaire devant un tribunal ! Nous fit Seth.

- C'est ce que m'a dit le substitut du procureur chargée de cette affaire.

- Comment allez-vous faire pour ne pas être pris pour un fou ? Au cas où cette affaire passerait devant un tribunal ? Me demanda soudain Monica.

La discussion s'éternisa sur le sujet, jusqu'à ce que mon téléphone sonne. M'excusant auprès de tout le monde, je me permis de répondre :

- Vous êtes bien Zack ? Demanda une voix grave au bout du fil.

- Oui, qui êtes-vous ?

- Docteur McIntyre ! Le directeur James m'a

demandé de vous avertir qu'il y a eux un incident sur le champ de fouille de votre équipe et que….
- Rebecca va bien ?
- Oui, elle a juste quelques contusions, mais il faudrait que…
- Je rentre immédiatement ! Lui fis-je en raccrochant mon téléphone.

Après avoir expliqué brièvement la situation à Ricks et aux autres, je me suis excusé à nouveau avant de partir, SAI et Monica sur les talons. Cette dernière insista lourdement pour nous accompagner jusqu'à l'aéroport, ce que je ne pouvais lui refuser. Je montais dans la voiture garée non loin, avant de démarrer en trombe et de partir.
Sans m'embêter avec le code de la route, je me mis en route vers la ville d'Edmonton, qui se trouvait être la ville la plus proche disposant d'un aéroport. Le trajet ne dura pas plus de quatre heures. Il faut aussi avouer que cela prend moins de temps quand on dépasse allégrement les 130 kilomètres à l'heure.

Une fois arrivée à l'aéroport d'Edmonton, je griffonnais en toute hâte mon numéro de téléphone ainsi qu'une adresse mail, sur une page du premier livre que je trouvais dans mon sac, avant de le donner à Monica, qui m'invita à l'appeler si j'avais à nouveau besoin d'elle, tout en me faisant remarquer :

- Toi aussi, tu as une drôle de façon de donner ton numéro !

- Pardon ?

- L'histoire d'un vampire qui redevient humaine, je crois que je vais aimer le lire. Me fit-elle, en me montrant la couverture du livre que je venais de lui donner.

- Bon ! Vous avez fini ? Nous fit SAI, avant d'ajouter ; On a un avion à prendre ! Le tout en agitant les billets d'avion qu'elle avait eus le temps d'acheter pendant que je parlais.

- Comment tu as fait pour payer ?

- Avec ta carte bien sûr ! Et sur cette réponse, je me mis à fouiller mes poches pour m'apercevoir que mon portefeuille avait disparu.

- Elle est douée. Me fit Monica.

- Trop même. Rends-moi ça et allons-y !

- Tu n'as qu'à être plus attentif.

Après quelques heures de vol, nous sommes finalement revenus à l'aéroport de Washington où, me précipitant dans le hall, je pris deux places pour le premier vol vers l'Europe. L'hôtesse tapa pendant quelques secondes sur son clavier, avant de nous annoncer que le vol 751 pour Dublin, en Irlande, partait dans moins de trente minutes et qu'il restait quelques places.

Je lui demandais deux billets, réglais avec ma carte, puis me dirigeais vers la salle d'embarquement.

Chapitre 18 :
Détour en Irlande

Huit heures plus tard, nous avons débarqué à l'aéroport de Dublin, où, après avoir récupéré nos affaires, nous nous sommes empressés de demander des billets pour rentrer en Allemagne. Mais le vol le plus rapide pour Berlin ne partait que le lendemain matin.

Devant cette déconvenue, SAI me proposa d'aller visiter la capitale irlandaise, pour faire passer le temps, et aussi pour faire un peu de tourisme, ce que je finis par accepter. Cela m'évitant surtout de me ronger les ongles en tournant comme un fauve en cage, dans le hall de l'aéroport.

Après une courte visite dans le centre historique de la ville, nous avons fait une halte dans un pub local, où SAI se découvrit un certain goût pour la musique traditionnelle irlandaise.

Ensuite, après un repas frugal dans un fast-food, il fut temps de chercher un hôtel pour la nuit.

Pour une fois, SAI me proposa de prendre une chambre dans le petit hôtel situé non loin de l'aéroport. Et fort heureusement, nous avons pu prendre la chambre double la plus éloignée des pistes d'atterrissage, ce qui nous permit de dormir sans être dérangé par le bruit des avions décollant ou atterrissant.

Je me levais le lendemain, après une nuit assez tranquille où seule mon inquiétude pour Rebecca avait suffi à troubler mon sommeil. Mais encore une fois, nous avons été confrontés à un nouveau problème, notre avion étant cloué au sol, suite à une collision avec un autre appareil sur le tarmac, durant le débarquement des passagers.
Malheureusement, le prochain vol ne partait que le lendemain à vingt heures.
Ce qui nous faisait perdre trop de temps.
Devant notre empressement, l'hôtesse nous conseilla de demander à un pilote amateur de l'aérodrome civil pour nous emmener en Allemagne.
Nous avons donc pris la direction du terrain d'aviation voisin, avec le mince espoir de trouver un pilote pouvant nous conduire à bon port, ou du moins sur le continent.
Une fois arrivé devant les hangars de l'aérodrome, je demandais aux pilotes présents si l'un d'entre eux avait la possibilité de nous conduire à Berlin, ou du moins, de nous en approcher.
Et après s'être concertés, ils nous ont suggérés d'aller voir un certain Rex. Ils prirent le temps

de nous indiquer qu'il se trouvait dans le hangar voisin.

Arrivant au hangar, je m'aperçus, dès notre entrée, que l'avion stationné ici n'était plus de toute jeunesse.
En effet, devant nous trônait un vieux Douglas DC-3 ;
- Bonjour ! Nous cherchons quelqu'un pour nous emmener à Berlin ! Demandais-je au vieillard affairé autour de l'un des moteurs de l'avion.
- Nous cherchons à rentrer à Leipzig. Lui fit SAI, en voyant que ce dernier ne répondait pas.
- Leipzig ! Allemagne ? Nous demanda-t-il.
- Oui.
- Alors bouclés vos bardas, on décolle dans cinq minutes ! Nous répondit-il en sautant de l'aile pour venir nous serrer la main.
- D'accord, mais...
- Pas de mais… On décolle dans cinq minutes, ça vous laisse le temps de monter vos bagages dans l'avion tandis que je préviens le contrôleur et que je fais dégager la piste !

Après cet échange de courtoisie, il nous donna à chacun une tenue plus appropriée pour voler dans ce vieil avion, à l'habitacle non pressurisé, c'est-à-dire, un simple blouson de cuir rembourré de laine.

Après avoir enfilé nos blousons et chargé nos valises dans la soute, il revint dans le hangar, vêtu d'une tenue de pilote en cuir noir, encore décoré des insignes de la 8 th Air Force britannique.

Une fois installé aux commandes de son vieux coucou, il nous intima de nous asseoir dans la soute, prêt de la porte arrière.

Mais, inquiet et surtout très mal assis sur les sièges en toile de la soute, je finis par aller dans le cockpit avec notre pilote, qui quelques minutes auparavant, avait fait un décollage mouvementé et ponctué de jurons pouvant faire rougir un camionneur.

Une fois à ses côtés, il engagea une discussion forte intéressante :

- C'est comme au bon vieux temps.

- De quoi ?

- Oh ! Rien, cela me rappelle les raids que je faisais dans ma jeunesse.

- Vous avez fait la guerre ?

- Oui p'tit gars ! Lieutenant dans le 8 th escadron de l'Air Force britannique.

- C'est pour cela que vous avez ce vieux Dakota, n'est-ce pas ?

- Ils me l'ont donné à la fin de la guerre. Pour acte de bravoure et de courage, au-delà du devoir, comme le disaient les copains !

- Bravo ! Mais comment vous allez nous descendre à Leipzig ? Lui demandais-je, avant de lui préciser ; Je ne pense pas qu'il y ait un aérodrome assez large à Leipzig. J'ignore même, d'ailleurs, s'il y a un aérodrome.

- Je vous dépose à l'aérodrome de Berlin, de là, il vous suffira de prendre une voiture ou le train.

- Et on n'a pas eu le temps d'en parler, mais vous voulez quelque chose pour ce vol ?

- Oh, pensez-vous, je devais aller à Munich pour un meeting aérien, autant que je fasse le voyage avec des passagers.

- Dis sous cet angle.

- Et de plus, ça me permet de faire une bonne action. Me fit-il avec un sourire.

- Merci à vous.

- Remerciez-moi d'ici trois heures. Si tu veux, tu peux rester avec moi et profiter de la balade.

- Je vais plutôt rester avec mon amie, je doute qu'elle soit totalement sereine dans cet avion.

- Oh… Dis-lui qu'elle a moins de chance de mourir dans ce bon vieux coucou, que dans un de ces jets modernes et électroniques qu'ils appellent avions de ligne.

Et sur cela, je repartis dans la soute pour voir comment SAI se portait.

À mon grand étonnement, cette dernière s'était endormie sur son siège. Ne pouvant résister, je sortis mon portable, et pris une photo, avant de la réveiller, pour lui raconter ce que le pilote et moi avions conclus.

- Du moment qu'il ne nous fait pas sauter en

parachute, ça me va ! Me répondit SAI, en bâillant.
- Tu sais, j'ai déjà fait un saut en parachute et je suis sûr que ça te plairait.
- Mouais…
- En plus sauter d'un vieil avion comme celui-ci, ça doit être une sacrée expérience.
- Tu n'as qu'à lui demander de te larguer au-dessus de Berlin, alors ! Me fit SAI.
- Pourquoi pas, je vais lui demander.
- Oh que non ! Tu restes avec moi ! M'ordonna SAI, en m'attrapant par le bras.
- Je plaisante. Lui répondis-je en souriant, avant de lui demander ; Je vais dans le cockpit admirer la vue, tu veux venir ?
- Non, je vais rester ici, et essayer de me rendormir.
- Espèce de marmotte ! Lui fis-je, en retournant m'asseoir avec notre pilote.

Presque trois heures plus tard, nous étions arrivés au-dessus de l'aéroport de Berlin, ou notre pilote s'annonça aux contrôleurs aériens pour demander l'autorisation d'atterrir.
Une fois l'autorisation donnée, il se tourna vers moi, et me fit :
- On va s'amuser un peu à leur faire peur !
- Non, attendez… Mais je ne pus rien ajouter.
Il commença un piqué et une fois arrivé au raz des arbres bordant la piste, il redressa et

commença enfin à décélérer. L'avion allait encore assez rapidement quand le train toucha enfin la piste, ce qui fit vibrer tout l'appareil dans un bruit de tôles inquiétant.

 L'avion continua à avancer sur la piste en perdant de la vitesse pour finir par s'arrêter dans un crissement de pneu juste devant la pompe à essence.

Après cela, notre pilote enleva son casque et se leva de son fauteuil ;

- Merci d'avoir choisi Dakota Air Ligne pour votre vol. Le pilote, vous souhaite une bonne escale à Berlin.

- Vous ne deviez pas dire ça souvent à vos passagers en 44 ? Lui demandais-je, devant le ton comique qu'il avait pris. Ce sur quoi il me répondit en riant :

- J'imagine bien la tête de ces pauvres gars…
Bon, assez rit, je vous accompagne jusqu'à la sortie et puis, je vous laisse, les jeunes.

Après cela, je suis allé réveiller SAI.

Mais c'était déjà chose faite, car l'atterrissage l'avait fait tomber de son siège, et maintenant, elle était sur le sol à m'attendre en pestant. Je me précipitais pour l'aider à se relever, tandis que son premier réflexe fut de me réprimander :

- La prochaine fois, rappelle-moi de refuser de t'accompagner !

- Permets-moi de te rappeler que c'est toi qui as insisté pour m'accompagner.

- Tu aurais pu attendre le vol suivant tout de même ! Répondit-elle en râlant.
- Désolé, mais je m'inquiète pour Rebecca, et je n'ai pas pensé à ce genre de détail.
- Je compte pour des clous moi ? Et comment ça, un détail ?
- Non, bien sûr que non ! Mais…
- Oh… Les jeunes, vous allez descendre ? Nous fit le pilote, ayant déjà sorti nos bagages de la soute.

Par la suite, nous sommes sortis de l'avion et avons repris nos bagages tout en remerciant notre pilote qui, gêné, finit par nous dire d'arrêter, avant de nous demander de l'appeler simplement par son nom :
- Je m'appelle Rex Stainforth.
- Moi, c'est Zack et elle, c'est SAI.
- Drôle de nom pour une si jolie jeune femme ? Lui fit Rex, un brin charmeur.
- Je dois avouer qu'il s'agit d'un nom d'emprunt quelque peu loufoque, mais comme j'ai oublié mon vrai nom, je m'en contente. Lui répondit SAI.
- Elle est amnésique. Précisais-je à Rex.
- Quelle horrible chose pour vous !
- Oh, il y a pire… Après tout, je suis…
- Notre principal témoin dans une affaire forte étrange. Fis-je en coupant SAI dans son élan. Devant son regard outré, je voulus lui expliquer

que se présenter comme un fantôme, n'était pas des plus conseillés, mais je fus coupé par l'intervention d'un agent de la B-Pol, qui venait d'arriver près de nous.

- Vous êtes Zack ? Demanda-t-il, en présentant sa carte.

- Oui ! Et vous, vous êtes Wulf ? Fis-je en lisant cette dernière.

- Je suis mandaté par le professeur Phantomhive et le lieutenant Kraus, pour vous ramener à l'institut ! Fit-il, en nous montrant le lourd pick-up de la B-Pol garé juste derrière lui.

- Moi qui pensais que vous étiez là pour nous arrêter.

- On ne fait pas déplacer la police fédérale pour si peu. Nous fit-il en haussant les épaules.

- Et d'ailleurs, comment vous avez fait pour savoir que nous arriverions ici ?

- Simplement parce que la B-Pol vous suit à la trace depuis votre départ du Canada. Nous répondit-il.

- Mais cela n'explique pas comment vous avez fait pour nous retrouver aussi vite ! On aurait pu atterrir n'importe où avec cet avion.

- Vous oubliez que vous voliez avec un "gros cul" !

- Pardon ? Fit SAI en se tâtant le fessier de peur que l'on ne parle d'elle.

- Il parle de l'avion ! Lui expliquais-je pour éviter tout risque de quiproquo, non sans ajouter à l'attention de Wulf.

- Pourquoi vous traitez les avions de "gros cul" alors ? Lui demanda SAI, ayant toujours des doutes.

- Il s'agit d'une appellation de l'armée pour désigner les gros avions, comme le DC-3 qui vous a amené ici. Tenta de clarifier Wulf.

- Je me permets de vous contredire, jeune homme ! Commença Rex ; Seuls les B-17 et les B-24 ont ce sobriquet disgracieux !

- Excusez-moi, monsieur, je l'ignorais. Lui répondit Wulf, humblement.

- Ah les jeunes, je vous jure ! Mon DC-3, un gros cul ! On aura tout entendu. Fulmina Rex, en tournant les talons pour repartir vers son avion.

- Merci encore pour le vol Rex. Lui avons-nous dit à l'unisson avec SAI. Puis, cette dernière se retourna vers Wulf et lui demanda droit dans les yeux.

- Alors comme ça, j'ai un gros cul ?

- Pardon ?

- Elle se paye votre tête en fait ! Lui fis-je, avant de lui demander ; Sinon, comment vous avez fait pour savoir où j'arriverais ?

- Nous vous suivons au radar depuis votre décollage. Nous fit-il avec un sourire.

- En-tout-cas, chapeau de nous avoir pistés aussi brillamment.

- Bon, ce n'est pas que je m'ennuie, mais on

peut y aller ? Nous ft SAI, légèrement vexée. Suite à cette remarque, nous sommes donc montés sans attendre dans le pick-up, sauf que ce fut moi et non Wulf qui prit le volant, au grand regret de ce dernier.

Chapitre 19:
Retrouvailles et révélations

Grâce à une conduite des plus sportives, nous sommes arrivés en moins de deux heures devant l'institut. Ce qui ne fut malheureusement pas du goût de mes passagers :
- La prochaine fois qu'il veut conduire, arrêtez-le directement ! Fit SAI.
- Je l'admets que rouler à plus de 90 à l'heure en ville, ce n'est pas très légal ! Vous avez passé votre permis au moins ? Ajouta Wulf.
- Cesser de vous plaindre, on n'a pas eu d'accident que je sache ?
- C'est vrai, mais on a bien failli en avoir !
- Et plus d'une fois ! Renchérie SAI.
- Bon, vous avez fini de vous plaindre ? Leur fis-je, en me dirigeant vers l'intérieur du bâtiment.

Il ne me fallut que quelques instants pour arriver dans le laboratoire de Rebecca, où je vis la jeune femme affairée sur un de ses cas. Un inconnu retrouvé il y a huit ans, d'après l'étiquette de la caisse posée sur le bureau.
- Il peut bien attendre quelques minutes de plus ! Ai-je murmuré, avant de m'approcher de Rebecca ; Comment vas-tu ? Lui fis-je, juste derrière elle.

Elle sursauta, mais après un court instant, elle se retourna, m'enlaça tendrement, avant de m'embrasser avec fougue.

Après ce baiser, je lui demandai :

- Sa va, tu n'as rien ?

- Juste quelques bleus, mais rien de grave ! Me répondit-elle avant de m'embrasser à nouveau.

- Et les autres ? Lui demandais-je par la suite.

- Ils vont bien ! John a seulement le poignet cassé.

- Tant mieux… J'ai eu si peur ! Lui confessais-je.

- Pour moi ou pour eux ? Me coupa-t-elle avec une lueur de malice dans les yeux.

- Je n'ai pas besoin de le préciser ! Lui fis-je en l'embrassant à mon tour.

C'est à ce moment que John entra dans le laboratoire, et sans plus de formalité, il nous lança :

- Je vous dérange ?

- Il y a une porte, il me semble et l'on frappe aux portes avant d'entrer ! Lui répondis-je avec ironie.

- Ce n'est pas une porte, mais une baie vitrée ! Et vos petits camarades se rincent les yeux depuis tout à l'heure ! Fit-il en pointant nos jeune assistant penchés au garde-fou de la mezzanine.

- Ah ces deux là ! Fit Rebecca, exaspérée, en sortant du laboratoire.

Après l'avoir regardé réprimander sévèrement ces derniers depuis le bas de la mezzanine, je finis par demander à John :

- Qu'ont-ils fait encore ?

- Disons qu'ils se sont amusés pendant ton absence.

- D'accord… Sinon que voulais-tu ? Lui demandais-je.

- Deux ou trois petites choses ! Commença-t-il, avant de m'expliquer pourquoi il était venu me voir ; Premièrement, les sœurs veulent te voir.

- J'irai les voir.

- La seconde, Jack veut te voir aussi !

- J'irai aussi.

- Et cerise sur le gâteau, nous sommes tous attendus à dix-sept heures dans le bureau du directeur.

- Je serai donc à dix-sept heures dans le bureau du directeur.

- Tu sais que ta façon de répondre est des plus horripilantes ?

- Je sais. Je m'entraîne régulièrement avec SAI.

- Sinon pour l'ordre de passage, c'est à ton envie, du moment que tu es dans le bureau du directeur pour dix-sept heures tapantes et sonnantes ! Fit-il avec humour.

- Je vais suivre ton ordre de passage, au moins, je sais par où commencer.

- Dépêche-toi alors, il reste moins de trois

heures, avant l'heure H. Me fit-il dans un grand sourire, avant d'ajouter ; Je suis heureux que vous soyez de retour, tous les deux.

- Je suis aussi content de vous retrouver, tous entier de surcroît.

- Tous entier, je n'irai pas jusque-là… Me répondit-il tristement, avant de partir, me laissant pantois devant cette tristesse subite.

Laissant de côté les humeurs de John, je commençais donc par aller voir les jumelles. Mais dès que je fus entré dans leur laboratoire, je fus accueilli par un véritable raz de marée de réprimandes :

- Tu aurais pu faire plus attention au corps de SAI ! Commença Laurine.

- Comment ? Fis-je choquer.

- Regarde par toi-même ! Reprit Maurine, tandis que Laurine me récita la liste des dommages que le corps de SAI avait subis.

- Des impacts de balles, des éléments mécaniques tordus, des nanocomposants dessoudés…..

- Holà ! Va doucement et branche le décodeur, s'il te plaît ! Lui intimais-je devant ce déballage de charabia technologique.

- Elles disent juste que mon corps est bon pour la casse ! M'expliqua SAI.

- Voilà, ça, c'est clair au moins ! Lui répondis-je.

- Bon bref, tout cela pour dire que tu as flingué

plus de cinq ans de travail en moins d'un mois ! Déclara Maurine, avant que je ne puisse ajouter quoi que ce soit.

- Presque deux ! Rectifia Laurine.

- Je dirais plutôt trois mois ! Fit SAI, pour me défendre.

- SAI, tu viens avec moi, appela Maurine, en l'emmenant dans le couloir. Ce qui fut loin d'être suffisant pour couvrir le sermon qu'elle lui fit, une fois qu'elles furent sorties du laboratoire.

Pendant ce temps, ne sachant quoi faire, je me mis à examiner l'androïde, qui portait les marques de quatre impacts de coups de feu, laissant entrevoir l'intérieur de sa structure. Après quelques minutes, Laurine finit par m'aborder :

- Ne t'en fais pas, elle ne t'en veut pas vraiment !

- J'espère que tu dis vrai…

- En réalité, elle t'en veut plus d'avoir fait courir des risques à SAI, que pour l'androïde.

- Pourquoi ? Lui demandais-je.

- En fait….. Nous sommes des triplés à l'origine... Commença Laurine, avant de reprendre son explication ; Nous avions une autre sœur, Naurine, nous avons toujours tout fait ensemble, le seul jour que nous avons fait quelque chose séparément… Elle fit une courte pause, avant de reprendre ; Naurine a été renversée par un chauffard, alors qu'elle traversait à un passage piéton. Me raconta-t-elle.

- Ça me rappelle ma sœur. Lui annonçais-je avec un brin de mélancolie dans la voix.
- Rebecca m'en a parlé. Me fit Laurine, avant de reprendre par la suite; je crois que Maurine utilise SAI pour remplacer notre défunte sœur !
- Je pense que c'est pareil pour moi. Avouais-je.
- Je dirais même qu'elle fait partie intégrante de la famille maintenant.
- Nous sommes tous une famille. Lui déclarais-je, en la prenant dans mes bras, après avoir remarqué qu'elle sanglotait.
- Je vois ce qui plaît tant à Rebecca… J'aurais dû te mettre le grappin dessus avant elle ! Déclara-t-elle, après quelques minutes.

Puis, sur cela, elle m'embrassa sur la joue avant de partir, me laissant pantois au milieu de son laboratoire.

Constatant qu'il ne me restait plus que quelques minutes avant de devoir aller à la réunion imposée par le directeur, je sortis à mon tour pour chercher Jack.

Il ne fut cependant pas difficile de le trouver. En effet, je le vis dans le laboratoire voisin, affairé à remonter un vieux colt 1911.

Dès qu'il me vit arriver, il se releva du siège et me proposa :

- Une petite séance de tir ?
- Comment ça ?
- Je ne peux toujours pas te donner ta licence de tir, mais je peux me porter garant pour toi. Tout ce que je veux, c'est voir comment tu te débrouilles !
- Bien ! C'est quand vous voulez ! Lui ai-je répondu.

Et sans plus attendre, il m'indiqua ma cible, un cube de gel balistique sur lequel il avait tracé une cible. Les trois premières balles firent mouche en atteignant l'anneau médian de la cible.
Puis, Jack me conseilla de poser ma seconde main, paume contre le dessous du chargeur et non les mains jointes sur la crosse, ce qui permit aux trois balles suivantes de toucher juste au centre de la cible.
Enfin, il me demanda de tirer en gardant uniquement ma main droite sur l'arme, ce qui joua sur ma précision. Mais néanmoins, tous mes tirs étaient dans la cible. Sauf un placé juste sur le trait extérieur de la cible. Jack siffla d'admiration :
- Et bien, mon cochon !
- Bah quoi ? J'ai tout de même fait trois ans de tir à la fac ! Lui annonçais-je.
- Je sais, j'ai lu ton dossier, mais je ne m'attendais pas à un tel résultat.

- Donc c'est bon ? J'ai mon permis de port d'armes ?

- Pas encore, me fit-il en agitant l'index et en ajoutant ; Tout ce que je peux faire, c'est de t'autoriser à tirer, mais seulement en ma présence.

- Et jusqu'à quand je serai sous ta garde ?

- Au moins jusqu'à la fin de l'affaire, mais pour l'heure, on a rendez-vous avec le directeur.

- Et nous sommes en retard ? Lui fis-je, après avoir regarder la pendule au mur.

- On a toujours les cinq minutes de retard du directeur. Répondit-il avec humour.

- Quinze en comptant son monologue d'introduction.

- Ce n'est pas faux, mais il vaut mieux ne pas lui dire.

Il m'accompagna donc dans le bureau du directeur, où nous avons retrouvé tous les autres, nous attendant pour l'écouter.
Une fois certain de la présence de tout le monde, il commença par relater les récents événements :

- Je n'irai pas par quatre chemins ! Commença-t-il, avant de reprendre ; Nous avons perdu de précieux éléments dans cette équipe. Commençons par vous, Zack. Vous ne pouvez plus participer activement à l'enquête suite à la tentative d'assassinat à votre encontre. Ensuite,

Max se fait muter en Italie pour les besoins de la B-Pol, et maintenant le décès de Vincent.

- Vincent est mort ?! Quand ? Comment ? Lui demandais-je, surpris.

- Il était à moins d'un mètre de la première explosion. Ils n'ont pas retrouvé son corps. Les experts de la B-Pol pensent qu'il a été pulvérisé par le souffle. M'expliqua-t-il, abattu.

- Une explosion ?

- Le site était piégé, moins de cinq minutes après notre arrivée, plusieurs charges ont explosées... On a eu beaucoup de chance qu'il n'y ait pas eus plus de victimes ou de blessés.... Me raconta Rebecca en frissonnant.

- Donc, je résume, John a failli être tué, puis les jumelles reçoivent des menaces de mort et se font pirater leurs ordinateurs. Et enfin, Vincent se fait tuer. Sans oublier les menaces que j'ai reçues au début de l'enquête.

- Et aussi la fois où tu t'es fait mitrailler ! Me rappela Rebecca, en frissonnant de nouveaux.

- Et l'attaque dans le tombeau ! Ajouta SAI. Cette intervention fit tomber un froid polaire dans la pièce.

- Cela prouve deux choses ! Ai-je fini par reprendre, avant de continuer sur ma lancée ; L'une est que nous les gênons, la seconde est qu'ils ont un ou des informateurs, ici même dans l'institut !

- Bien vu, mais nous n'avons aucunes preuves

ou indices pour étayer cette supposition. Ce qui ne nous laisse que très peu de chance d'élucider l'affaire. Et je vous rappelle que la substitut du procureur en charge de cette affaire attend de nous des résultats. Nous fit le directeur.

- Nous redoublerons d'efforts ! Fit John, avec l'approbation des jumelles et de Rebecca.

- On devrait aussi réintégrer Zack dans l'équation ? Suggéra Jack.

- Ou peut-être, ajouter Lorena et Robert pour compenser mon absence ! Suggérais-je à mon tour.

- Cela peut se faire. Ont-ils du bagage dans le domaine médico-légal ?

- Nous en sommes à la moitié de notre doctorat ! Clama fièrement, Lorena en s'approchant de nous.

- Doctorat de quoi ? Demanda le directeur avec un sourire.

- Robert veut devenir médecin légiste, tandis que j'aspire à devenir anthropologue judiciaire ! Déclara Lorena.

- Je crois que nous pouvons nous arranger pour les faire participer à l'enquête et certainement même, leur permettre de finir leurs doctorats. Dit le directeur, en passant sa main dans sa barbe.

- Génial et quand commençons-nous ? Lui demanda Robert.

- Pour le moment, nous allons tous aller nous reposer. Nous ordonna-t-il en nous accordant une journée de congé exceptionnel.

Chapitre 20 :
Moment d'intimité

De retour au manoir, Rebecca me proposa de regarder un film avec elle.

Invitation que j'acceptais avec joie, ce qui fit grommeler SAI tandis que Rebecca me prenait par le bras pour m'emmener dans sa chambre.

Une fois installée dans le lit, elle alluma la télé avant de me proposer plusieurs films.

Finalement, nous avons choisi de regarder le seul film de zombies de la liste.

Dès le début du film, elle vint se blottir à mes côtés. Mais, à chaque scène qu'elle jugeait trop violentes pour son goût, elle tirait sur la couverture pour mieux se cacher, tout en se rapprochant un peu plus de moi.

Bien avant la fin du film, je la sentis s'appesantir contre moi, et en jetant un rapide coup d'œil, je pus remarquer qu'elle s'était assoupie.

Mais n'éprouvant nulle envie de dormir et gêné par sa présence, je finis par la déplacer de l'autre côté du lit, en prenant garde à ne pas la réveiller, avant de sortir de la chambre. Je pris mille précautions pour descendre dans le salon où je remis une bûche dans la cheminée avant de m'installer dans le fauteuil face à elle, pour réfléchir à toute cette affaire.

Bien vite, mes yeux se perdirent dans la contemplation du brasier dans l'âtre de la cheminée.

Après un long moment d'égarement, SAI vint me sortir de mes rêveries :
- Tu fais quoi ?
- Je m'égare sur la voie de la folie... Lui répondis-je avec philosophie.
- Je parlais du fait que tu ne sois pas avec Rebecca !
- Elle s'est endormie... Je ne voulais pas la réveiller. Lui répondis-je sans plus de tact.
- Tu n'as donc rien compris !! Répliqua-t-elle avec férocité.
- Comprendre quoi ? Lui demandais-je en ne comprenant qu'à moitié sa question.
- Si elle t'a invité là-haut, c'est parce qu'elle a peur ! Mais aussi parce qu'elle t'aime ! Mais borné comme tu es, tu ne le vois pas ! Me fit-elle remarquer, acide.
- Tu n'en sais rien. Lui fis-je remarquer à mon tour.
- Comment ? Souffla-t-elle, surprise par ma soudaine agressivité.
- Je sais qu'elle m'aime, je sais ce que signifiait cette invitation ! Lui expliquais-je.
- Alors, pourquoi ne fais-tu pas ce qu'elle attend de toi ?
- Je ne suis pas ce qu'elle recherche...

- Tu es incorrigible ! Elle t'aime parce qu'avec toi, elle se sent bien ! Me fit-elle remarquer.

- Je l'ai pourtant mise en danger malgré moi. À croire que je suis un aimant à problèmes... Tu sais, j'étais bien avant... Le grand frère parfait, quoique, peut-être un peu trop protecteur. Puis, j'ai voulu faire médecine, je me suis éloigné de ma famille, puis, tout s'est enchaîné. J'ai perdu ma sœur, je me suis renfermé au point que plus personne ne voulait ou plutôt n'arrivait à me parler...

- Zack...

- Laisse-moi finir, tu veux bien ! Lui intimais-je, avant de reprendre après quelques secondes de silence ; Enfin, je suis arrivé ici, j'ai fait la connaissance d'un fantôme qui me rappelle ma sœur, de collègues formidables ... Et, au milieu de cela, je me suis retrouvé confronté au surnaturel, à une dangereuse secte qui veut ma mort, la tienne et maintenant la mort de tous mes amis semble-t-il... Mais dans tout ça, j'ai le cœur qui balance entre ma sœur que je retrouve à travers toi et une femme exceptionnelle qui m'a charmé dès notre premier regard.

- Rebecca t'aime... Commença SAI, avant que je ne la coupe.

- Je ne mérite pas qu'elle m'aime ! Lui criais-je. Sur cette réplique, SAI me gifla avec colère.

- Rebecca t'aime pour ce que tu es ! Et toi, tu

gâches tout parce que tu es trop coincé pour lui avouer et surtout parce que tu n'as aucune confiance en toi ! Alors un conseil, va la rejoindre et dors avec elle ! M'ordonna-t-elle en me pointant du doigt. Puis, après un court silence, elle finit par me demander franchement ; Ce n'est pas à cause de moi ?

- Comment ? Lui demandais-je, surpris.

- Tu n'arrives pas à faire un choix entre nous deux, c'est cela ? Me fit-elle l'air pensif, comme si elle venait de lire dans mon esprit.

- En réalité, je ne sais pas vraiment ce que j'éprouve… Que ce soit pour Rebecca, comme envers toi !

- Zack... Reprit-elle, mais sa phrase resta en suspens. Ensuite, elle me prit par les épaules, avant de me dire sincèrement ce qu'elle pensait ; Tu n'es pas obligé de mettre ton cœur dans une boite… Ou de te morfondre sur ton passé !

- Et c'est un fantôme qui me dit cela ! Lui répondis-je, les larmes aux yeux.

- Laisse-moi simplement être ta petite sœur, même si je ne vaux pas l'original et laisse Rebecca t'avouer ses sentiments et t'aimer, mais surtout ouvre lui ton cœur et aime-la !

- Je crois qu'il y a longtemps qu'elle me les a avoués…

- Alors, qu'est-ce que tu attends pour lui avouer à ton tour ?

- Je l'ai fait également, mais maintenant, j'ai peur de tout faire foirer.

- Foirer quoi ? Me demanda franchement SAI ; Tu as peur de la décevoir sexuellement ou de ne pas être un bon mari pour elle ?

- Les deux, je pense…

- Crétin… Tu l'aimes et tu veux faire tout pour qu'elle soit heureuse ?

- Mais bien sûr !

- Alors, tu seras aussi un bon mari que tu es un grand frère parfait pour moi ! Me fit-elle, avant d'ajouter sur un ton plus enjoué ; Et pour ce qui est du sexe, même si tu n'es pas à la hauteur, elle s'en fiche… Et elle sera heureuse de t'aider si besoin, dit-elle avec un clin d'œil.

- Et c'est un fantôme qui me dit ça…

- Après, tu peux toujours demander des cours à Monica…

- Oh que non… Et je n'ai pas de soucis à ce niveau, d'abord !

- Alors vas-y !

Sur ces dernières paroles, elle m'embrassa, avant de me prendre par le bras et de me conduire vers la chambre de Rebecca, me poussant pour m'y faire entrer.

Une fois dans la chambre, je la trouvais, pleurant sans bruit sur son lit. Je m'assis près d'elle et après avoir laissé passer un moment, je lui demandais :

- Pourquoi pleures-tu ?
- Tu as le culot de me demander pourquoi ? Me lança-t-elle, ses larmes coulant de plus belle.
- Excuse-moi… Je ne voulais pas te faire de peine... Fis-je, en la prenant dans mes bras.
- Je pensais que tu comprenais ! Je croyais que tu m'aimais ! Me fit-elle en me repoussant.
- C'est le cas. Mais ... Je n'osais pas te l'avouer… Et j'ai… Elle mit sa main sur la bouche et après un moment, elle ajouta ; Tu as peur de quoi à la fin ?
- J'ai peur de tout foutre en l'air entre nous...
- Et pourquoi tu foutrais tout en l'air ? Mais elle ne me laissa pas le temps de parler qu'elle ajouta ; Tu n'as plus besoin de m'expliquer ! Je le sais déjà ! Après une nouvelle pause, elle termina par ; Je t'aime tellement.
- Moi aussi.
Elle m'embrassa, un long baiser que je lui rendis, avant de m'allonger en l'enlaçant dans mes bras. Juste avant d'éteindre la lumière, je vis vaguement la tête de SAI passer au travers la porte pour me faire un sourire, avant de disparaître.

Dès le lendemain, nous sommes allés à l'institut de bonne heure, afin de pouvoir avancer autant que possible sur notre affaire.
Mais malgré une matinée passée à retourner les preuves en notre possession, nous avons

fini par conclure que nous n'étions toujours pas plus avancés qu'avant mon départ.

De plus, la mort de Vincent, nous avait fait perdre des compétences qui se seraient révélées utiles dans le cas présent. En effet, il possédait un impressionnant bagage scientifique en plus de son expérience de profileur judiciaire. Ce qui nous aurait bien aidés pour identifier notre espion.

Après, cela simplifiait de nombreuses choses. Entre autres, John ne se sentait plus obligé de crypter ses notes, ce qui nous faisait gagner un temps fou.

Fort heureusement pour nous, les Redrum, ces jeunes novices dans la police scientifique, se sont révélés plus prometteurs qu'espérés, ce qui nous permit de compenser la perte de Vincent, tout en allégeant notre charge de travail. Cela me laissa plus de temps aussi pour travailler uniquement sur l'affaire SAI.

En effet, Robert se révéla un excellent auxiliaire pour moi. Notamment en s'occupant d'une de mes autopsies parallèles à l'affaire. Non sans venir me demander conseil par moment. Tandis que Lorena aida avec brio Rebecca à identifier plusieurs corps que l'institut conservait depuis déjà bien longtemps.

Dans un premier temps, Mirta aida Laurine et Maurine à chercher des informations dans les bases de données de l'institut et sur le net, particulièrement via le piratage d'informations de certains services judiciaires, qui, sans cela, auraient mis un temps fou pour coopérer dans cette affaire.

Mais bien vite, elle se lassa et me demanda si elle pouvait faire autre chose pour nous aider :
- Et que veux-tu faire pour nous ?
- J'avoue ne pas savoir, je ne suis pas faite pour la recherche, je suis plus... Manuelle…
- Comment ça, manuelle ?
- Je suis douée pour la décoration, l'aménagement et il parait que je suis habile en jardinage... Et je suis une pro pour faire des milk-shakes et autres douceurs du genre…
Mais tout cela est bien inutile ici. Fit-elle, dépitée.
- En effet, mais tu pourrais peut-être refaire la décoration de certains espaces ici ? Lui répondis-je en pensant à toutes les plantes mortes dans les couloirs et à la salle de repos qui n'était guère plus qu'une cuisine improvisée avec deux chaises et une table, le tout agrémenté d'une vielle machine à café plus souvent en panne qu'en état de marche.
- Tu penses que je pourrais refaire la déco ici ?
- Pourquoi pas demander au directeur directement ?
- Je n'ose pas.

- Il ne va pas te manger et au pire, on demandera à Konrad de te trouver un travail hors de l'institut.
- Je n'y avais pas pensé.
- Tu veux que je vienne avec toi pour lui soumettre la question ?
- Ça ne te dérange pas ?
- Non, je n'avance pas et j'ai un truc à lui demander aussi.
- On y va tout de suite ?
- Si tu veux.

Après avoir expliqué la situation au directeur, il finit par confier à Mirta le réaménagement de la salle de repos, en lui promettant que si le travail lui plaisait, elle aurait un poste en tant que décoratrice et paysagiste.
Il avança même l'idée de lui permettre d'ouvrir une petite cafétéria pour remplacer la pièce nous servant de salle de repos. Ce sur quoi, elle me prit dans les bras, non sans nous remercier à maintes reprises, avant de s'empresser de partir pour commencer à travailler. Par la suite, le directeur demanda ;
- Décidément… Vous nous avez trouvé de sacrés internes.
- Et moi, je suis surpris que vous ayez accepté aussi facilement ?
- L'institut a besoin d'un coup de neuf, autant embaucher ce petit bout de femme qui me

semble aussi intéressante que vous.

- Je ne sais comment le prendre ?

- Comme un compliment.

- Mais dites-moi, ce poste de jardinier ?

- Nous payons plus de trente-cinq-mille euros annuels pour le service d'entretien des espaces verts, qui est aussi compétent qu'une équipe de bûcherons dans une serre botanique. Alors, autant les virer et engager quelqu'un d'intéressant !

- Vous marquez un point… Mais attendez… Trente-cinq-mille euros ? Vraiment ?

- Le parc est grand avec beaucoup d'arbres et de plantes qui, pour le moment, sont mal entretenues. Sans parler de toutes les plantes décoratives que compte l'institut.

- C'est un budget énorme seulement pour des espaces verts...

- Comme je vous l'ai dit, nous avons des bûcherons pour jardinier ! Me fit-il, avant d'ajouter ; Et sinon que voulez-vous de plus ?

- Ah oui ! J'aimerais profiter de mon petit passage à vide dans l'affaire pour m'occuper de faire virer un chat !

- Je vous demande pardon ?

Je lui expliquais les nombreux ennuis causés par ce maudit chat. Notamment le déclenchement intempestif des alertes biologiques, le saccage de nombreuses verreries, la mise à sac d'une thèse de doctorat, et je passe les trois identifications de particules compromises par des poils.

En bref, je finis par lui demander la permission de nous débarrasser de ce chat. Après de rapides négociations, je réussis finalement à le convaincre de me laisser l'attraper.

Par la suite, avec Robert, nous nous sommes lancés dans une vaste chasse au chat. Chasse à laquelle a participé, avec une certaine joie, une partie des membres inoccupés de l'institut, ainsi que la plupart des vigiles.

En une journée, cette chasse au nuisible se transforma en une sorte de guerre ouverte. Entre les cages installées un peu partout, la fouille méticuleuse des gaines d'aération et de ventilation par les employés chargés de la sécurité, sans parler des étudiants en zoologie, se baladant dans l'institut avec des pistolets hypodermiques.

En effet, eux aussi en avait assez de ce satané chat, qui, soit dit en passant, s'amusait, depuis peu, à narguer les divers animaux qu'ils étudiaient. Sans parler des chiens des vigiles. Néanmoins, les moyens mis en œuvre me semblaient vite disproportionnés, surtout pour capturer un simple chat.

Fort heureusement, cette chasse ne fut pas de longue durée. Le chat fut capturé au bout de deux jours par l'un des nombreux pièges installés çà et là.

Mais même en cage, il restait tellement bruyant et agressif qu'il perturbait l'ensemble de l'institut. Ses miaulements et ses feulements intempestifs, ne cessaient plus depuis que l'on avait réussi à l'enfermer.

Ce fut, bien sûr, Robert et moi qui avons supporté le monstre encagé dans notre laboratoire en attendant de savoir ce que nous devions en faire.

Ce qui déclencha bien vite un débat plein d'idées loufoques et tordues pour savoir comment nous allions nous en débarrasser :

- Je pense qu'il faudrait l'euthanasier ! Me fit Robert.

- Et pourquoi pas l'autopsier après. Lui répondis-je, sarcastique.

- Ça, c'est une bonne idée.

- Rebranche ! Lui fis-je en lui tapant l'arrière du crâne, avant d'ajouter ; On ne va pas faire tuer ce... Ce chat, sous prétexte qu'il a mis un bordel monstre dans tout l'institut .

- Et pourquoi ne pas l'empailler pour l'exposer tant que vous y êtes, Nous fit SAI en passant furtivement au travers d'un mur, avant de ressortir en passant par le mur opposé.

- Euthanasie, autopsie et naturalisation, voilà un bon programme pour ce week-end…. En conclut, Robert, désormais habitué à voir SAI jouer les passe-murailles. Ce qui n'était apparemment pas le cas de l'occupante du laboratoire voisin, à en juger par le hurlement qui suivit le passage de SAI.

- Et pour l'euthanasie, tu as une idée de la méthode à employer ? Lui fis-je ironique.

- On pourrait utiliser n'importe quel type de gaz ou une solution toxique… Me répondit-il, en n'ayant manifestement pas compris l'ironie de ma question.

- Robert !

- Après, il reste la vieille méthode du maillet… Reprit-il, avant de se prendre un livre sur le visage, ce qui ne l'empêcha pas de se plaindre.

- Quoi ? J'ai dit quoi encore ?

- Je plaisante, on ne va pas tuer ce sac à poils et à griffes pour quelques bouts de verre brisés.

- Tu veux que je te fasse la liste des dégâts causés par ce fauve ! Reprit Robert ; Sans parler de toutes les griffures qu'il a faites un peu partout, sans parler de moi, regarde ! On dirait que j'ai mis les bras dans un mixeur ! Me fit-il, en relevant ses manches.

- Je sais . On a fait le remake d'Alien ensembles ! Lui signalais-je.

- Tu veux quoi alors ? Qu'on lui trouve une mamie à chat ? Il va nous la bouffer avant qu'elle ne l'appelle minouche.

- Du moment qu'il est à l'autre bout du pays, moi ça me va.

- Tu veux qu'on nous le ramène avec un client en prime, c'est ça ?

- Je ne fais pas dans les pompes funèbres, donc je préfère parler de patient, mais oui, c'est un risque.

- Avez-vous statué sur le destin de ce chat ? Nous demanda le directeur, en entrant dans le laboratoire.

Mais notre seule réponse, fut un "non" désespéré. Devant cette réponse peu enthousiaste, il ouvrit la cage du fauve, qui traversa le couloir en feulant avec les poils hérissés, sous nos regards déconcertés et fatigués.

- Je n'arrive pas à croire que vous venez de faire ça. Lui fis-je, déconfit.

- Je pense qu'il ferai un excellent animal de compagnie pour les membres de cet institut. Nous déclara-t-il, pour expliquer son geste.

- Ou une excellente descente de lit ! Maugréa Robert.

- On en reparlera quand vous recevrez les factures de verroteries. Fis-je au directeur, en entendant le bruit caractéristique d'une éprouvette se brisant sur le sol.

- Je crois que je vais rappeler les étudiants en

zoologie. Déclara le directeur.

- Pourquoi nous avoir incités à l'attraper si c'est pour le relâcher, par la suite ? Demanda Robert.

- Disons que l'on m'a fait changer d'avis… Dit-il, levant la tête et regardant SAI et Mirta pliées de rire.

- Les monstres ! Maugréa de nouveau Robert.

- Je vous rappelle que vous parliez d'autopsier ce chat. Répondit simplement le directeur.

- Autopsier…. Mais j'ai une autopsie à refaire... Déclarais-je en me souvenant d'une chose que j'avais, jusque-là, négligé.

- Une autopsie ? À refaire ? Me demanda le Directeur.

- Oui ! Je vais refaire l'autopsie de SAI, pour voir si je n'ai rien oublié. Et surtout, je vais faire refaire quelques analyses !

- Bonne initiative. Me complimenta le directeur.

- je doute trouver quoi que ce soit, mais au moins, j'aurais essayé.

- Pourquoi ? Me demanda le directeur.

- c'est vrais sa ? Pourquoi ? Ajouta Robert.

- J'ai déjà regardé tout le dossier et tous les résultats trois fois depuis mon retour.

- Excusez-moi ! Mais comment peut-on refaire une autopsie ? Demanda Robert.

- Tu vas voir. Lui fis-je, en lui faisant signe de venir.

Une fois arrivé dans la morgue, je ressortis le

corps de SAI de la chambre froide. Je le posais sur la table d'autopsie et enlevais le drap mortuaire, avant de défaire les points de suture afin de rouvrir les incisions faites lors de la première autopsie.

Je laissais à Robert le soin d'examiner les cheveux et la peau de SAI, tandis que je refis l'autopsie interne. Cela se résuma à quelques prises d'échantillons. Pour les organes, j'ouvris simplement les bocaux et prélevais les morceaux que j'allais examiner au microscope. Robert finit par trouver de fines particules dans les cheveux de SAI :

- Que penses-tu que ce soit ? Me fit Robert.

- D'après la dernière analyse, il s'agit de vulgaires poussières. Répondis-je, en ajoutant ; Mais cela ne coûte rien de refaire l'analyse.

- Bien ! Et je porte cela à qui ? Me demanda-t-il.

- Il faut les confier à John. Mais laisse, je vais les lui porter moi-même.

- Et je fais quoi en attendant ?

- Continu ton examen externe du corps et note tout ce qui te chiffonne. Tu trouveras peut-être quelque chose qui m'a échappé .

- D'accord.

- Et n'oublie pas de refermer le corps avant de le mettre dans la chambre froide !

- J'y penserai.

Et sans plus de formalité, je le laissais se débrouiller seul pendant que j'allais donner ces échantillons à John.

Une fois arrivé devant la porte de son laboratoire, je fus surpris de le trouver en train de parler avec les Jumelles :
- Comment allez-vous ? Leurs demandais-je en entrant dans le laboratoire.
- Bien et toi ? Me retourna Laurine, vite suivit par Maurine.
- Il ne peut qu'aller bien après la soirée torride qu'il a passé.
- Je peux savoir comment vous êtes au courant cela ?
- Disons que Rebecca est notre meilleure amie ! Et que par conséquent… Commença Laurine, à nouveau repris par sa sœur.
- Enfin, c'est surtout Robert et Lorena qui ont passé la matinée à se plaindre de ne pas avoir pu dormir.
- Je crois que tu as deux ou trois mots à dire à ces gosses. Me fit John, amuser.
- Bon, sinon, j'ai ça à faire analyser. Leur fis-je, pour retenir mes envies de meurtre.
- Voyons ce que l'on a là ? Fis John en me prenant les flacons d'échantillonnages des mains.
- D'après la dernière analyse, il s'agit de poussières. Lui annonçais-je.
- Pour toi ce n'est que de la poussière, mais pour moi, c'est une encyclopédie… Et je précise

que le mot poussière ne veut rien dire ! Ajouta-t-il avec fureur. Ce changement d'humeur me surprit.
- Tu viens de dire le mot interdit. Me fit remarquer Maurine, moqueuse.
- Toi, au lieu de rigoler, pousse-toi de devant le spectromètre ! Fit John à cette dernière, en faisant rouler son fauteuil d'un coup de pied.
- EH ! Hurla-t-elle, outrée.

Devant ce changement d'attitude, je ne pus m'empêcher de demander à Laurine :
- Que se passe-t-il ?
- John a proposé une soirée romantique à ma sœur. Me fit-elle, avec un clin d'œil.
- Et que s'est-il passé ?
- Rien du tout ! Commença-t-elle en ajoutant par la suite ; Elle refuse de sortir avec quiconque, du moins sans que je sois aussi de la partie...
- Encore à cause de votre sœur décédée ? Lui demandais-je.
- C'est cela !
- Mais rien ne l'empêche d'accepter la proposition de John, et de rester proche de toi ? De plus, ils peuvent se fréquenter sans forcément se mettre ensemble.
- Je me tue à lui dire depuis longtemps ! Me fit-elle.
- Laisse-moi essayer. Peu être que si sa viens

d'une autre personne, elle écoutera. Lui fis-je d'un ton complice.

- Bonne chance alors, mais si tu y arrives, je promets de t'offrir ce que tu veux. Me répondit-elle.

Je compris que cela ne serait pas de tout repos, rien qu'en les regardant assis dos à dos aux deux coins opposés du laboratoire. Ce qui, vue la taille de leur espace de travail, revenait à dire qu'ils étaient presque coude à coude.

- Tu me laisses combien de temps ? Lui fis-je avec humour.
- Oh ! Il te faudra bien une année entière pour y arriver. Me répondit-elle, en se retenant de rire.
- Donc, il vaut mieux que je m'y attelle dès maintenant. Et sur cela, je partis parler à John.
- John ? Peux-tu me rendre un service ?
- Tu ne vois pas que je travaille ! Me fit-il, en haussant le ton.
- Je sais, mais Laurine peut te remplacer, je voudrais juste que tu ailles voir comment se débrouille Robert, s'il te plaît.
- OK ! OK ! J'y vais ! Me répondit-il, prenant son carnet de notes, avant de partir.

Une fois qu'il fut sorti, je me rapprochais de Maurine pour essayer de lui parler. Mais elle resta longtemps à m'ignorer, préférant regarder son écran d'ordinateur durant l'analyse du spectromètre.

Je finis néanmoins par réussir à attirer son attention sur autre chose que son écran.

- Maurine ? Je voulais te demander quelque chose ?

- Que veux-tu ? Me répondit-elle avec agressivité.

- Juste que tu arrêtes de fixer ton écran et que tu me regardes. Lui fis-je en lui prenant les épaules et en faisant pivoter son fauteuil vers moi.

- Quoi ? Me fit-elle.

- Pourquoi refuses-tu les avances de John ? Lui demandais-je simplement.

- Je ne veux pas être séparée de ma sœur. Et ce ne sont pas tes affaires !

- Je comprends. Mais tu flingues, non seulement ta vie, mais aussi celle de ta sœur comme cela. Lui expliquais-je.

- Et pourquoi moi ? Je veux dire que Laurine est plus attrayante que moi ! Déclara-t-elle.

- Parce qu'elle est mieux proportionnée que toi ?

- Tous les hommes aiment les gros seins et les fessiers voluptueux. Me répondit-elle, tandis que Laurine rougissait devant cette remarque.

- Je sais que ça peut être dur à accepter, mais les hommes ne sont pas tous attirés par les tailles mannequin ou par les gros seins. Lui fis-je remarquer, sous le regard amusé de Laurine.

- Mais tu avoueras qu'elle est plus sexy que moi ? Me demanda-t-elle, en jetant un rapide coup d'œil à sa sœur, qui se cacha derrière son écran.

- Encore une fois, les hommes ne sont pas obnubilés par la taille des attributs féminins, ni par le sexe ! Lui répondis-je de façon assez crue.

- Qu'est-ce que j'ai que ma sœur n'a pas alors ?

- Tu es mignonne et plus enfantine.

- Je ne crois pas que ce soit un compliment. Me fit-elle.

- Ça dépend du point de vue. De plus, rien ne vous empêche de faire de sortie tout les trois de temps à autres, et pour ce qui est de vos relations plus intime rien ne t'empêche de le faire chez vous, du moment que tu préviens Laurine, qu'elle s'organise pour s'occuper sans vous déranger, ou inversement. Lui expliquais-je.

- Et comment pense tu que nous pourrions la déranger ? Me fit-elle avec un regard espiègle.

- Ce n'est jamais agréable d'entendre un lit grincer à l'étage, quand on regarde un film, si tu vois l'image. Tentais-je de lui faire comprendre sans être trop explicite.

- Je me doute que ce n'est pas plaisant. Me répondit-elle en souriant, avant d'ajouter;
Lorena et Robert connaissent ce problème...

- Va voir John et propose-lui un simple

restaurant, ou un cinéma et voit ce qu'il se passe par la suite. Lui conseillais-je simplement, sans prendre en compte sa petite pique.

- Et toi, comment me trouves-tu ? Me demanda-t-elle, les joues rouges.
- Tu es une jeune femme sublime, mais mon cœur appartient déjà à quelqu'un. De plus, tu as déjà pris le cœur d'un autre, il me semble.
- Tu es vraiment adorable !

Sur cela, elle sortit du laboratoire et se précipita vers la morgue.

- Et dit à Robert que je reviens lui botter les fesses s'il a oublié quoi que ce soit. Lui criais-je, alors qu'elle sortait de laboratoire.

Après quelques instants, je vis Laurine s'approcher de moi avec un large sourire, et sans que je m'y attende, elle déclara :

- Tu as songé à te reconvertir dans les agences matrimoniales ?
- Disons que les histoires de cœurs ne sont pas mon fort.
- On le sait aussi. Me fit-elle avec un sourire plein de malice.
- Laisse-moi deviner… SAI ?
- Qui d'autre ?
- Décidément elle n'as pas sa langue dans sa poche…
- Comme toute les petite sœur. Me fit remarquer

Laurine en souriant, avant d'ajouter ;
Finalement vous représentez le frère et la sœur qu'il manquait à notre petite famille ! Avant de précisai; SAI représente notre sœur disparue et...
- Moi, je suis le frère manquant ?
- Mais maintenant la famille est réunie. Me fit-elle en m'embrassant la joue, avant de me demander ; Et moi comment me trouves-tu ?
- Je mentirais en te disant la même chose qu'à Maurine, mais sache que tu es, toi aussi, une charmante jeune femme. Lui fis-je, avant d'ajouter après une courte pause ; vous êtes simplement l'opposée l'une de l'autre.
- Maintenant, retourne à ton autopsie, Robert doit attendre son coup de pied ! Fit-elle avec humour, mais néanmoins heureuse de notre petit échange.
- Je repasse plus tard pour avoir les résultats ?
- On peut aussi te les descendre. Me répondit-elle.
- Non, merci, cela me permet de voir le jour. Lui fis-je avant de sortir.
- Sinon demande à Rebecca de t'aider ! Cria Laurine depuis la porte de son laboratoire.
- Rebecca ? Fis-je en repassant la tête par la porte.
- Tu as épuisé la chair, laisses parler les os. Me conseilla-t-elle.
- Encore une bonne idée ! Décidément, je

devrais venir vous demander conseil plus souvent.
- Quand tu veux mon grand.

Je suivis son conseil, en me rendant sans tarder dans le laboratoire de Rebecca pour lui demander de m'aider. Et après lui avoir expliqué ce dont j'avais besoin, elle me répondit simplement :
- Ramène-moi le corps que je la passe dans l'autoclave pour retirer les tissus mous.
- Pardon ?
- Tu n'as plus rien à apprendre des tissus mous ? Me demanda-t-elle.
- Non, mais…
- Alors laisse-moi essayer de tirer quelque chose avec les os. Me coupa-t-elle avec un sourire.
- Mais ça ne se fait pas ! Lui répondis-je, scandalisé par cette pensée.
- Écoute, ça fait déjà un moment que tu travailles sur le corps sans rien trouver, alors laisse-moi essayer avec mes méthodes.
- Et comment tu vas faire pour enlever les tissus mous ?
- Il y a plusieurs méthodes pour faire cela.
- Et laquelle vas-tu utiliser ?
- Dans le cas présent, je vais certainement utiliser l'autoclave pour faire macérer le tout.
- Et dire que je pensais faire un métier

dégouttant…

- Oh ! Ce n'est pas la pire des méthodes, tu as aussi le nettoyage par consommation…

- Par consommation ? Répétais-je en imaginant le pire.

- Oui, on laisse des insectes manger les tissus mous. Cela dit, je n'utilise cette méthode que pour les corps carbonisés…

- C'est bon, j'ai compris, c'est dégueulasse !

- Qu'est-ce qui est dégueulasse, Nous demanda SAI, en passant la tête par la porte ; Vous ne parlez pas de votre nuit, au moins ? Fit-t-elle, intriguée.

- Rien de particulier, on parle dépouille et macchabée. Lui répondis-je, avant que Rebecca ne puisse lui répondre.

- OK, des trucs dégueulasses quoi. Fit SAI en partant.

- Pourquoi ne pas lui en avoir parlé ? Me demanda Rebecca juste après cela.

- Tu as pensé à sa réaction ?

- Par rapport à quel sujet ? Me demanda-t-elle avec espièglerie.

- Je parle du corps de SAI !

- C'est vrais que sa me mettrais mal à l'aise, encore faudrait-il que je revienne en fantôme, après ma mort... Raisonna Rebecca à haute voix, avant de me demander ; Alors dépêche-toi de me ramener le corps. Il me faudra bien cinq à huit heures pour nettoyer les os.

- Aussi longtemps ?
- Aussi longtemps ! Me répondit-elle dans un sourire.
- Et que ferons-nous en attendant ? Lui demandais-je.
- Va me chercher le corps, tu verras après. Me fit-elle dans un clin d'œil complice.

Après l'avoir embrassée sur la joue, je redescendis dans la morgue pour récupérer le corps de SAI, ainsi que Robert. Ce dernier s'enthousiasma en apprenant ce que nous allions faire.
Mais je fus surtout surpris de ne pas voir John et Maurine, ce que Robert m'expliqua rapidement :
- Maurine est venue voir John et après, ils sont partis !
- Ils se sont parlés ?
- J'étais un peu trop occupé pour écouter leur conversation et après, je n'aime pas me mêler des affaires des autres.
- Dit plutôt que tu avais tes écouteurs pour travailler !
- Mais comment as-tu deviné ?
- Laisse tomber et aide-moi.

De retour dans le laboratoire de Rebecca, nous l'avons aidé, avec Lorena, à préparer le corps de SAI, avant de le mettre dans l'autoclave.

Puis, elle envoya Robert faire des analyses sur les vêtements de SAI, tandis qu'elle demanda à Lorena de préparer une table pour le squelette, avant de m'emmener dans les couloirs de l'institut.

Après quelques minutes à déambuler dans les couloirs de l'institut, nous avons fini par arriver dans un jardin d'intérieur, jardin que Mirta était en train d'aménager. Dès que cette dernière nous vit, elle nous invita à prendre un thé avec elle :
- Ce serait avec plaisir. Lui répondit Rebecca.
- On sera les premiers à inaugurer ce jardin d'intérieur. Ajoutais-je, ce qui fit rougir Mirta. Une fois installés et servis, nous avons commencé à parler des divers aménagements en préparation avec Mirta. Elle finit par devenir aussi rouge que son tee-shirt devant nos compliments ;
- Pourtant, ça n'a rien d'extraordinaire. Répondit-elle avec modestie.
- Tu plaisantes, avant on se croyait dans une base lunaire et regarde maintenant. Lui fis-je en lui montrant le carré de pelouse où nous étions en train de prendre le thé.
Un carré d'environ deux mètres sur trois, entouré par une fresque végétale d'environ un mètre de hauteur, d'où coulaient plusieurs petites cascades tombant à leur tour dans un

cours d'eau passant le long du carré d'herbe.

- Mais il n'est même pas fini. Me répondit-elle simplement, en baissant le regard sur ses chaussures pour cacher qu'elle rougissait davantage.

- Pourtant, tu as vraiment fait un superbe travail. Lui souffla Rebecca.

- Merci. Nous répondit-elle, les yeux toujours rivés sur ses chaussures.

- Et tu as demandé au directeur pour toutes tes idées d'aménagements ?

- Quelles idées ?

- La fresque végétale sous la mezzanine et dans le hall d'entrée ? Commença Rebecca, avant que je n'ajoute.

- Et la remise en état de la mare devant le bâtiment de zoologie, tu voulais la refaire dans un style japonais, il me semble ?

- Comment vous êtes au courant ? Nous demanda Mirta.

- SAI ! Avons-nous répondu en même temps.

- Elle vous en a parlé ?

- Et elle trouve cette idée tellement géniale qu'elle en a déjà parlé au directeur. Dit Rebecca, un large sourire sur les lèvres.

- Et il a dit quoi ? Lui demandais-je.

- Je ne sais pas, mais il paraît apprécier tes idées.

- Vous permettez, il faut que j'aille voir SAI. Nous fit Mirta, avant de partir en courant.

- Décidément, tu me surprendras toujours. Lançais-je, à l'adresse de Rebecca.

- Et tu n'as encore rien vu. Me répondit-elle avec un clin d'œil.

- Et maintenant que faisons-nous ? Lui demandais-je.

- Nous avons l'embarras du choix. Fit-elle, avec un nouveau clin d'œil.

- Et si nous rentrions pour nous faire une soirée dans la cabane ?

- Le temps de finir quelques papiers, et on rentre se faire notre petite soirée à deux... Petit coquin. Finit-elle par répondre, en m'embrassant.

Le lendemain matin, nous sommes directement allés dans le laboratoire de Rebecca, pour voir où en était le nettoyage du squelette.

Une fois arrivés dans le laboratoire, nous y avons trouvé Lorena, Robert ainsi que SAI, qui nous attendaient, tous prêts à commencer le travail.

Nous voyant arriver, Lorena nous annonça que les os avaient fini d'être nettoyés et qu'ils avaient commencé à remonter le squelette, ce sur quoi, Rebecca répondit :

- Voyons cela.

- Et vous êtes arrivés depuis longtemps ? Leurs demandai-je.

- On a commencé tôt ce matin pour vous

avancer au maximum. Me répondit fièrement Robert.

- C'est très gentil. Lui fis-je, en allant rejoindre les filles, déjà occupées autour de la table d'examen.

- N'empêche, ça fait drôle de se voir comme cela. Me fit SAI, en venant vers moi.

- C'était déjà bizarre de te voir à côté de ton corps, mais je dois avouer que je suis encore plus déconcerté par ce que je vois maintenant. Lui répondis-je.

- Tu aurais pu me prévenir tout de même ! Me reprocha-t-elle soudainement.

- Je ne savais pas comment te présenter la chose.

- J'imagine, mais tu aurais pu me le dire tout de même, comme la fois où je suis sortie nue de mon corps…

- Tu ne vas pas recommencer ?

- Je n'ai jamais fini !

- Décidément, avec toi et Rebecca, je ne serais jamais rendu. Lui fis-je, en levant les yeux au ciel.

- Bon, quand vous aurez terminé tous les deux... On vous attend. Nous fit Rebecca, en voyant que notre attention était ailleurs.

- Ils n'ont pas fait d'erreur ? Lui demandais-je.

- Elle a un très bon professeur ! Déclara Rebecca.

- Prétentieuse ! Souffla Robert à voix basse,

avant de se faire rappeler à l'ordre par Lorena, qui lui écrasa allégrement le pied d'un coup de talon.

Après quelques examens, nous avons pu compléter la carte d'identité de SAI. Nous avons appris qu'elle devait pratiquer un sport de combat du style kendo ou aïkido. Ce qui nous surprit tous, SAI la première.
Nous avons également pu déterminer qu'elle devait beaucoup marcher.
Mais la seule chose utile à notre enquête que nous avons découverte est une marque d'aiguille avec une coloration de sang dans l'omoplate. Ce qui nous confortait dans l'idée qu'elle avait été sûrement droguée avant de mourir.
Ce qui, bien sûr, me fit douter de la fiabilité des premiers examens toxicologiques.

Quelques heures plus tard, Laurine descendit nous voir, pour nous prévenir qu'il était déjà presque vingt heures. Elle en profita pour m'informer que son spectromètre avait fini d'analyser mes échantillons et qu'elle les avait posés sur mon bureau. Par la suite, elle me demanda où était passée sa sœur :
- Je ne l'ai pas vue de la journée et vous ?? Demandais-je aux autres.
- Il me semble qu'elle est arrivée avec John ce

matin. Mais après, je ne les ai plus vus.

- Bon, si vous la voyez en partant, dites-lui de m'envoyer un message au moins.

- Je vais même faire mieux ! Déclara Rebecca, avant d'ajouter ; Tu viens dîner avec nous ce soir !

- Non, merci, je vais rentrer directement en espérant trouver Maurine à la maison.

- Je crois qu'il n'y a pas de raison de s'inquiéter ! Lui répondit-elle.

- Et pourquoi ?

- John ! Leur répondis-je, en ayant deviné ce que Rebecca avait en tête.

- Il est logique qu'elle ait passé la journée avec John. Déclara Robert.

- Robert ! Protesta Lorena.

- Mais c'est rationnel ? Ajouta ce dernier.

- Ne t'en fais pas, elle est sûrement avec John. Lui fis-je avec un clin d'œil, avant d'ajouter pour la rassurer ; Après, on peut aller les chercher, si ça peut te rassurer.

- Tu es vraiment mignon ! Me fit Laurine.

- Dommage qu'il soit déjà pris ! Souffla SAI, malicieuse.

- SAI ! Lui ai-je crié, imitée par Rebecca, qui reproposa à Laurine de se joindre à nous pour le dîner.

- Vu que je vais sûrement me retrouver toute seule encore ce soir, je vais accepter votre offre. Nous répondit-elle, avec un large sourire.

- Et ne t'inquiètes pas, on retrouvera nos deux tourtereaux demain matin et si on n'a pas de nouvelles pendant le repas, on pourra toujours les harceler au téléphone tous les cinq.
- Tous les six ! Corrigea SAI.

Chapitre 21 :
Mieux comprendre

Le lendemain, je fis le point sur les nouveaux éléments obtenus suite à cette nouvelle étude du corps et du squelette de SAI, avec Rebecca et Laurine.

Ces nouvelles analyses nous ont permis de découvrir que les particules dans les cheveux de SAI se trouvaient être un mélange d'épices, de sable industriel bon marché, et de cuir. Ce que le spectromètre n'avait pas pu identifier, lors de la première analyse. Mais tous ces éléments ne mènent à rien de concret.
Même si les nouveaux échantillons de sang et de tissu analysés, avaient prouvé clairement que SAI avait été droguée avant d'être tuée. Mais, vue la dégradation des particules, due à la conservation prolongée du corps, nous n'avons pu déterminer précisément la ou les substances ayant servi à droguer SAI. Ce qui soulevait, encore une fois, bien plus de questions que de réponses :
- Penses-tu que la présence de drogue peut être due au passé de SAI ? Me demanda Laurine.
- On en aurait retrouvé des traces dans ses

cheveux et ce n'est pas le cas.

- Et j'ai du mal à imaginer SAI en train de se droguer ! Ajouta Rebecca.

- Est-il possible de penser que la drogue ait pu servir à l'assommer plutôt qu'à la tuer ? Continua Laurine.

- Possible… La cause de la mort pourrait résulter d'un surdosage accidentel… Qu'en penses-tu Zack ? Me demanda Rebecca.

- Vu la corpulence de SAI, il est vrai qu'il s'agit d'une éventualité non-négligeable. Mais cela reste des détails. Ce qui m'inquiète le plus, c'est la trop grande différence entre ces analyses et celles que j'ai faites faire, au début de l'enquête…

- C'est vrai ce que tu dis… Toutes les demandes d'analyses sont traitées en interne par des étudiants qui doivent rendre des comptes par la suite… Comment ont-ils pu faire si mal, ces analyses ? Demanda Laurine.

- Ont-elles pu être effectuées dans des laboratoires indépendants ? Ai-je demandé.

- Peu probable, les tests toxicologiques sont toujours faits en interne pour éviter de perdre du temps, les seuls tests faits en dehors de l'institut sont généralement les IRM et quelques radiographies d'objets trop volumineux… Me répondit Rebecca.

- Donc, soit les tests ont été trafiqués avant d'être analysés, soit les comptes-rendus ont été falsifiés avant de t'être remis. Commenta Laurine.

- Dans les deux cas, seule une personne de l'institut, ayant accès à ces éléments d'enquête,aurais pu le faire. Reprit Rebecca.
- On en revient à notre hypothèse que nos ennemis ont un informateur au sein de l'institut et qu'ils peuvent agir à leur gré.
- Que fait-on alors ? Me demanda Laurine.
- On continue comme si de rien n'était, mais on vérifie nos analyses nous-même, du moins jusqu'à ce qu'on trouve celui ou celle qui agit pour nos ennemis. Mais pour le moment, je vais vous laisser, je dois aider Robert à faire son autopsie…
- Tu ne lui fais pas confiance ou tu parles vraiment de l'autopsier, lui ? Me glissa Rebecca en m'embrassant, avant que je ne sorte.
- S'il continue à bâcler son travail, j'y songerai !

Quelques minutes plus tard, alors que j'aidais Robert à faire l'autopsie d'un corps retrouvé dans un bassin de rétention d'eau, SAI vint me voir toute excitée :
- Que se passe-t-il ? Lui demandais-je en levant le nez.
- je viens de me souvenir que j'aimais le curry !
- Donc, tu aimais bien les plats épicés, c'est déjà un progrès… Lui fis-je en me remettant à l'autopsie, quand soudain, un détail me frappa ;

Bien sûr, les épices !

- Les épices ? Firent Robert et SAI, surpris.

- Oui, les épices retrouvées dans tes cheveux !

- Bah quoi les épices retrouvées dans mes cheveux ? Questionna SAI.

- Il doit s'agir d'une recette.

- Tu veux dire que j'aurais été... Cuisinée ?

- Non, bien sûr que non ! Mais si on retrouve la recette utilisant les mêmes épices, dans les mêmes proportions, on peut sûrement retrouver le restaurant qui prépare des plats avec ce dosage, et de ce fait, le lieu où tu es morte.

- Je ne vois toujours pas. Me fit SAI, en se tournant vers Robert.

- Ne me regarde pas, je n'ai rien compris non plus.

- Lieu du crime, corps et liens médicaux légaux...

- Euh .... Tu peux éclairer ma lanterne ? Demanda SAI à Robert.

- Fais semblant d'avoir compris et hoche de la tête !

- Vous êtes désespérants, ça veut dire qu'on va certainement trouver un lien avec ton passé, si l'on découvre l'endroit où tu as été tuée !

- Tu ne pouvais pas le dire clairement ? Mais en quoi cela peut nous aider de connaître la recette contenant ces épices ? Me demanda-t-elle.

- Il y a plusieurs centaines de recettes

différentes, et chaque restaurant a sa propre façon de les préparer.

- Donc, chaque recette nous indique un restaurant. Compléta Robert.

- Enfin, vous comprenez, leur fis-je, puis voyant le regard courroucé que SAI me lançait, je me suis empressé d'ajouter ; Mais je dois aussi t'avouer que ce raisonnement est assez tordu.

- Espèce de tordu ! Me répondit-elle, en me tirant la langue.

- Au lieu de faire de l'humour, va plutôt chercher tout le monde, il faut que je leur demande ce qu'ils en pensent.

- Et le, "s'il te plaît" ?

- Tu prends la peine de passer par les portes ? Lui demandais-je avec sarcasme.

- Oh, c'est bon !

Par la suite, elle traversa allégrement le mur de la morgue, faisant hurler de peur l'occupant du laboratoire voisin.

Une fois que SAI eut réuni tout le monde dans la morgue, je me mis à leur parler de ma folle théorie :

- Ce que je vais vous dire ne doit pas sortir de cette pièce, d'accord ? Commençais-je. Les voyant acquiescer, je me remis à expliquer mon raisonnement ; Robert et John ont trouvé des traces d'épices dans les cheveux de SAI…

- Oui et alors ? Me répondit ce dernier.

- Alors, je pense que ces épices proviennent, soit du tueur, soit de SAI, mais dans tous les cas, cela peut nous indiquer où SAI se trouvait au moment de son décès.

- Mais on peut en trouver dans n'importe quelle épicerie ?! Nous fit John.

- Et si on mettait ces ingrédients ensemble, qu'obtiendrait-on ? Lui demandais-je.

- Certainement…Hum …. Du curry… Mais oui ! S'écria John.

- Tu vois où je veux en venir ? Lui fis-je, plein d'espoir.

- Chaque restaurant a sa propre recette de curry, et en combinant tous les éléments en notre possession, nous aurons une localisation probable du lieu du crime.

- C'est un raisonnement assez tordu. Déclara Lorena.

- Je lui ai déjà fait remarquer. Lui assura SAI.

- Sinon vous êtes d'accord avec moi ? Leur demandais-je.

- Ça semble fou et impossible, mais on peut y arriver. Nous fit Lorena, avec assurance.

- Au moins, nous avons un point de départ. Compléta Robert.

- Ça va nous faire un sacré paquet d'informations à croiser. Ajouta néanmoins Laurine.

- En effet ! Acquiesça Maurine.

- Il suffit de bien se répartir le travail, de définir

chaque éléments, puis de croiser nos résultats. Fit Robert. Ce qui me semblait être une très bonne idée.

Après les avoir laissé débattre sur les méthodes à employer, je finis par les interrompre pour attribuer une tâches à chacun :
- Pour commencer, il faut définir exactement chaque ingrédient, ensuite regrouper les restaurants utilisant ce mélange spécifique. Les jumelles, je pense que c'est bon pour vous. Il faudrait aussi définir quelles sont les autres particules retrouvées sur SAI.
- Il n'y a pas de problèmes. Me répondirent-elles en chœur.
- N'hésitez pas à recouper vos résultats et à…
- On connaît notre travail, Zack, même si John nous serait utile pour la partie minérale de la recherche. Ajouta Maurine.
- Je sais, mais je vais avoir besoin de lui pour nous aider à repasser tous les indices au peigne fin, vêtements, prélèvements, photos du corps, etc.
- Donc, on va encore polir les os de SAI. Fit John avec humour.
- Eh ! Sois poli au moins. S'offusqua cette dernière.
- Je m'occuperai des os, tandis que Zack aidera John... Après tout, je suis la plus qualifiée pour cette partie. Intervint Rebecca.

- Je ne peux dire le contraire. Lui répondis-je.
- Et pour notre espion, on fait comment ? Me rappela Rebecca.
- Simple, on regarde dans tous les dossiers du personnel pour trouver un potentiel suspect. Lorena, Robert, je vous ai réservé cette tâche.
- Bien, donc on va fouiner dans le bureau de Vincent, En conclu Robert.
- Et nous, pendant ce temps, on fait quoi ? Me demanda Jack, tandis que son nouvel assistant, Wulf, nous écouter sans rien dire.
- Vous, vous assurez la sécurité des jumelles et des gosses ! Leur ordonnais-je.
- Et qui assurera votre sécurité ? Me questionna Jack.
- Je peux m'en occuper. Après tout, je suis armé...
- Tu n'as le droit de te servir de ton arme qu'en ma présence et seulement si je t'y autorise ! Me rappela-t-il, avant d'ajouter ; Mais bon… Si tu restes dans la morgue, je ne devrai pas avoir à me faire de soucis.
- Au pire, on peut s'y enfermer. Suggéra Rebecca.
- Je t'en prie, ce serait superflu. Lui fit Jack, moqueur.
- Bien, et si au lieu de papoter, on se mettait au travail ? Maintenant que nous savons quoi faire. Nous fit SAI, sans détours.
- J'en connais une qui est pressée. Souffla

Robert à Lorena.

En fin d'après-midi, les jumelles avaient été les premières à venir nous voir dans la morgue. Après avoir découvert le seul endroit du coin où l'on trouvait, à la fois, un restaurant préparant la mystérieuse recette de curry, du cuir et du sable identique aux particules retrouvées sur le corps de SAI, fières de leur découverte, elles ont commencé à nous réciter l'adresse qu'elles avaient trouvée :
- On a un, Parquer et Parkers cuir, situé dans la Parker allée, près du parc Parker ! M'annonça Laurine, joyeuse.
- Ça fait beaucoup de Parker. Fit remarquer SAI.
- Vous en êtes sûres ? Leur demandais-je, septique.
- Oui ! On y trouve un restaurant indien préparant un curry contenant les mêmes épices que celles retrouvées sur le corps de SAI. Reprit-elle, avant d'ajouter ; Sans oublier les voisins directs du restaurant, qui ne sont autres qu'un cordonnier et la boutique d'un artisan en cuir.
- De plus, l'enduit utilisé sur plusieurs immeubles de ce quartier contient du sable identique à celui retrouvé sur son corps et il y en a, aussi, dans le parc voisin. Reprit Maurine sans attendre.

- De plus, la composition est identique à plus de 99 % avec nos échantillons et je ne parle pas de la présence de silice d'origine belge que l'on retrouve dans les deux cas. Compléta Laurine.
- Encore une fois, cela fait beaucoup de «de plus». Nous fit SAI.
- Bien, de notre côté, nous avons pu affiner notre analyse toxicologique et devinez le meilleur ? Leur fis-je, tout en ignorant SAI.
- On a pu confirmer la présence de drogue dans son sang. Compléta Rebecca.
- C'était pas déjà prouvé ? Demanda Laurine décontenancée.
- On a découvert que la drogue utilisée était un composé liquide, qui provoque une perte de connaissance. Mais qui, à forte dose, devient aussi mortelle qu'une balle dans la tête ! Fis John en levant le nez de son écran.

Nous étions en train de parler des probabilités que l'adresse trouvée par les jumelles soit bel et bien l'adresse de SAI ou de son assassin, Quand soudain, Robert et Lorena entrèrent précipitamment dans le laboratoire :
- Nous avons les toutes premières données de l'affaire ! Affirma Lorena en déboulant dans le laboratoire comme une folle.
- Quelles données ? Lui demanda John, intrigué.
Mais j'interrompis Lorena dans son élan en

haussant le ton.

- On ne parle de rien ! Du moins pas ici ! Ordonnais-je, en ayant deviné ce qu'ils avaient trouvé.

- Pourquoi ? Me demanda Robert, interloqué.

- On va à la maison de la gaufre, exigeais-je à nouveau, en enfilant mon manteau et en prenant les dossiers des mains de Lorena.

- Et pourquoi n'en parlons-nous pas ici et maintenant ? Me demanda SAI.

- Laisse le faire, petite. Lui répondit Jack, qui devait être le seul à comprendre où je voulais en venir.

- Comment ça, petite ! S'insurgea cette dernière.

- SAI… Soit tu restes là, soit tu viens avec nous et sans crier de préférence. Lui intimais-je.

- C'est bon, ça va… Je le préférais avant qu'il ne devienne aussi tyrannique et despotique. Maugréa-t-elle tout de même en emboîtant le pas de Rebecca.

- Je le trouve plus charmant avec ce regard plus assuré et moins timoré ! Lui fit cette dernière.

- N'importe quoi. Conclue SAI.

En entrant dans le restaurant, quelques minutes plus tard, je fis comme au début de notre enquête en m'installant à la table du centre, avant de passer commande auprès de Dolorès qui, pour une fois, me fit un léger sourire.

- Mettez-moi un petit canon. Commanda Robert sans hésiter, après avoir lu la carte du restaurant, ce qui nous fit pouffer de rire moi et John, arrachant un regard intrigué à Lorena :

- Qu'est-ce qui vous fait rire ? Nous demanda-t-elle.

- Il demande un petit canon à la grosse Bertha ! Lui répondit John, avec humour. Cette remarque fit rire presque toute la troupe, sauf bien sûr, Robert et Lorena qui n'avaient toujours pas compris de quoi nous parlions.

- Tu verras, ça va te changer de l'Espagne. Lui fit Jack.

- Je ne comprends pas ?

Et ce ne fut qu'en voyant arriver l'énorme chope de deux litres sur la table, qu'il comprit la raison de notre hilarité. John se permit même d'indiquer à Robert la direction des toilettes.

- Je risque d'en avoir besoin. Nous répondit-il en souriant.

- Fais attention à la plomberie tout de même. Lui fit SAI.

- Euh... Firent Robert et Lorena devant cette réflexion.

- SAI, c'était déplacé là... Lui fit remarquer Rebecca.

- Mais marrant ?

- Pas trop... Et je commence à me demander d'où tu sors toutes ces petites références ? Lui demandais-je. Mais pour toute réponse, elle me tira la langue.

Par la suite, j'attendis que tout le monde soit servi avant d'exposer ma folle théorie sur l'identité de l'informateur infiltré au sein même de l'institut.

Toute l'équipe m'écouta durant mon long monologue, jusqu'au moment où je mentionnais les noms de Max et de Vincent. À partir de ce moment, toute la troupe se mit à critiquer ma théorie. Prétextant qu'aucun d'eux n'aurait pu être derrière tout cela :

- Excusez-moi, mais qui d'autre qu'un profileur, habitant dans cette rue spécifique à l'affaire. Et ayant été formé à la manipulation d'armes et d'explosifs, qui, de plus, a été la seule personne à être venue chercher les échantillons qui furent par la suite falsifiés, pouvait s'en occuper ? Fis-je en pointant du doigt l'adresse de Vincent dans son dossier.

- Ce ne sont que des suppositions. Objecta Jack, toujours choqué par la révélation.

- Une simple coïncidence… Aucun juge ne signera un mandat pour ce motif ! Me fit remarquer Wulf.

- On a tout de même trouvé les dossiers falsifiés dans son bureau. Nous fit remarquer Lorena en sortant les rapports d'analyses de sa besace.

- Sans parler de tous ces échantillons qu'il

conservait dans son coffre. Ajouta Robert.

- Je peux savoir comment vous avez ouvert son coffre ? Leur demanda Jack.

- J'ai une meilleure question, pourquoi n'a-t-il pas, tout simplement, détruit ces preuves ? Demanda SAI.

- Sans doute pour ne pas risquer de se faire repérer. Proposa John.

- Cela se tient. Commenta Rebecca, avant de préciser ; Il n'aurait pas pu sortir de l'institut avec les échantillons sans faire sonner les portiques de sécurité !

- C'est vrai qu'il faut une autorisation pour faire sortir des échantillons, mais l'incinérateur, alors ? Lui demanda Laurine.

- Il faut remplir un formulaire avant toute incinération. De plus, l'incinération est faite obligatoirement par des employés spécialisés, et non par le personnel l'ayant demandé. Compléta Laurine.

- Mais cela ne prouve en rien que Max ou Vincent soient impliquer dans cette affaire. Il se peut que notre taupe ait mis ces preuves exprès, dans le bureau de Vincent ! Repris Jack, refusant encore de croire qu'un des deux avait un quelconque rapport avec l'espion.

Pendant qu'ils étaient affairés à discuter ma théorie, mon attention fut attirée par les deux motards qui venaient d'entrer.

Et chose inquiétante, ils avaient tout fait pour ne pas nous montrer leurs visages, avant d'aller s'asseoir au comptoir, dos à nous.

- De toute façon, on sera vite fixé. Lui fis-je en voyant les motards farfouillés dans leurs sacs.

- Quoi ? Me fit Rebecca, tandis que je lui pris le bras.

- De quoi tu parles ? Demanda SAI.

- Couchez-vous tous ! Fis-je en dégainant mon arme, vite imité par Wulf et Jack.

Mon intuition se révéla une nouvelle fois juste. Les deux individus avaient remis leurs casques, avant de commencer à nous tirer dessus avec des pistolets-mitrailleurs.

Alors que Jack, Wulf et moi-même, avons commencé à riposter sur-le-champ. Tandis que Robert et John avaient renversé la lourde table pour protéger les autres restés derrière nous.

Les balles fusaient, voyant qu'ils étaient pris pour cible, les agresseurs ont commencé à reculer.

Mais une balle bien placée par Jack tua un des motard.

Le second tourna les talons et déguerpit dans la rue, non sans laisser tomber une grenade derrière lui. Voyant l'objet rouler au sol, j'eus tout juste le temps d'attraper Wulf par le bras et de plonger littéralement en arrière en l'entraînant avec moi.

L'explosion qui suivit fut assourdissante, mais fort heureusement pour nous et les clients encore présent dans le restaurant, il s'agissait d'une grenade incapacitante destinée à permettre au tireur de prendre la fuite.

Wulf tenta néanmoins de le rattraper, pendant que Jack allait et venait, montrant son insigne aux rares clients encore présents.

Par la suite j'aidais Rebecca à se relever, avant de la serrer dans mes bras.

SAI, quant à elle, décida de se blottir dans les bras de John, déjà affairé à relever les jumelles, encore secouées par ce qu'elles venaient de vivre.

Je vis même Mirta et Lorena se réfugier dans les bras de Robert, en laissant échapper quelques larmes.

En revenant vers nous, Jack nous demanda si nous étions blessés.

- Non, ça va, juste quelques bleus. Lui fis-je en relevant la tête.

- Bien ! C'est déjà ça. Me répondit-il, avant de préciser ; Par chance, il n'y a qu'un blessé léger parmi les clients.

- Normal, c'est nous qu'ils visaient. Lui fis-je, sèchement.

- Il s'est pris la porte en essayant de fuir… Me précisa Jack.

- C'est bête.

- Tu aurais préféré qu'il se prenne une balle perdue ? Me demanda Jack dubitatif.

- Au moins, il n'y a pas eu de blessé grave….

- Heureusement, le restaurant était presque vide. Lui répondis-je simplement pour couper court.

- Heureusement, en effet. Mais c'est à se demander s'ils étaient vraiment motivés à nous tuer...

- Ça en donnait pourtant l'impression. Lui répondit Rebecca, toujours blottie contre moi.

- Il a réussi à me semer. Nous fit Wulf, en revenant dans le restaurant, essoufflé.

- Tant pis ! Délimite la zone de crime, j'appelle le central ! Mais Jack n'eut même pas le temps de composer le numéro que Wulf l'interrompit.

- Et pour l'agresseur ? Lui demanda-t-il, en reprenant peu à peu son souffle.

- Il ne devrait plus bouger. Lui répondis-je, avant d'ajouter dans un murmure ; Enfin, normalement !

- Bon, on va tout de suite savoir de qui il s'agit. Fit Wulf, en s'approchant de la dépouille, prêt à lui enlever le casque. Mais il fut vite arrêté par Jack qui lui expliqua que l'on risquait de perdre des éléments d'enquête en lui enlevant le casque ici.

- Pourquoi ? Nous demanda-t-il.

- Si le crâne est en morceaux, on risque de perdre des bouts. On est mieux de lui enlever une fois à la morgue. Lui fis-je.

- Avec un si petit calibre ?

- On ne sait jamais, j'ai déjà vu du calibre vingt-deux briser des os, alors du neuf millimètres ! Ajouta Jack.

Après cela, il prit son téléphone et commença à taper le numéro du central. Je l'en empêchais, refermant son téléphone sur ses doigts :

- C'est fini à la fin ! Protesta-t-il.

- J'ai peut-être une idée. Lui fis-je, en ignorant sa plainte.

- Quoi encore ! Me répondit-il, avec une certaine agressivité.

Et après lui avoir expliqué mon idée, il finit par acquiescer, avant de me laisser prendre la situation en main.

Chapitre 22 :
Piège

Le lendemain matin, les journaux clamaient la mort de Rebecca et John. Tandis que j'étais, soi-disant, agonisant dans le service des urgences de l'hôpital de Leipzig.

Ce qui nous fit bien rire alors que nous prenions un petit-déjeuner bien mérité, en regardant le présentateur du journal TV parler de l'attaque d'hier soir, sur le poste de télévision de l'institut :

- C'est vraiment parfait… Vous êtes morts et moi, agonisant sur un lit à l'hôpital ! Annonçais-je en regardant le spot d'informations à la télévision.

- Pourquoi nous ? Me demanda John, n'ayant toujours pas digéré sa mort, même fictive.

- Disons qu'en nous sachant hors course, il doit sûrement se dire que nous ne pouvons plus rien contre lui ! Lui expliquais-je, mais devant leur manque de réaction, je me suis dépêché d'ajouter ; Je veux dire simplement, que maintenant qu'il se c'est débarrassés de nous, il va agir plus librement, et donc, faire des erreurs !

- Mais pourquoi sommes-nous morts et pas toi ?

- S'il me croient vivant, il va vouloir régler ces comptes avec moi . Leur expliquais-je.
- Et pourquoi tu n'arrêtes pas de dire il, alors que nous savons de qui il s'agit ? Me demanda SAI.
- C'est vrai ça ! Remarqua Lorena.
- Mais pourquoi nous ? Renchéri John, toujours bloquer sur le fait d'être virtuellement mort.
- J'essaie juste de rester impartial… Leur répondis-je, sans grande conviction, avant d'ajouter ; Et ce n'est pas moi qui ai donné l'information aux médias ! C'est Jack que vous devriez remercier !
- Et pour les résultats de l'autopsie ? Me demanda ce dernier, pour couper court à cette discussion.
- C'est bien Max qui a été tué hier soir ! Lui répondit Rebecca.
- Vous en êtes certains ?
- Les radios dentaires correspondent à celles de son dossier, l'ADN aussi et je ne parle pas des empreintes digitales. Lui énuméra Rebecca.
- Ça veut dire que nous sommes sûrs et certains qu'il s'agit bien de Max ! Répliquais-je, pour que Jack comprenne.
- Si j'ai bien compris, c'est Vincent qui veut notre peau ? Me demanda Lorena.
- En effet, il semblerait que ce soit lui… Du moins, toutes les preuves convergent vers cette piste.

- Que comptes-tu faire ? Me demanda Jack, inquiet.

- Dans un premier temps, dormir. Lui fis-je, en ajoutant que je n'avais pas vraiment dormi depuis presque deux jours.

- Ça, je l'avais compris. Mais pour attraper Vincent ?

- L'attendre ici, et le jeter au trou. Lui répondis-je, simplement.

- Tu crois qu'il reviendra ? Me demanda Rebecca, intriguée.

- Il veut récupérer cette fichue épée et tuer SAI au passage.

- Pour éviter que je ne retrouve la mémoire et que je révèle des informations sur sa secte . Fit SAI.

- C'est une hypothèse.

- Mais l'épée est à l'institut, n'est-ce pas ? Elle est donc impossible à voler ? Nous demanda Lorena.

- Sauf que Vincent connaît très bien les lieux. Ajouta Robert.

- Mais nous sommes ici pour la garder ! Clama Rebecca.

- Tu es morte et moi sur un lit d'hôpital ! Il ne reste que les gosses et les jumelles qui sont confinés ici, jusqu'à nouvel ordre. Lui expliquais-je.

- Alors, on sert d'appât ? Répliqua Robert, légèrement angoissé par cette idée.

- C'est logique. S'il sait qu'il ne reste que nous pour garder l'épée, il peut aisément venir ici la voler puis repartir sans être inquiéter. Continua Robert.

- Mais nous, on est là ? Demanda Jack.

- Oui, mais pas la nuit ! Et vu qu'il connaît l'endroit, il sait comment éviter les rondes de nuit, je suppose.

- Le connaissant, je ne donne pas moins d'une semaine avant de le voir arriver ici. Nous fit John.

Après une courte pause, SAI souligna un détail que j'avais oublié :

- Tu disais qu'il voulait régler ses comptes avec toi, tu ne penses pas qu'il puisse commencer par aller t'achever à l'hôpital ?

- J'avoue ne pas avoir envisagé cette possibilité.

- Je pense que Wulf et moi-même, nous pouvons nous occuper de cela ! Clama Jack.

- Comment aller vous faire ? Leur demanda Rebecca.

- Wulf va se faire hospitaliser à ta place, tandis que moi et quelques hommes de la B-Pol assurerons sa sécurité discrètement.

- Je sens que cela va être une mission ennuyante ! Fit Wulf en croisant les bras.

- J'espère pour toi que tu aimes la nourriture des hôpitaux. Lui fis-je avec humour.

- À vrai dire, je compte sur Jack pour me

ramener quelque chose de mangeable !

- De quoi tu te plains, tu vas être nourri à l'œil pendant cette mission ! De plus, on mange bien dans les hôpitaux .

- Il n'y a que toi qui sembles aimer ça. Lui fis-je moqueur.

- Et je te préviens que je ne mange pas les espèces de pâtée pour chien de l'armée ! Souligna Wulf.

Après une nouvelle digression sur nos goûts culinaires respectifs, ponctuée par de nombreux "j'ai faim" de SAI, John nous rappela le but de notre conversation.

- Revenons à l'affaire, vous voulez bien. Nous fit-il.

- Il faut simplement attendre qu'il vienne ici pour récupérer l'épée où qu'il aille à l'hôpital pour m'achever.

- Donc, c'est un simple piège avec appât. En conclut Wulf.

- Le piège est tendu, l'appât en place, mais il manque les grilles ? Résuma, SAI à sa façon.

- C'est moi la grille. Lui fis-je, en même temps que Jack.

- C'est risqué cette histoire…Tant pour les appâts que pour les rabatteurs. Fit Wulf.

- Raison de plus pour avoir demandé du renfort. Lui fis-je

- Quel renfort ?

- J'ai demandé à des amis rencontrés lors de notre voyage en Amérique de venir nous aider.

- Qui ? Me demanda Rebecca

- Je pense qu'il parle de sa jolie bibliothécaire et de ses amis. Lui répondit SAI, avant d'ajouter, a l'attention de Rebecca ; L'allumeuse, dont je t'ai parlé.

- Tu as raconté quoi, SAI ?

- À peu près tout…

- Pardon ?

- D'ailleurs, j'ai même pu voir quelques preuves intéressantes. Ajouta Rebecca, en croisant les bras.

- Tu n'as pas osé ?

- Oh que si ! Me répondit SAI, dans une grimace. Tandis que Robert essayait de comprendre de quoi nous parlions.

- Et si nous en revenions au sujet principal ? Nous coupa Jack, avant de me demander ; Quand arriveront tes amis ?

- Ils devraient arriver demain à Berlin.

- Tu es sûr qu'ils peuvent nous aider ? Insista Jack.

- Disons, pour faire simple, qu'ils seront plus efficaces que Robert pour nous aider à appréhender un criminel dangereux… De plus, ils courent moins de risques que Robert, Lorena ou les jumelles…

- Et on peut savoir pourquoi ? Me demanda Robert.

- Simple ! Ce sont des… Commença SAI, avant que je ne la fasse taire.

- SAI ! Tais-toi pour une fois !

- Mais…

- Il y a des choses à ne pas dire, par moment SAI. Lui fit Rebecca, avec gentillesse.

- Bon d'accord… Lui répondit-elle, avec un air boudeur.

- Donc, nous restons sur la touche ? Me demanda Laurine.

- Sans vous mettre sur la touche, je préfère vous savoir en sécurité. Je vous demande de faire votre travail et de rentrer chez vous le soir, comme si de rien n'était.

- Bien et nous ? Ajouta Lorena

- Pareillement, sauf que je vous demanderai de vous occuper du manoir pendant notre absence ! Leur répondit Rebecca, avant d'ajouter ; Et interdiction d'aller dans notre chambre !

- Bon résumons… Mis à part les jumelles, et les gosses, on aura deux groupes composés respectivement de Wulf et moi à l'hôpital, avec une équipe d'intervention prête, et vous trois, avec nos amis, qui resterez ici au cas où ils viendraient chercher cette fichue épée. Résuma Jack, avant de me demander ; Où est-elle, d'ailleurs ?

- Dans la morgue, bien cachée.

- Je suis étonné que tu ne l'aies pas sur toi en

permanence ?

- Disons qu'il est difficile et encombrant d'avoir un morceau de ferraille de plus d'un mètre de long sur soi…

- Logique… Mais dis-moi, comment pourraient-ils savoir qu'elle se trouve dans la morgue. Me demanda Jack.

- Je suppose qu'ils doivent se douter que, si je l'ai ramenée ici, elle se trouve soit, dans la morgue, soit, dans le coffre de l'institut. Lui répondis-je, avant d'ajouter ; Après, il ne s'agit que d'une hypothèse, peut-être ne cherchent-ils plus à récupérer l'épée, mais simplement à nous éliminer…

- Il y a encore beaucoup d'interrogations, Ajouta Wulf.

- Dans tous les cas, il faudra espérer qu'ils essaient de passer à l'action et rapidement. Lui répondit Jack.

- Il nous faudra être patient, je le crains… Fis-je.

- Malheureusement… Compléta Wulf.

- Pendant que j'y pense, pourrais-tu envoyer quelqu'un chercher Monica et les autres à Berlin ? Demandais-je à Jack en repensant à ce détail.

- Bien sûr, j'enverrai une voiture les chercher, mais aurais-tu une date à me donner ?

- Demain, ça te va ?

- Tu pourrais être plus précis, je ne vais pas envoyer des agents faire le pied de grue devant l'aéroport toute la journée ?

- J'ai peur que non, mais ils doivent me prévenir une fois arriver, je te préviendrais dès que je le saurais.

Le lendemain matin, la substitut du procureur en charge de notre affaire entra sans crier gare dans mon bureau, et s'insurgea dès qu'elle me vit :

- Comment se fait-il que vous ne soyez plus à l'hôpital ?

- Je n'y suis jamais allé…

- Donc soit les journaux sont des menteurs, soit il s'agit d'une couverture ! Me coupa-t-elle, sans me laisser le temps de finir ma phrase.

- Il s'agit bien d'une couverture. Ce qui n'empêche pas les journaux de mentir non plus. Lui répondis-je en replongeant le nez dans mes documents.

- Et votre affaire, elle avance ?

- Notre principal suspect est le poisson que l'on tente d'attraper et…

- Ne m'en dites pas trop !

- Comme vous voulez. Mais dans ce cas, arrêter de me poser des questions.

- Je reviendrai dès que vous ne serez plus sous couverture. Me fit-elle avant d'ajouter ; Commencez à préparer les éléments d'enquête ! Et sur cela, elle sortit.

- C'est ce que je suis en train de faire, mais

merci du coup de main ! Lui lançais-je.

Plus tard dans la journée, Monica entra dans mon bureau pour me demander quelques précisions sur les raisons qui m'avaient poussé à lui demander de l'aide :
- Vous êtes enfin là ?
- On a fait au plus vite, mais pourquoi nous avoir appelés ?
- Comment avez-vous fait pour arriver si vite ? Lui répondis-je, sans lever le nez de mon rapport. Devant son silence, je répondis à sa question ; Je vous l'ai déjà dit, je préfère avoir des personnes immortelles pour me couvrir !
- Pourquoi ?
- Disons qu'à vous trois, vous devez avoir plus de trois miles ans d'expériences, et en prime, vous disposez de facultés qui échappent à notre compréhension !
- Nos facultés ne nous servent pas à grand-chose dans ce cas présent. Déclara-t-elle, avant d'ajouter ; D'autant que nous sommes désarmés !
- Ne me dis pas qu'un loup-garou, un vampire et un démon sont sans défense face à de simples humains ?
- Ça dépend de l'humain en question. Mais je te soupçonne d'avoir une autre idée en tête ?
- En effet, je me disais qu'avec les oreilles de Seth et la truffe de Squall, nous aurions un

système d'alerte infaillible.

- Et...?

- Et vous êtes plus habitués à ce genre de situations que mes collègues.

- Et encore ?

- Ah... Et je ne veux pas faire courir de risque à Rebecca, ni à mes collègues qui ne sont que de simples humains… Ça te va comme raison d'avoir préféré vous demander un coup de main ?

- Donc, c'est à nous que tu fais courir des risques ? Me fit-elle, avant d'ajouter sans me laisser répondre ; Après je te comprends et je suis d'accord avec toi. Mais la prochaine fois, invite nous dans un bon restaurant.

Par la suite, je lui fis un rapide résumé de la situation et de ce que nous étions en train de faire. Après en avoir longuement parlé, elle me conseilla sur plusieurs points qui m'avaient échappés, avant de commencer à partir pour me laisser travailler tranquillement sur mes dossiers. Avant qu'elle ne sorte, je lui demandais :

- Où sont Seth et Squall ?

- Squall est en train de papoter avec SAI et... Rebecca ? C'est bien ça ?

- C'est cela, mais pourquoi cette hésitation ?

- Oh pour rien…. C'est un joli prénom pour une très belle femme, de plus, je trouve que ce que

tu m'as dit sur elle était en dessous de la réalité… Vous allez vraiment bien ensemble !
- Merci du compliment. Mais dis-moi, où est Seth ?
- Seth n'est pas venu, il a été retenu par une réunion de son nid. Une affaire grave, à ce que j'ai cru comprendre.
- Dommage, mais on va devoir faire sans son aide… Et au moins, nous n'aurons pas de chamailleries entre lui et Squall.
- C'est un point de vue. Fit-elle en riant, avant d'ajouter plus sérieusement ; Je comprends maintenant pourquoi tu étais si pressé de rentrer.
- Pardon ? Lui demandais-je, mais elle était déjà partie.

Après avoir lu et relu mon rapport sur l'affaire SAI, je me mis à éplucher les nombreux dossiers que Robert, Lorena et Rebecca avaient traités durant mon escapade en Amérique. Il y en avait environ une douzaine, dont la plupart étaient de simples identifications de corps.
Mais certains avaient été de véritables perles. Notamment, un corps ayant été plongé dans de l'acide fluorhydrique. Ce qui avait entraîné la dissolution du squelette de la victime sans altérer les tissus mous et entraîné le déclenchement intempestif des alarmes

biologiques pendant toute la durée de cette affaire. Ce qui me fit regretter de ne pas avoir été présent.

Le soir même, Rebecca me tira de mes pensées et m'invita à dîner. Sans trop réfléchir, j'acceptais son invitation :

- Où veux-tu aller manger ? Lui demandais-je, en me rappelant que notre confinement dans l'institut nous empêchait d'aller dans un restaurant, comme je l'avais d'abord pensé.

- Tu verras bien. Me répondit-elle simplement, en me prenant par le bras.

Je fus surpris de voir une table joliment dressée sur la mezzanine située juste au-dessus des principaux laboratoires. Devant ce cadre magnifique, je ne pus m'empêcher de la complimenter :

- C'est tellement romantique !

- Merci ! Me répondit-elle, aussi rouge qu'une pivoine.

- Comment as-tu fait ?

- Pour ? Me fit-elle avec espièglerie.

- Pour organiser ce repas aux chandelles.

- Je me suis arrangée avec Lorena pour avoir les ingrédients et le directeur m'a fourni le reste.

- Et que nous as-tu préparé ?

- Ça, c'est la surprise ! Me fit-elle en m'invitant à m'asseoir.

Après notre petit dîner romantique, elle me demanda mon impression sur le plat qu'elle nous avait préparé :

- C'était délicieux !
- Tu dis ça à chaque fois.
- Non, là, c'est vraiment succulent. Lui fis-je, avant d'ajouter ; Tu es vraiment une excellente cuisinière !
- Grand flatteur, va ! Me fit-elle en souriant.
- Ça te dirait qu'on reste ensemble ce soir ?
- Je ne dormirai pas sur une table d'autopsie au moins ? Me fit-elle en riant sous cape.
- Et où voudrais-tu dormir ? Lui fis-je en l'embrassant.

Pour toute réponse, elle tendit une amulette égyptienne que je reconnus tout de suite.

- Elle ne viendrait pas de la réserve de la section égyptologie à tout hasard ?
- Ils ont fini de reconstituer le lit de Cléopâtre, on pourrait y dormir ? Me fit-elle, amusée.
- Pourquoi ce lit en particulier ? Lui fis-je avec espièglerie.
- On pourrait lui donner un peu plus d'authenticité, par exemple… Répondit-elle, avec un sourire complice.
- Je serais César ou Antoine ?
- Grand nigaud !

Quelques jours plus tard, l'alarme silencieuse rapidement fabriquée par Robert se déclencha en pleine nuit, nous prévenant ainsi de l'arrivée de notre poisson.

Suivant le plan préétabli, nous l'avons laissé entrer dans la morgue, où nous avions "caché " l'épée tant convoitée. Dès qu'il fut au centre de la pièce, je sortis de derrière mon bureau, en allumant la lumière, le luger au poing en criant d'un ton ferme :

- Plus un geste !

Mais sa seule réaction fut un rire proche du sadisme. Puis, il dégaina et braqua son arme sur moi.

Après quelques secondes de ce tête-à-tête, je finis par lui dire.

- Ce n'est pas la première fois que tu pointes une arme sur moi… Vincent !

- En effet ! Me fit-il sur un ton ironique.

- Mais avant toute chose, tu vas répondre à mes questions ! Lui fis-je, plein de haine.

- Pose toujours tes questions, je verrai si je souhaite y répondre ! Reprit-il acerbe, en s'asseyant sur le coin de la table d'autopsie.

- Pourquoi créez-vous des fantômes et dans quel but ?

- Ça, je pense que le vieux fou de Konrad te l'a déjà dit. Il nous fallait simplement des personnes insaisissables pour perpétrer nos méfaits. Me répondit-il simplement.

- Et comment SAI est-elle arrivée chez nous ?

- Seulement parce que nous avons été

dérangés pendant le rituel. Me répondit-il, avant de reprendre ; Mais comme j'avais au préalable choisi le lieu idéal, je savais qu'elle atterrirait ici.

- Sauf que M. Stein a décidé de prendre sa retraite, et qu'il m'a choisi pour prendre le relais ! Lui fis-je, en ayant deviné ce qui avait cloché.

- Oui ! Tu as été le grain de sable imprévu !

- C'est pour ça qu'au lieu de tenter de la récupérer, vous avez préféré tenter de vous en débarrasser au cas où elle recouvrerait la mémoire.

- Tu comprends vite.

- Encore une autre question… Quel est son véritable nom ?

- Je ne souhaite plus répondre à tes questions. Répondit-il en s'approchant du placard où j'avais placé l'épée en évidence.

- Ne pense pas que je vais te laisser t'en sortir, juste parce que tu m'as donné certaines réponses ! Lui annonçais-je.

- Et tu crois pouvoir m'en empêcher ?

- J'ai l'avantage du nombre, cette fois ! Lui fis-je.

- Pose ce flingue ! Fit Monica en entrant par la porte principale, rejoint par Squall armé d'un lourd fusil de chasse.

Voyant Vincent hésité suite à cet encerclement, je lui ordonnais, à nouveau, de poser son arme :

- Crois-tu que c'est fini ?

- C'est terminé pour toi, tu n'as plus le choix !
Mais pour toute réponse, il approcha son arme
de sa tempe, avant d'ajouter :
- On a toujours le choix de sa mort !
Et sur cette dernière réplique, il appuya sur la
détente. Le coup fut si violent, que la balle
ressortie en arrachant presque tout le sommet
de son crâne.

Rebecca arriva juste après avoir entendu le
coup de feu. Mais devant ce spectacle
répugnant, elle ne put réprimer son envie de
vomir et couru vers les toilettes, rapidement
suivie par Squall.
Une fois remis de mes émotions, je pris contact
avec Jack pour l'avertir de la mort définitive de
Vincent.
- Que comptes-tu faire maintenant ? Me
demanda Monica, une fois que j'eus raccroché.
- Nettoyer tout ce bazar. Une fois fait, je vais me
prendre une semaine de congé pour dormir !
- Tu ne veux pas laisser faire les agents
d'entretien et aller te reposer maintenant ?
- Non, je vais le faire moi-même, histoire de
boucler définitivement cette affaire.
- Je comprends… Je vais te laisser et rentrer au
manoir avec Squall et Rebecca, si tu le
permets ?
- Pas de soucis, allez vous reposer, je vous
rejoins une fois que j'ai fini. Lui fis-je en

préparant mon matériel.

Après plus de cinq heures passées à récupérer les fragments du crâne disséminés un peu partout et à nettoyer l'ensemble de la morgue, je pus enfin prendre un moment pour me reposer.
Mais en passant devant le bureau de Rebecca, je la trouvais somnolant sur son fauteuil, un livre ouvert dans les mains. Je la réveillais en douceur avant de lui proposer de venir dormir avec moi. Ce qu'elle accepta sans hésiter, en poussant du bout du pied le futon roulé en boule se trouvant sous le bureau.
- On monte sur la mezzanine ? Me fit-elle en bâillant.
- Tu tiens à peine debout ! Et pourquoi tu n'es pas rentrée au manoir avec les autres ? Lui fis-je remarquer.
- Pas envie de partir sans toi… Porte-moi… Me fit-elle, en s'endormant à moitié.
- D'accord, petite princesse. Lui fis-je, en la prenant dans mes bras.

Après avoir installé le futon sur le parquet de la mezzanine, je m'y allongeais
avec Rebecca.
Ce fut avec un certain étonnement que nous avons découvert à quel point il était agréable de

dormir ainsi sous la verrière surplombant les laboratoires, en se laissant bercer par la pluie tombant à l'extérieur tout en admirant le reflet de la lune et des étoiles.

Chapitre 23 :
En parallèle

Pendant ce temps, les derniers membres de la secte se réunissaient pour trouver un moyen de nous éliminer définitivement, en même temps que tous les autres membres de l'équipe médico-légale, suite à l'échec du plan de Vincent :

- Pourquoi ne pas leur envoyer un esprit ? Proposa l'un des membres.

- Simplement parce qu'ils sont aidés par un esprit ! Leur expliqua leur chef.

- Et un raid armé ? Fit un autre.

- Il s'est entouré de créatures surnaturelles. Je vous rappelle qu'il a été vu avec un loup-garou et un démon ! Reprit leur chef, avant d'ajouter plus sombrement ; Et n'oubliez pas que nous ne sommes que des humains. Notre seul pouvoir nous vient des quelques créatures surnaturelles que nous contrôlons.

- Vous ne contrôlez rien du tout ! Tonna une voix dans l'ombre de la pièce.

- Qui est là ? Montrez-vous ! Hurla un des membres de la secte, visiblement apeuré.

- Quelqu'un qui vous en veut ! Leur répondit Konrad en sortant de l'ombre.

- Et pour quelles raisons, je vous pris ? Lui

demanda un autre membre, avec arrogance.

- Vous projetez de tuer ma fille !

- Comment ?

- Ainsi que ses amis.

- Vous voulez dire que…

- Que le professeur Skando est ma fille.

- Et que comptez-vous faire ? Lui répondit ce dernier, toujours aussi arrogant. Vous êtes seul et vieux, tandis que nous sommes six !

- Cela ne change rien, je serai la dernière personne que vous verrez ! Et sur cette dernière phrase, il tua froidement un à un les membres de la secte, d'une balle en pleine tête. Après cela, il prit place sur le dernier fauteuil libre, et alluma une cigarette en ajoutant d'un ton las :

- Ah les jeunes ! Qu'est-ce qu'il ne faut pas faire pour vous !

Chapitre 24 :
FIN

Le lendemain matin, nous avons tous étés
réveillés par John au sommet de sa forme.
D'après son exultation de joie, il venait de
découvrir, semble-t-il, la localisation du siège de
la secte.
Une fois nous avoir tous réunis dans le bureau
de Rebecca, il nous exposa les faits dans un
long, très long et ennuyeux monologue :
- Donc, hier soir, en examinant les vêtements
de Max et de Vincent, j'ai découvert d'infimes
particules de sélénium, ainsi que des traces
résiduelles de napalm, plus précisément du
napalm NX 34, anciennement utilisé par l'armée
américaine ! Commença-t-il, avant d'ajouter
après une courte pause ; De plus, j'ai découvert
des particules de marbre blanc, marbre, qui
d'après sa composition, provient des gisements
du sud de l'Italie. Il laissa passer un moment,
puis reprit son exposé ; Le tout regroupé, je
n'avais plus qu'à chercher un bâtiment en
marbre blanc, avec des portes ou d'autres
objets massifs en sélénium. Bâtiment, ayant
subit un bombardement au napalm par les allies
durant la Seconde Guerre mondiale !
- Ce qui doit faire beaucoup de bâtiment

possible ? Lui demanda SAI.

- J'ai une autre question, pourquoi n'as-tu simplement pas regardé dans leurs portefeuilles ? Lui fis-je.

- Pourquoi l'aurais-je fait ?

- Il y avait une carte d'accès dans son portefeuille, je comptais te la donner ce matin pour que tu me trouves ce qu'elle ouvre, mais vue que tu as déjà une piste, tu peux continuer sur ta lancée.

- Je vais quand même voir ce que peu me dire cette carte. Me fit John, avant d'ajouter à voix basse ; Ce sera plus rapide.

- Bien, je te laisse faire. Nous, on va aller se prendre un petit-déjeuner en attendant. Lui fis-je, en réveillant Rebecca qui s'était rendormie sur mon épaule.

- Mais... S'offusqua-t-il.

- Tu nous rejoindras après. Tu ne devrais pas en avoir pour longtemps !

Par la suite, nous sommes descendus à la cafétéria de Mirta pour prendre une petite pause déjeuner bien méritée. John nous rejoignis peu de temps après, vite suivis par Jack et Wulf.

Ensuite, nous avons attendu que Mirta ait fini de servir tout le monde avant de l'inviter à se joindre à nous pour terminer cette affaire :

- Alors que t'as appris la carte d'accès ?

Demandais-je à John, après avoir résumé la nuit passée, à Jack et Wulf.

- Il s'agit d'une carte d'accès d'une suite d'un hôtel grand luxe à Munich, ce qui pourrait correspondre à ce que nous recherchons.

- Il faudrait y aller, avec un peu de chance, on pourrait attraper toute la secte d'un seul coup. Nous fit Wulf.

- On va y aller alors ! Vous avez l'adresse de l'hôtel et le numéro de la suite ? Demanda Jack, en se levant.

- Je vais venir avec Rebecca et John, au cas où. On ne sera pas de trop s'il y a des prélèvements à faire. Lui fis-je, avant de confier à Robert quelques petites choses à faire durant mon absence.

Après quelques heures de conduite, nous nous sommes garés devant le Müchen Palace, un des plus luxueux hôtels du centre de Munich. Après avoir monté les nombreuses marches de marbre, et être entrée dans l'immense hall, nous avons engagé la conversation avec l'Hôtesse :

- Que puis-je pour vous ? Demanda-t-elle avec un air faussement courtois.

- Nous avons un mandat pour accéder à la suite 45 ! Lui fit sèchement Jack, en lui tendant le dis mandat.

L'hôtesse appela de suite un de ses responsables et nous pria d'attendre la venue de ce dernier.

Durant ce temps, je me permis de demander discrètement à Jack où il avait eu son mandat :

- C'est un mandat que Jacqueline m'a signé il y a quelques semaines. Mais ça reste un mandat vierge, alors soit discret, je te pris !

- Pas de soucis, mais je trouve que tu joues, plus en plus, avec le feu…

- La faute à qui ?

Après une vingtaine de minutes, une des responsables de l'hôtel nous accosta en nous invitant à la suivre dans les étages. Pendant notre montée en ascenseur, elle nous expliqua que cette suite était louée par un club depuis plus de trois ans.

Elle en profita également pour parler de sa situation et du fait que, si des choses illégales s'étaient passées dans la suite, elle n'en était en aucun cas au courant. Mais bientôt Rebecca lui demanda de se taire.

Une fois arrivée devant la porte de la suite, elle l'ouvrit, avant de nous inviter à y entrer. D'office, l'odeur de charogne me fit sourciller. J'entrais précipitamment avec Rebecca et John, pour y trouver six corps assis autour d'une lourde table en bois massif.

Jack ordonna à l'hôtesse d'interdire l'accès à

cette partie de l'hôtel au lieu de rester plantée là comme une plante verte.

- Bon et maintenant on fait quoi ? Me demanda Rebecca.

- On commence par faire des photos, puis on prépare tout pour que la scientifique embarque ce bordel le plus rapidement possible. Nous fit John, avant d'aller demander à Wulf d'appeler une équipe de la B-Pol.

Après avoir fait nos premières constatations, nos prélèvements et photos sur la scène de crime à proprement parler, nous avons donc entrepris de fouiller le reste de la suite qui, semble-t-il, servais d'endroit de stockage pour divers objets, sûrement en lien avec les rituel que semblais pratiqué cette secte.

En effet, la chambre avait été réaménagée avec plein d'étagères remplies à craquer de livres et de caisses de rangement, ce qui déprima bien vite John :

- Il va nous falloir un second camion pour emmener tout cela !

- Peut-être même un troisième, mais je pense plus, au temps qu'il va nous falloir pour trier, classer et référencer tout ça. Me répondit John, en commençant à compter les livres.

- On va déjà prendre un maximum de photos et on appellera les jumelles en renfort pour tout emballer, étiqueter et charger. Sinon, il nous faudra une semaine pour tout déplacer. Nous fit

Rebecca.

- Il nous faudra assurément quelques heures …. Lui fis-je, avant de commencer à prendre un maximum de photos, tandis que John commença à faire un rapide inventaire des divers livres et objets.

Bien vite, Rebecca me fit remarquer que la plupart des objets avaient leurs places dans un musée.

- On a plus qu'à nous lancer de le trafic d'antiquités et prendre notre retraite au Bahamas, alors ! Lui fis-je en riant.

- Idiot, va ! Mais cela reste une grande collection pleine d'objets peu communs. Ce qui ferait la joie de tout archéologue. Me fit-elle en riant.

- Je sens que l'on ne va plus voir le directeur prochainement. Fit John.

- Du moment qu'il ne s'occupe pas de mes patients, ça me va… Lui fis-je, en commençant à emballer des livres.

Ainsi, il nous fallu le restant de la journée pour emballer et transporter tout le contenu de la suite, dans une salle de stockage de l'institut. Une fois cela fini, je descendis sans tarder à la morgue m'occuper de mes six nouveaux patients, tandis que Rebecca insista, dans un premier temps, pour m'aider.

En la voyant littéralement tomber de fatigue, je

finis par demander à Robert de la raccompagner au manoir :

- Mais je veux rester avec toi ! Protesta, cette dernière.

- Tu dors presque debout… Va te coucher, je te rejoins dès que j'ai fini .

- Je pourrai dormir sur la mezzanine en t'attendant ! Continua-t-elle à s'obstiner.

- Au moins, on pourrait tous se reposer. Ajouta Robert.

- De vrais gosses ! Nous fit SAI en traversant, non seulement le mur, mais aussi Robert qui en frissonna ; Viens avec moi, tu vas dormir avec moi pour une fois ! Ajouta-t-elle par la suite, en prenant Rebecca par le bras.

- Euh ! Dis-je, septique.

- Ne t'en fais pas, je vais juste la mettre au lit !

- Quel paradoxe ! Dit Robert, moqueur.

- Quoi ?

- Et bien d'habitude, c'est plutôt le contraire qui se passe. Lui répondis-je.

- Je suis fatiguée moi. Protesta, une nouvelle fois Rebecca en s'endormant presque sur l'épaule de SAI.

- Je finis ça et je viens vous rejoindre les filles.

- Je vais vous aider, comme ça, on pourra rentrer se reposer plus vite, si vous voulez ? Me demanda Robert.

- De toute façon ce ne devrait pas être long . Lui répondis-je.

- Ne traînez pas ! Nous fit SAI, en emmenant Rebecca.

Après cela, je me mis à autopsier mes patients avec l'aide de Robert et peu de temps après, je finis par conclure que les cinq premiers avaient été tués par le sixième, qui se serait donné la mort par la suite. Mais en ce qui concerne le mobile, seuls les morts auraient pus nous le donner. C'est d'ailleurs là que SAI revint interrompre le cours de mes pensées :
- Tu sais que tu parles tout seul ?
- Merci, on me l'a déjà fait remarquer.
Et après une courte pause, je finis par lui demander.
- Tu n'étais pas parti dormir ?
- J'étais juste venu voir si tu avais fini ta charcuterie ?
- Je te prierai d'éviter ce genre de termes…
- Quel genre de termes ? Nous demanda Konrad en entrant dans la morgue.
- Bonjour monsieur, que faites-vous ici ? Lui demanda SAI, avec politesse, avant d'ajouter ; Surtout aussi tard ?
- Je viens simplement voir Zack, et je te prierais de nous laisser seuls. Lui répondit-il.
- Bon, je vous laisse. On t'attend sur la mezzanine, alors dépêche-toi. Me fit-elle en sortant, légèrement déçus.
- Que me voulez-vous ? Demandais-je à

Konrad, une fois SAI sortie.

- On peut parler ailleurs ? Me fit-il en désignant Robert qui avait fini par s'endormir sur mon fauteuil.

- Il dort aussi lourdement qu'un mort, vous pouvez dire ce que vous voulez. Le rassurais-je.

- J'aimerais te demander une faveur.

- Que puis-je faire pour vous ?

- Je connais ces personnes… Me fit-il en désignant les six corps encore installés sur les tables d'autopsie.

- C'est regrettable pour vous, mais que voulez-vous dire par là ?

- J'aimerais que tout ceci reste entre nous… Il s'agit en réalité des commanditaires de la secte qui étaient après vous.

- Et vous étiez associés avec eux ?

- Plus ou moins contre ma volonté… Mais c'est compliqué… J'en suis honteux, mais je dois vous avouer quelque chose… C'est moi qui les ai envoyés ici…

- Donc si je comprends bien, c'est vous qui les avez tués ?

- Ils ont tenté de tuer ma fille et mon futur beau-fils !

- Pardon ?

- Je sais ce que représente ma fille pour toi et inversement.

- Euh… Comment vous expliquer… Lui

répondis-je, embarrassé.

- Il n'y a rien à expliquer, c'est simplement l'amour ! Me répondit-il dans un sourire, avant de reprendre le visage plus grave ; mais pour en revenir à notre affaire, j'ai fait ce qu'il fallait pour protéger ma fille !

- Je vois, vous avez fait ce que tout père aurait fait ! Pour ma part, je garderais la même conclusion sur ces morts. Lui fis-je avant de lui résumer ce que j'avais déjà consigné dans mon rapport d'autopsie.

Après avoir entendu cela, il ne put s'empêcher de rire, avant de me demander :

- Tu sais que je viens de t'avouer le crime ?

- Oui ! Mais si vous ne m'aviez rien dit, je n'aurais jamais pu faire le lien entre vous et cette affaire, et par conséquent, je garderai la même conclusion.

- Décidément, tu es vraiment quelqu'un d'exceptionnel et je vois mieux ce qui plaît tant à ma fille.

- Pourquoi tout le monde n'arrête pas de me dire cela ? Lui demandais-je amusé.

- Tout simplement parce que c'est vrai ! Ais plus de confiance en toi et en tes qualités, tu as un véritable potentiel caché ! Ajouta-t-il néanmoins.

- Merci… Puis, un détail me fit lui demander ; Au passage, pouvez-vous me dire qui était ces personnes ? Et ce qu'elles cherchaient à faire exactement ?

- Des banquiers et des hommes d'affaires, de simples humains cherchant à s'enrichir grâce aux pouvoirs d'êtres surnaturels, rien de plus.
- Tout ça pour de l'argent ?
- Je te rappelle que l'enfer des hommes, c'est l'amour qu'ils portent aux dieux… Et malheureusement, l'argent est un dieu pour beaucoup d'hommes.
- Quelle triste vie d'avare.
- Je ne te le fais pas dire !
Et sur ce, il commença à sortir de la morgue. Il s'arrêta soudain, se retourna et m'annonça :
- Avant que je ne parte, j'ai une dernière chose à te dire.
- Laquelle ?
- Tu as ma totale bénédiction pour demander ma fille en mariage et je serais heureux de t'avoir comme gendre !
- Merci… Il est vrai que je n'avais pas songé à vous parler de ce genre de chose…
- Je reste vieux jeu pour quelqu'un qui a déjà quelques siècles. Me fit-il en riant, avant d'ajouter. Et je serais plus qu'heureux de pouvoir m'occuper de mes petits-enfants !
- Houla… Nous avons le temps avant d'en arriver là...
- Je plaisante. Me fit-il, avec une tape sur l'épaule, avant de partir pour de bon, non sans ajouter ; Et arrête de me vouvoyer.

Par la suite, je réveillais Robert pour qu'il m'aide à ranger les corps, avant de lui dire d'aller dormir.
Ensuite, je montais rejoindre Rebecca et SAI.

Deux semaines après ces derniers événements, la situation retrouva un semblant de calme.
L'affaire SAI avait enfin été classée.

Le principal coupable s'étant suicidé, l'affaire ne passa pas devant un tribunal, au plus grand bonheur de toute l'équipe qui, avec la substitut du procureur aurait eu du mal à faire passer cette affaire devant un juge, du moins sans révéler son coté surnaturel.
Le seul souci dans toute cette affaire est que nous ignorions le véritable nom de SAI, mais cela ne semblais pas gênait la principale intéressée qui s'était habituée à son nouveau prénom, aussi loufoque soit-il.
De plus, elle s'était également habituée à sa condition de fantôme et passait maintenant la quasi-totalité de son temps hors de son corps mécanique.

Par la suite, le directeur avait tenu sa promesse et avait engagé Lorena et Robert au sein de l'institut. Ces derniers devenant, par la même occasion, nos assistants attitrés.

Ce qui en plus de leur ouvrir la porte vers leurs doctorats, leur permettent de faire leurs études dans l'un des meilleurs instituts d'Europe, et par la même occasion de continuer à squatter le manoir de Rebecca.

- Je suis heureux de savoir que vous avez engagé ces deux jeunes. Répondis-je au directeur venu nous annoncer la bonne nouvelle.

- Moi aussi, je suis heureux de pouvoir conserver de jeunes novices aussi prometteurs. Me répondit-il, avant d'ajouter ; Je vous laisse le soin leur annoncer la bonne nouvelle.

Par la suite, le directeur, confia à John, la lourde tâche de répertorier les objets trouvés dans la suite de l'hôtel :

- Ca va me prendre des années ! Protesta ce dernier.

- Et si je mets d'autres personnes sur le projet ? Lui demanda le directeur.

- Si je peux avoir Maurine avec moi, ce serait déjà bien.

- Bien, donc, tout est réglé ?

- Pourquoi voulez-vous que je classifie tous ces objets ? Lui demanda tout de même John.

- La B-Pol voudrait être sûre que Vincent n'a pas profité de son influence à l'institut, pour se servir impunément dans nos collections, ou dans celles d'autres musées !

- Donc, on doit vérifier qu'aucun de ces objets ne vient d'un quelconque trafic d'antiquités ?

- C'est cela, même si, au vu du nombre d'objets présents, il se pourrait qu'il y en ait provenant de plusieurs musées ! Indiqua-t-il, avant d'ajouter ; D'ailleurs, je vais m'arranger pour me dégager du temps pour venir vous aider.

- Je devrais pouvoir m'en sortir avec l'aide de Maurine ! Déclara John.

- Je le sais, mais cela vous évitera d'avoir le nez ailleurs . Tout en me permettant de séparer un tant soit peu les amoureux…

- Pardon ?

- Disons que Robert et vous-même, avez tendance à vous disperser.

- Comment cela ?

- Pour être franc, je trouve que vous vous intéressez un peu trop à vos concubines respectives.

- Et comment avez-vous découvert cela ?

- Vous n'aviez pas remarqué les nouvelles caméras de sécurité ? Lui répondit-il en haussant les sourcils.

- Non.

Après un léger moment de malaise, le directeur reprit la parole, sur un tout autre sujet. Il me demanda :

- Sinon que pensez-vous du travail de Mirta ?

- Je dirais simplement que vous devriez lui laisser le droit de faire aboutir son projet !

Répondis-je, avant d'enchaîner sur ce qui venait de titiller ma curiosité ; Vous avez parlé de nouvelles caméras de sécurité ?!

- Et de quel projet parler vous ? Me répondit-il, évitant ma question.

- Mirta vous a demandé la permission d'ouvrir une cafétéria dans l'enceinte de l'établissement.

- C'est vrai, j'avais oublié. Commença-t-il, avant de reprendre ; Vous devez vous douter que nous ne puissions pas nous permettre de dépenser nos financements comme cela… De plus, elle a déjà bien aménagé l'ensemble de notre institut.

- Alors laissez-la réaménager la salle de vie à sa façon et donner lui en la responsabilité ! Intervint John, un peu brusquement.

- En voilà une bonne idée ! Soulignais-je avant d'ajouter ; Je pense qu'un de nos mécènes sera ravi de financer les quelques projets de Mirta.

- Je vais y réfléchir. Vous avez, décidément de bonnes idées. Dites-lui de venir me voir dès que vous la verrez. Nous fit le directeur, avant de sortir.

Par la suite, John me demanda des nouvelles de Wulf.

- Tu sais où est parti Wulf ?

- Wulf a été appelé à Berlin pour y être nommé agent spécial de la B-Pol, mais je pense qu'ils vont lui trouver une nouvelle affectation.

- Donc Jack va se retrouver seul ?

- Pas vraiment, ils vont certainement lui assigner un nouvel assistant sous peu.
- Et sais-tu où, la B-Pol veut le réaffecter ?
- Je sais juste qu'il va être affecté dans un autre institut de recherche, mais ils refusent de m'en dire plus pour le moment.
- Bah, ne nous plaignons pas. Me répondit-il, avant de reprendre après une courte pause ; Moins il y a de policier ici, mieux je me porte.
- Tu dis ça, mais je suis sûr qu'il va te manquer.
- Possible, mais je suis bien content que cette affaire soit enfin finie et avec un Happy end !
- Sauf pour toi qui vas devoir faire un travail de titan ! Lui fis-je, en lui montrant l'ensemble des objets contenus dans la pièce.
- Tu étais obligé de me le rappeler ?
- Comme le dirait SAI : OUI !
- Ra la là ! Quelle mauvaise influence elle a sur toi…

Quelques jours plus tard, nous avons appris que Mirta avait été convoquée par le directeur pour lui proposer de réaménager la salle de vie de l'institut en un espace de détente et d'en assurer la gestion.
Ce qu'elle accepta à la seule condition d'avoir carte blanche pour aménager les lieux.
Ce que le directeur finit par accepter, et quelques mois plus tard, avec l'aide de Monica et de Konrad, elle put enfin ouvrir un café-

librairie pour remplacer la salle de vie de l'institut.

Bien entendu, j'avais lourdement insisté auprès du directeur pour qu'elle réinstalle l'ensemble des laboratoires de la section médico-légale sur la mezzanine au-dessus de nos anciens laboratoires.

Ce qui me permit de déménager la morgue sous la grande verrière, afin de profiter de la lumière naturelle, et surtout de ne plus travailler dans un sous-sol. Nos bureaux furent, eux aussi, déménagés sur le pourtour de la verrière, nous évitant ainsi, de devoir monter et descendre les escaliers pour nous rendre de nos bureaux aux laboratoires.

Entre temps, nous avons reçu la visite de Chris et Alexia. Ils avaient réussi à conserver leurs postes à l'institut de Barcelone, tout en finalisant leurs cursus universitaires, pour y devenir professeurs. Ce qu'ils avaient été heureux de nous apprendre.

Par la suite, nous avons laissé Mirta parler librement à sa sœur, tandis que Robert et Lorena avait été heureux de faire visiter nos nouveaux laboratoires à Chris et Alexa.

Et pour finir, Rebecca m'avait demandé en fiançailles. Demande à laquelle je lui répondis par un long et fougueux baiser. Cette scène mit

SAI en rogne, au point qu'elle ne me lâcha plus d'un millimètre, allant même jusqu'à nous suivre dans notre chambre le soir ou sous la douche durant plusieurs jours.

Après avoir supporté son petit manège pendant une semaine, je finis par lui demander franchement :

- Pourquoi me suis-tu ainsi ?

- Tu sais très bien pourquoi ! Me répondit-elle simplement.

- Je ne prends pas de douche avec Rebecca, alors pourquoi me suivre jusque-là ?

- Peut-être que je veux me rincer l'œil. Me répondit-elle avec un large sourire.

- SAI !

- Je te l'ai dit, je ne suis pas jalouse de Rebecca... Commença-t-elle, avant d'ajouter ; J'ai juste peur que tu m'oublies et que je disparaisse…

En la voyant pleurer ainsi en tremblant devant moi, je ne pus m'empêcher de lui répondre.

- Tu es toujours là, et je ne compte pas t'oublier... Tu es ma petite sœur ! Lui confessais-je, avant de l'embrasser sur la joue, puis elle me prit dans ses bras et se mit à m'étreindre avec force, et nous sommes restés ainsi durant quelques minutes, enlacés l'un à l'autre, avant que Rebecca ne nous ramène à la réalité.

- Comment je dois prendre cela ? Nous

demanda-t-elle de but en blanc.

- Comme un câlin entre frère et sœur ! Lui répondit SAI, avant de m'embrasser.

- Tu as de la chance d'être un fantôme et toi, tu as de la chance que je t'aime vraiment ! Nous fit Rebecca.

- Jalouse va ! Lui fit SAI, avant de l'embrasser également.

- Euh… Là, c'est moi qui me sens mal à l'aise. Leur avouais-je.

- Bah quoi ? Me fit SAI, avant de reprendre ; Je veux avoir une sœur moi aussi… Me répondit-elle malicieuse, avant de partir.

- On n'en a pas fini avec elle. Déclarais-je après son départ.

- Elle qui pensait que l'on finirait par l'oublier…

- Aucune chance. Lui répondis-je avec humour.

- En-tout-cas, tu devais sacrément aimer ta sœur. Me dit Rebecca, suspicieuse.

- Pas au point de lui donner un baiser, je te rassure ! Ne va pas te faire des idées !

- Je ne sais pas… J'aimerais bien une preuve de tout cela… Me fit-elle, toute aussi malicieuse que SAI.

Sans plus attendre, je la pris dans mes bras, avant de l'embrasser.

FIN